숲속의 은둔자

완벽하게 자기 자신에게 진실한 사람

숲속의 은둔자

마이클 핀클 지음 — 손성화 옮김

살림

아일린 머나 베이커 핀클을 기리며

내가 원치 않는 게 얼마나 많은지.

　- 기원전 425년경, 소크라테스

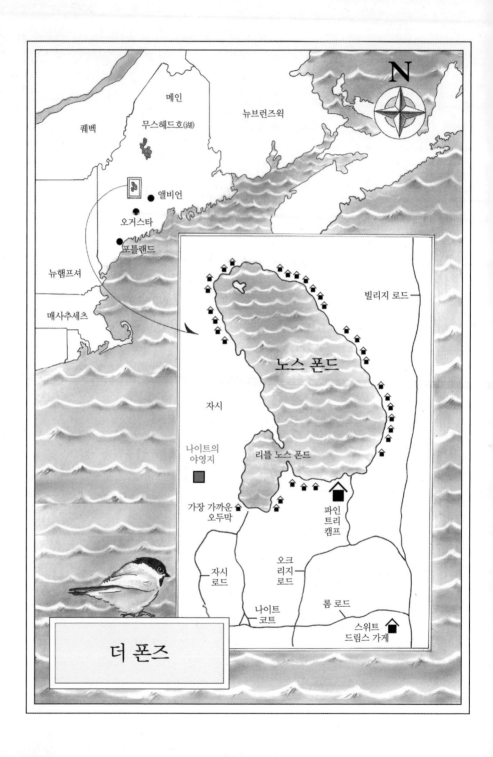

더 폰즈

나이트의 야영지

욕실 바위

화장실

코끼리 바위

쓰레기장

차 례

• 일러두기

본문에 녹색으로 작게 처리된 주는 대부분 옮긴이가 단 것이다.

01

고유명사는
중요치 않다

은둔자가 사는 곳에 있는 나무는 대부분 앙상하다. 거대한 바위 위에
픽업스틱얇은 막대기들을 흩뜨려놓고 다른 것을 건드리거나 무너뜨리지 않고 하나씩
빼내는 놀이 처럼 도처에 쓰러진 나무들이 서로 뒤엉켜 있다. 길이라곤
없다. 여느 사람들이라면 나뭇가지를 마구 쳐내며 고생고생해야
찾아갈 만한 곳이다. 날이 저물면 도저히 찾아갈 수 없을 듯한
장소다.

은둔자가 움직인 건 바로 그때다. 한밤이 되길 기다렸던 그는 배낭과
침입용 공구 가방을 메고 야영지를 나섰다. 걸고 있던 목걸이에
펜라이트를 끼워 달았지만 당장 쓸 일은 없다. 찾아왔던 길은 이미
머릿속에 다 들어 있었다.

그는 몸을 틀며 성큼성큼 걸어서 정확하고도 우아하게 숲을 빠져나간다. 잔가지 하나 부러뜨리지 않은 채. 지표면에는 아직 눈이 쌓여 있다. 태양의 복사열 때문에 눈이 증발하여 구덩이가 파이면서 더럽고 미끌미끌한 진창이 되었다. 메인 주 중심부에 봄이 온 것이다. 하지만 그는 진창길을 잘도 피해 간다. 바위에서 나무뿌리로, 다시 바위로 발자국 하나 남기지 않고 껑충껑충 내달린다.

은둔자가 흔적을 하나만 남겨도 정체가 탄로 날 수 있다. 비밀이 아슬아슬하게 유지되는 상태였다. 한번 삐끗하면 영원히 되돌릴 수 없을 터였다. 그러니 진심으로 온 마음을 다한다면 발자국은 용납될 수 없었다. 단 한 번이라도. 너무나도 위험하기에. 헴록, 단풍나무, 흰 자작나무, 느릅나무 사이를 유령처럼 움직이던 그가 바위투성이인 얼어붙은 호숫가에 모습을 드러냈다.

그는 몰랐겠지만 호수에는 이름이 있다. 리틀 폰드Little Pond, 보통은 리틀 노스 폰드Little North Pond라고 부른다. 그는 자신에게 꼭 필요하지 않은 세상에 대해서는 나 몰라라했다. 그에게 고유명사는 중요치 않았다. 그는 계절의 단계적인 변화 하나하나를 바로 알아챘다. 달이 반달보다 작은 조각으로 이지러지고 있다는 것도 마찬가지다. 보통 때는 초승달이 뜰 때까지 기다렸다. 어두울수록 좋으니까. 하지만 극도로 배가 고픈 상태였다. 몇 시 몇 분인지는 알았다. 동트기 전에 돌아오게끔 시간 계획을 짤 수 있도록 태엽으로

움직이는 낡은 시계를 차고 있었다. 계산을 해보지 않은 건 아니지만
연도는 몰랐다.

꽁꽁 언 호수를 건너갈 생각이었다. 하지만 금세 포기했다. 날이
상대적으로 포근해졌기 때문이다. 한두 차례 잠깐씩 영상零上으로
올라가기도 했다. 기온이 어떤지는 그도 잘 알았다. 야영지에 숨어
지내는 동안 날씨가 불리해졌다. 딱딱한 얼음 덕분에 자취를 남기지
않는 잠행이 가능했다. 얼음이 살짝 녹으면서부터는 걷는 족족
발자국이 남을 터였다.

여정이 길어졌다. 그는 나무뿌리와 바위가 있는 숲으로 돌아간다.
그는 리틀 노스 폰드 주변부에서 호수의 맨 끝까지 몇 킬로미터에
이르는 전체 지형을 두루 잘 알았다. 숲 언저리의 오두막 여남은 채,
철이 아니어서 문 닫은 칠도 안 한 소박한 별장들을 지나쳐 간다.
대부분 들어가본 집들이지만 지금은 드나들 때가 아니다. 발자국을
남기거나 나뭇가지를 부러뜨리지 않으려고 신경 쓰면서 한 시간가량
내처 걷는다. 어떤 뿌리들은 하도 많이 밟고 지나다니는 바람에
닳아서 나긋나긋해졌다. 하지만 이 사실을 안다 해도 그를 찾아낼 수
있는 추격자는 한 명도 없을 것이다.

그는 목적지에 다다르기 직전 멈춰 선다. 파인 트리 여름 캠핑장.
개장 전이지만 근처에 유지·보수 인력이 머무르고 있었다. 이들이
주방에 먹을거리를 남겨뒀을 수도 있고, 지난 계절에 음식을 먹다

남겨두었을 수도 있었다. 숲이 어두워지자 그는 캠핑장 건물을
살피며 합숙소, 공구 상점, 레크리에이션센터, 식당을 훑어본다. 개미
한 마리 보이지 않는 주차장에는 여느 때와 마찬가지로 차 몇 대가
서 있다. 그래도 그는 기다렸다. 조심하는 게 좋으니까.

마침내 준비가 됐다. 캠핑장 곳곳에 움직임을 감지하는
무방소냉등과 카메라가 배치돼 있었다. 그것들은 은둔지 때문에
설치한 거나 마찬가지다. 하지만 그런 것쯤은 그에게 전혀 문제되지
않았다. 감시 범위는 고정되어 있었다. 장비의 위치를 잘 알기에
피해서 움직였다. 캠핑장을 갈짓자로 가로질러 간 은둔자는 어떤
돌 앞에 멈춰 선다. 돌을 뒤집더니 그 밑에 숨겨둔 열쇠를 집어서
주머니에 넣었다. 나중에 쓸 일이 있었다. 그러고는 비탈길을 올라
주차장으로 가서 차 문을 일일이 건드려본다. 트럭 문이 열렸다. 그는
펜라이트 스위치를 켜고 내부를 재빨리 살펴본다.

사탕! 언제나 옳다. 컵 홀더에서 끄집어낸 스마티스Smarties: 네슬레에서
생산하는 색색의 작은 바둑알 모양 초콜릿 초콜릿 열 개. 주머니에 사탕과
초콜릿을 집어넣었다. 아직 포장도 안 뜯은 판초형 비옷, 은색
아미트론 아날로그시계도 챙긴다. 비싼 시계는 아니다. 값나갈
것처럼 보이는 물건은 훔치지 않았다. 그에게도 상도덕이란 게
있었다. 그래도 시계는 여분으로 몇 개 있어야 했다. 눈비 내리는
야외에서 살다보면 어쩔 수 없이 망가지게 되니 말이다.

은둔자는 감시 카메라를 몇 대 더 지나친 뒤 식당 뒷문으로 향한다. 그는 침입용 공구가 든 운동용 캔버스 가방을 바닥에 내려놓고 지퍼를 연다. 여러 가지 물품이 든 가방 안에는 퍼티 나이프_{틈새를} 메우거나 표면을 긁는 용도로 사용하는 주걱처럼 생긴 공구 두 개, 페인트 스크레이퍼_{긁기 작업을 할 수 있는 공구} 한 개, 레더맨 멀티툴_{일명 '맥가이버} 칼', 목이 긴 일자 드라이버 여러 개, 예비용 손전등 세 개가 들어 있다. 처음 보는 문은 아니다. 식당 뒷문은 이미 그가 손을 써둔 탓에 약간 흠집이 생기고 찌그러진 상태다. 은둔자는 드라이버 하나를 꺼내 문과 손잡이 근처 문틀 틈새에 끼워 넣는다. 능숙하게 비틀자 한번에 문이 벌컥 열다. 그는 재빨리 안으로 들어간다.

스위치를 켠 펜라이트를 입에 꽉 물고서 널찍한 캠핑장 주방 안으로 들어선다. 국자들이 곤히 자고 있는 스테인리스 천장 선반 위에 펜라이트 빛이 가 닿는다. 오른쪽으로 돌아서 다섯 걸음을 옮기자 식료품 저장실이다. 은둔자는 배낭을 벗고 철제 선반을 훑어본다. 커피 두 통을 집어서 배낭 안에 떨구듯 집어넣는다. 토르텔리니_{만두} 모양의 파스타, 마시멜로 한 봉지, 아침 식사 대용 시리얼바 한 개, 험프티 덤프티 감자칩 한 봉지도.

그가 진짜 원하는 건 주방 반대쪽 끝에 있었다. 은둔자는 아까 돌 밑에서 챙긴 열쇠를 꺼내 대형 냉동고 손잡이의 열쇠 구멍 안으로 집어넣었다. 플라스틱 네 잎 클로버 열쇠고리는 이파리 하나가

떨어져 나간 상태다. 세 잎 반짜리 클로버도 행운을 가져다주는 모양이다. 손잡이가 돌아갔다. 그는 냉동고 안으로 들어간다. 그날 저녁의 용의주도한 임무가 곧 결실을 보리라는 느낌이 들었다.

그는 생명에 지장이 있을 정도로 극심하게 굶주린 상태였다. 텐트에 비축해둔 식용 물자는 크래커 한두 개, 가루 커피 약간, 인공 감미료 몇 봉지가 다였다. 계속 그 상태로 있었다가는 힘이 다 빠져 텐트에서 한 발짝도 못 나가게 될 수도 있었다. 햄버거 패티 상자, 치즈 덩어리, 포장된 소시지와 베이컨에 불빛을 비추었다. 심장이 벌렁거리고 위장이 아우성쳤다. 그는 맹렬한 기세로 배낭 안에 음식을 채워 넣었다. 뷔페가 따로 없었다.

02

드디어
발각되다

아내가 팔꿈치로 테리 휴스를 쿡 찔러 깨웠다. 휴스는 삐 소리를
듣고는 용수철이 풀리듯 침대 밖으로 튀어나갔다. 경기 시작.
모니터를 재빨리 확인한 그는 황급히 계단을 뛰어 내려갔다. 모든 게
제자리에 있었다. 총, 손전등, 휴대 전화, 수갑, 운동화. 총대. 총대는?
시간이 없다. 총대는 놔두고 트럭에 뛰어오른 뒤 출발했다.

오크리지Oak Ridge로 오른쪽, 그다음 왼쪽으로 약 800미터, 속도를
높여 파인 트리 캠프로 이어지는 긴 진입로를 따라갔다. 전조등을
꺼도 트럭에선 여전히 시끄러운 소리가 났다. 휴스는 트럭을
주차장에 내던지다시피 재빨리 세우고는 운전석에서 뛰어내렸다.
되도록 속도를 내며 계속 걸어갔지만 평소보다는 덜 민첩했다.

총대가 없다는 건 장비 때문에 양손이 자유롭지 않다는 뜻이니까.

그렇긴 해도 식당 쪽으로 전속력을 다해 움직였다. 바위를 뛰어넘고 나무를 잽싸게 피한 다음 쭈그리고 앉은 채 종종걸음으로 창문 밖에 이르렀다. 심장이 벌새의 심장처럼 고동쳤다. 침대에서 창문까지 딱 4분이 걸렸다.

휴스는 숨을 고르고는 조심스레 고개를 들어 창문 안을 살짝 엿보았다. 두 눈이 어둑한 주방에 적응하느라 안간힘을 썼다. 보였다. 손전등을 든 한 사람. 열려 있는 대형 냉동고 문에서 창백한 빛줄기가 흘러나왔다. 세월이 흐르고 흘러 나타난 저자가 정말 그자일까? 틀림없다. 잠옷 차림인 휴스는 허리 밴드에 있는 클립식 권총집을 쓰다듬으며 확인했다. 그렇다. 그 안에는 무기가 있다. .357 시그탄이 장전된 글록. 안전장치는 풀려 있다.

불빛이 밝아지자 휴스는 긴장했다. 한 남성이 배낭을 간신히 끌며 냉동고 밖으로 걸어 나왔다. 휴스가 예상한 모습과는 달랐다. 우선 첫째로 몸집이 컸고, 깨끗했다. 갓 면도를 한 얼굴이었다. 사내는 공부벌레들이 쓸 것 같은 크고 두꺼운 뿔테 안경과 모직 스키 모자를 쓰고 있었다. 그는 마치 식료품점에 있는 것처럼 태연하게 물건들을 고르며 주방을 이리저리 돌아다녔다.

휴스 경사는 일말의 만족감을 느꼈다. 법 집행을 완벽하게 할 수 있는 순간이 드물다는 것을 그도 잘 알았다. 휴스는 18년 동안 메인 주 금렵구 관리인으로 일하기 전까지 그는 10년 가까이 미국 해병대 소속이었다. 지루하고 고된 일, 막다른 궁지, 서류 정리 분야에서는 박사학위를 받을 만한 사람이지만, 이따금 겪었던 좌절이 거름이 될 지혜를 얻을 때도 있었다.

몇 주 전 휴스는 은둔자의 통치 시대를 끝내버리기로 굳게 다짐했다. 그는 경찰에서 쓰는 일반적인 방식으로는 효과를 거둘 수 없다는 것을 잘 알았다. 서로 다른 법 집행기관 네 곳 — 자치구 경찰국 두 곳, 주 경찰, 금렵구 관리청 — 에서 실시한 족적 추적, 상공 저공비행, 분말법 지문 채취를 포함한 간헐적인 수사가 이어진 지 25년이 지났다. 하지만 은둔자의 이름조차 알아내지 못한 상황이었다. 전문가의 최첨단 감시에 의문을 품은 휴스는 사립 탐정과 브레인스토밍을 하고, 군대 동료들과 생각나는 대로 아이디어를 나눴다. 하지만 이거다 싶은 방법은 하나도 나오지 않았다.

휴스는 메인 주와 퀘벡 주 국경 근처 랭글리에 있는 국경 순찰대에 근무하는 몇몇 지인에게 연락했다. 그 과정에서 한 사람이 국토안보부의 신장비를 소개하는 연수를 받고 막 돌아온 참이라는 사실을 알게 되었다. 몰래 국경을 넘으려는 사람들을 추적하기 위한 목적으로 개발된 고성능 기구란다. 그런데 극비 기술로 금렵구 관리인이 쓰기에는 지나치게 복잡하다는 얘기를 들었다.

이거다, 하는 생각이 들었다. 휴스는 세부 사항에 대해서는 비밀로 하기로 약속했다. 얼마 안 있어 국경 순찰대원 세 명이 파인 트리 캠프 주방으로 왔다.

그들은 감지기를 제빙기 뒤쪽과 주스 통에 각각 하나씩 숨겼다. 데이터 수신기는 휴스의 집 계단 맨 위에 설치해서 경고음이 어느 방에서나 잘 들리게 해두었다. 휴스는 직관적으로 기계를 조작할 수 있을 때까지 시스템을 익히는 데 몰두했다.

이것만으로는 충분하지 않았다. 은둔자를 함정에 빠뜨리려면 대충대충 할 여지는 거의 없었다. 접근 중에 발생하는 잘못된 소음, 부주의한 손전등 불빛 때문에 계획이 실패할 수도 있다. 그는 센서 등의 위치를 외워두고, 트럭을 세워둘 최적의 장소를 찾아내고, 집에서 캠핑장까지 가는 움직임 하나하나를 미리 연습했다. 매번 연습하면서 시간을 단축했다. 매일 밤 모든 장비를 정리하는 습관을 들였다. 그날 챙기지 못한 총대는 그도 인간이라는 것을 증명한 유일한 실수였다. 그러고 나서 기다렸다. 2주가 걸렸다. 아내 킴이 제일 먼저 '삐' 소리를 들었던 시각은 새벽 1시가 조금 지났을 때였다.

이 모든 것에 운이 더해져서 완벽한 법 집행의 순간을 맞게 되었다. 휴스는 절도범이 체계적으로 배낭을 채우는 모습을 창문으로 몰래 지켜봤다. 애매한 부분은 하나도 없었다. 정황 증거가 아니었다.

절도범이 식당 밖으로 걸어 나오
자 휴즈는 '탁!' 하고 맥라이트 손
전등 버튼을 눌렀다. 손전등 불빛
을 사내의 눈에 곧장 비추면서 권
총을 코 정중앙에 겨눴다.

"엎드려! 엎드려! 엎드려!"

건물 모퉁이를 돌자 여기저기 흩
어진 다량의 식료품과 함께 양팔
을 뒤로한 채 배를 대고 엎드린
한 남자가 보였다. 휴스와 맞닥뜨
리자마자 도둑은 소스라치게 놀
라며 아무런 저항 없이 차가운 시
멘트 바닥에 쓰러지듯 엎드렸다.

현행범으로 잡힐 것이다. 파인 트리 캠프는 신체장애와 발달장애가
있는 아이와 성인에게 음식을 제공하는 곳으로, 기부를 통해
운영되는 비영리 단체다. 휴스도 여러 해 동안 자원봉사자로 일했다.
캠프 참가자들과 노스 폰드에서 낚시를 하기도 했다. 농어와 화이트
퍼치 농어과의 작은 식용어 를 잡았다. 도대체 어떤 자가 한두 번도 아니고
계속해서 장애인을 위한 여름 캠핑장에 몰래 침입하는 걸까?

휴스는 머리를 낮춘 채 천천히 조심스럽게 건물을 벗어난 뒤 조용히
휴대폰으로 전화를 걸었다. 보통 불법사냥꾼이나 길 잃은 도보
여행자를 관리하는 금렵구 관리인은 일반적으로 절도 사건을 맡지
않는다. 따라서 휴스의 이러한 노력은 주로 업무 외 시간에 이뤄진
집착이었다. 휴스는 메인 주 경찰 파견실에 전화를 걸어 다이앤 밴스
경찰관에게 알려달라고 요청했다. 밴스 역시 은둔자를 쫓고 있었다.
휴스와 밴스는 오랫동안 동료로 지내왔다. 같은 해에 각자 다니던
아카데미를 졸업한 뒤 가끔씩 함께 일한 지가 20년이 다 되었다.
휴스는 밴스가 체포하도록 할 생각이었다. 서류 작업도 마찬가지다.
휴스는 은둔자를 지키기 위해 다시 창문으로 되돌아갔다.

은둔자는 배낭을 단단히 쥔 뒤 어깨에 짊어졌다. 주방을 나와 아무도
없는 널찍한 식당 쪽으로 가자, 휴스의 시야에서 사내가 사라졌다.
휴스는 출구 쪽으로 가고 있으리라고 추정했다. 처음에 비집어
열었던 문과는 다른 출구였다. 휴스는 본능적으로 그 사내가 향할

것 같은 곳으로 건물 주변을 조심조심 능숙하게 돌면서 움직였다. 캠프 식당의 다른 문들과 마찬가지로 그 출입문 역시 녹색 나무틀 테두리에 선홍색이 칠해져 있었다. 이슥한 밤, 도움의 손길 하나 없는 상태에서 휴스는 몇 초 뒤 폭력적일 수도 있는 만남이 이뤄질 순간을 맞았다. 복잡한 찰나, 걱정스러운 결정이었다.

그는 그의 능력 범위 내에서 주먹다짐부터 총격전까지 우발적으로 일어날 만한 모든 상황에 대비했다. 휴스는 마흔네 살이지만 여전히 신참 못지않게 팔팔했다. 해병대 특유의 머리 모양을 하고 종이를 접어놓은 듯한 날카로운 턱선을 지녔다. 그는 메인 주 형사사법아카데미Maine Criminal Justice Academy 에서 일 대 일로 붙는 호신술을 가르친다. 그러니 이대로 물러나서 불법 침입자를 그냥 풀어주는 일은 있을 수 없었다. 제 한 몸에 대한 걱정보다 현재 벌어지고 있는 중범죄를 중단시키는 것이 더 먼저였다.

휴스는 절도범이 제대군인일 거라고, 그래서 무장을 했으리라고 생각했다. 어쩌면 전투 실력이 휴스의 조림造林 기술보다 우월할 수도 있었다. 휴스는 오른손에는 글록을, 왼손에는 손전등을 쥔 채 건물 벽에 등을 기댄 채 선홍색 문 옆에 자리를 잡았다. 재빨리 마음속으로 만일의 사태를 짚어보며 기다리는데 작게 딸깍 소리가 나면서 문손잡이가 돌아갔다.

절도범이 식당 밖으로 걸어 나오자 휴스는 '탁!' 하고 맥라이트

손전등 버튼을 눌렀다. 손전등 불빛을 사내의 눈에 곧장 비추면서 권총을 코 정중앙에 겨눴다. 두 팔을 쭉 뻗은 상태에서 흔들림 없이 총을 쥔 손을 손전등을 쥔 손 위에 올려놓은 자세로. 두 사람 사이의 거리는 몸 하나가 들어갈 정도였다. 사내가 달려드는 일이 없도록 휴스는 급히 몇 발자국 뒤로 물러서면서 똑같은 말을 맹렬히 외쳤다.

"엎드려! 엎드려! 엎드려!"

03

예상치 못한
만남

밴스는 어둠을 뚫고 파인 트리 캠프로 차를 몰았다. 아는 거라곤
테리 휴스가 사라지는 데 비상한 재주가 있는 남자를 쫓다가 예비
인력도 없이 위험한 상황에 처하게 됐다는 사실뿐이다. 캠핑장에
다다를 즈음 밴스는 그 사내가 이미 사라졌을 거라고 확신했다.
아니, 예상보다 더 나쁜 상황이 벌어졌을 수도 있다. 그 사내에게
총이 있었을 수도, 그 총을 사용했을 수도 있다. 방탄조끼를 입고 온
이유도 바로 그 때문이다. 밴스는 휴스가 방탄조끼를 입지 않았다는
사실을 알고 있었다.

밴스는 파인 트리 캠프 진입로 옆에 숨겨둔 짙은 황록색 메인 주
금렵구 관리청 트럭을 지나 곧장 식당으로 향했다. 인기척이 전혀

없었다. 주위를 경계하며 경찰차에서 내린 밴스는 걸어 나오면서 "휴스 경사? 휴스 경사?"라고 불렀다.

"10 46!" — 구속 피의자를 뜻하는 메인 주 경찰의 암호 — 이라는 답이 돌아왔다. 순간 밴스의 걱정이 누그러졌다. 건물 모퉁이를 돌자 여기저기 흩어진 다량의 식료품과 함께 양팔을 뒤로한 채 배를 대고 엎드린 한 남자가 보였다. 휴스와 맞닥뜨리자마자 도둑은 소스라치게 놀라며 아무런 저항 없이 차가운 시멘트 바닥에 쓰러지듯 엎드렸다. 다만 완벽한 구속 상태는 아니었다. 두꺼운 겨울 재킷 소매 때문에 휴스가 수갑을 채우는 데 애를 먹고 있었다. 밴스는 위에서 덮친 다음 자신의 수갑을 용의자에게 채웠다. 그제야 완전한 10 46 상태가 되었다.

두 경찰관은 사내를 앉힌 다음 일으켜 세웠다. 두 사람은 그의 주머니에 든 것을 모조리 — 스마티스 초콜릿, 아미트론 시계, 클로버 열쇠고리 — 꺼낸 뒤 배낭과 무기가 든 운동 가방을 확인했다. 그가 폭파범일지 테러리스트일지 살인범일지 두 경찰관은 전혀 알 수 없었기 때문이다. 하지만 나온 건 레더맨뿐이었다. 레더맨에는 13년 전인 2000년 파인 트리 캠프 1박 여행을 기념하는 문구가 새겨져 있었다.

사내는 두 경찰관의 명령에는 순순이 따랐지만 질문에는 답하지 않았다. 그는 눈을 피했다. 몸수색과 물품수색을 했지만 신원을 알아낼 수 없었다. 찍찍이로 여닫는 카무플라주 문양 지갑이 있었지만 안에는 현금 다발만 들어 있었다. 돈은 딱 봐도 아주 오래되었는데 곰팡이가 핀 것도 있었다.

새벽 2시, 늦은 시각이었지만 휴스는 파인 트리 캠프의 시설 담당자 하비 체슬리에게 전화를 걸었다. 체슬리는 당장 출발하겠다고 말했다. 휴스는 식당에 들어갈 수 있는 마스터키를 갖고 있었다. 은둔자를 잡기 위해서라면 뭐든지 해도 괜찮다면서 체슬리가 마스터키를 준 것이었다. 휴스는 문을 열고 조명 스위치를 켰다. 휴스와 밴스는 방금 전 절도 행각이 벌어진 장소로 용의자를 다시 데리고 들어갔다.

식당은 동굴처럼 소리가 울렁울렁 퍼지는 넓게 트인 공간이었다. 거대한 가문비나무 서까래의 아치형 천장 밑에 파란색 리놀륨이 깔려 있었다. 비수기라서 탁자와 의자는 모두 포갠 상태로 벽에 기대어 쌓아두었다. 호수 쪽으로 여러 개의 창문이 죽 나 있었지만 어두워서 아무것도 보이지 않았다. 휴스와 밴스는 적갈색 플라스틱 시트의 금속 프레임 의자 하나를 식당 중앙으로 끌고 와서 용의자를 앉혔다. 여전히 등 뒤로 수갑을 찬 상태였다.

두 경찰관은 남자 앞으로 접이식 탁자를 밀고 왔다. 밴스는 의자에 앉고 휴스는 그대로 서 있었다. 사내는 여전히 말을 하지 않았다. 얼굴에 떠오른 표정은 멍하고 차분해 보였지만, 주변을 불안하게

만드는 표정이었다. 예상치 못한 만남으로 체포된 지 얼마 안
된 사람이 말없이 무표정하게 있을 수는 없으니까. 휴스는 그가
정신이상자인 게 아닐까, 하고 생각했다.

사내는 최신 유행 스타일인 청바지, 멋진 컬럼비아 재킷 밑에
모자가 달린 회색 운동복 상의를 받쳐 입고 튼튼한 워크부츠를 신고
있었다. 백화점에서 막 쇼핑을 하고 돌아온 사람 같았다. 배낭은
엘엘빈L. L. Bean 제품이었다. 구식인 것은 두꺼운 플라스틱 안경
테뿐이었다. 보였다. 턱에 까칠하게 자란 수염의 자리만 있을 뿐
더러워 보이지 않았다. 코를 찌르는 체취도 전혀 없었다. 모직 모자에
가려진 가느다란 머리카락도 아주 짧게 깔끔하게 깎여 있었다.
피부는 이상하리만치 창백했고, 손목에는 딱지가 여러 개 앉아
있었다. 키는 약 180센티미터가 조금 넘고 어깨가 넓으며 몸무게는
80킬로그램가량 정도로 보였다.

은둔자를 찾으러 다닌 여느 경찰관과 마찬가지로 밴스 역시 은둔자
이야기는 대부분 지어낸 것이라 보고 늘 수상쩍게 여겼다. 이제는
의심이 확신이 되었다. 이 남자는 결코 숲에 있다가 나왔을 리가
없었다. 어딘가에 집이 있거나 호텔방에서 지내면서 오다가다 여러
곳을 털었을 것이다.

얼마 안 있어 시설 담당자 체슬리가 왔을 때 캠프의 관리 직원도
도착했고 나중에는 또 다른 금렵구 관리인도 합류했다. 체슬리는 두

경찰관이 용의자의 주머니에서 꺼낸 시계를 단번에 알아봤다. 아들 알렉스의 시계였다. 알렉스는 트럭 안에 시계를 놔둔 채 파인 트리 주차장에 차를 세워두었다. 값나가는 시계는 아니지만 큰 의미가 있는 물건이었다. 할아버지가 준 선물이었기 때문이다. 그러는 사이 용의자가 손목에 차고 있던 시계가 관리 직원 스티브 트레드웰의 주의를 끌었다. 새피 파인 제지회사의 스코히건 공장에서 25주년 근속을 기념하여 받은 시계였다.

식당 안에서 소란이 일자 용의자가 평정을 잃기 시작했다. 여전히 조용히 앉아 있긴 했지만 곧 눈에 띄게 고통스러워했다. 두 팔이 바들바들 떨렸다. 그때 휴스에게 좋은 수가 떠올랐다. 휴스와 벌인 대치 상황은 위협적이고 대단히 충격적이었지만, 밴스라면 더 차분한 분위기를 만들어낼 수 있을지도 몰랐다. 휴스는 다른 사람들을 데리고 스윙도어를 통해 주방으로 갔다. 식당에는 용의자와 밴스, 단둘만 남았다.

밴스는 잠시 식당 안의 공기를 진정시켰다. 그녀는 경찰생활 18년 내내 아주 흥미로우면서도 수수께끼 같은 이 사건을 추적해왔다. 밴스는 수갑 찬 손의 방향을 바꿔 사내의 두 팔이 앞으로 향하게 하여 더 편안히 앉을 수 있게 해주었다. 휴스는 물병과 쿠키 한 접시를 갖다준 뒤 다시 주방으로 물러갔다. 밴스는 수갑을 완전히 풀어주었다. 사내는 물을 마셨다. 그는 한 시간 반 넘게 구금된 상태였다. 어쩌면 이번에는 절대로 사라지지 못하리란 걸 깨달았는지도 모른다. 밴스는 침착하고 차분하게 그의 권리를 말해주었다. 그에게는 묵비권을 행사할 권리가 있었다.

밴스는 그에게 이름을 물었다.

"크리스토퍼 토머스 나이트입니다."

은둔자가 말했다.

04

27년 만의
대화

"생년월일은?"

"1965년 12월 7일." 음절 하나하나, 하기 싫은 말을 하는 것 같았다.
그의 입에서 빠져나온 소리는 안간힘을 쓰며 돌아가기 시작하는
낡은 엔진처럼 더듬더듬 쇳소리가 났다. 하지만 적어도 말뜻은
이해하고 있는 것처럼 보였다. 밴스는 대답을 급히 받아 적었다.

"나이는?"

사내는 또다시 조용해졌다. 이름과 생일은 뇌 속에 박혀 있는 오래된
유물이었다. 모든 걸 잊고 싶어도 그렇게 할 수 없다는 건 분명하다.
하지만 연도는 잊어버릴 수 있음을 사내는 입증했다.

그는 손가락을 풀어가며 계산하기 시작했다.

"좋아요, 그런데 지금이 몇 년도죠?" 그는 밴스와 함께 문제를 풀어나갔다. 오늘은 2013년 4월 4일 목요일이다. 크리스토퍼 나이트는 마흔일곱이었다.

"주소는?" 밴스가 물었다.

"없습니다." 나이트가 대답했다.

"우편물은 어디서 받아요?"

"우편물 같은 건 없습니다."

"「소득 신고서」에 적는 주소는요?"

"소득 신고 안 합니다."

"장애인 보조금은 어디로 받나요?"

"보조금 안 받습니다."

"차는 어디 있어요?"

"없습니다."

"누구랑 같이 살아요?"

"아니오."

"어디 살아요?"

"숲에서요."

지금은 이 주장들의 진실 여부에 대해 논쟁을 벌일 적당한 때가
아니라는 것을 밴스는 이해했다. 그저 말하도록 두는 게 최선이었다.

"숲에서 산 지 얼마나 됐나요?" 밴스가 물었다.

"수십 년요." 그가 말했다.

밴스는 더 상세한 내용을 원했다.

"몇 년도부터요?" 그녀가 범위를 좁혀 질문했다.

또다시 연도가 나왔다. 말하기로 마음먹은 이상 엄격하게 사실만을
애기하는 게 중요했다. 그 밖의 다른 것은 단어 낭비가 될 테니까.
그는 아직도 어두컴컴한 창밖을 잠시 응시하면서 집중했다.

"체르노빌 원전 사고가 일어난 게 언제였죠?" 그가 물었다.

이 질문을 하자마자 그는 '하지 말걸' 하고 곧 후회했다. 경찰관은
그를 미치광이 환경운동가라고 생각할 것이다. 정말이지 체르노빌
사고는 언뜻 떠오른 뉴스 사건일 뿐이다. 하지만 이런 사정을 명확히
설명하는 게 불가능해 보였기에 그는 이쯤 해두고 더 이상 말하지
않았다. 밴스는 휴대 전화로 검색해보았다. 체르노빌 사고가 일어난
때는 1986년이었다.

"그때 숲으로 갔어요." 그가 말했다. 27년 전이다. 고등학교를 갓 졸업한 청년은 이제 중년 남성이 되었다. 그는 텐트에 살면서 세월을 보냈다고 말했다.

"어디서요?" 밴스가 물었다.

"멀리 떨어진 숲 어디쯤에서요." 그가 대답했다. 뒤뜰에 있는 호수 이름도 모르는 그가 자신이 있는 지역 이름을 모르는 건 너무나도 당연했다. 그곳은 인구 1,010명이 사는 메인 주 롬Rome 이었다. 하지만 은둔자 나이트는 거주하는 지역명은 몰라도 숲속 그의 작은 땅에서 자라는 모든 수종의 이름은 죽 열거할 수 있었고, 특정한 나뭇가지 형태도 대부분 묘사할 수 있었다.

"겨울에는 어디서 지냈어요?" 밴스가 물었다.

그는 작은 나일론 텐트 안에 있었다고 주장했다. 겨우내 한 번도 불을 피우지 않았다고도 했다. 연기가 나면 자신의 야영지를 들킬 수 있었기 때문이다. 가을이면 식량을 비축해놓고 대여섯 달 동안 떠나지 않았다고 했다. 흔적을 남기지 않고 숲을 지나갈 수 있을 정도로 눈이 충분히 녹을 때까지.

밴스는 곰곰이 생각할 시간이 필요했다. 메인 주의 겨울은 길고 몹시 춥다. 습도가 높고 바람이 많이 부는 추위, 최악의 날씨다. 일주일간의 겨울 야영은 인상적이다. 하지만 겨울 내내 야영을

한다는 얘기는 들어본 적이 없었다. 그녀는 양해를 구한 뒤
스윙도어를 통해 주방으로 들어갔다.

다른 사람들은 문에 뚫어놓은 커다란 직사각형 창문을 통해
나이트를 예의 주시하면서 커피를 마시고 있었다. 밴스는 자신이
들은 내용을 그들에게 알려주었다. 얼마만큼 믿어야 할지 아무도
확신할 수 없었다. 휴스는 용의자가 입을 다물기 전에 무단 침입에
대해 알아내는 게 중요하다고 말했다.

밴스가 나이트에게 다시 돌아가자 휴스는 대화 내용을 듣기 위해
문을 약간 열어두었다. 사실상 대부분의 범죄자들은 어떤 범행이든
부인한다는 것을 휴스는 잘 알고 있었다. 범행을 저지르고 있는
장면이 직접 목격된 상황에서도 자신이 하지 않았다고 신에게
맹세할 것이다.

"이 건물에는 어떻게 들어왔는지 말해줄래요?" 밴스가 나이트에게
물었다.

"드라이버로 문을 따고 들어갔어요." 나이트가 말했다.

그는 냉동고 안에 들어가기 위해 계절이 몇 번 바뀌는 동안 훔친
열쇠를 사용했다고 덧붙였다. 그러면서 앞에 있는 탁자 위에 흩어진
여러 물건들 가운데 세 잎 반짜리 클로버 열쇠고리를 가리켰다.

"돈은 어디서 났어요?" 밴스가 그의 지갑에서 꺼낸 총 395달러 45만

원가량의 현금 뭉치를 가리키며 물었다.

"몇 년 동안 모았습니다." 나이트가 말했다. 여기저기 몰래 들어간 곳에서 한 장씩 모은 지폐들이었다. 뭔가를 사기 위해 도시로 나가야 할 때가 올 수도 있다고 생각했지만 그럴 일은 없었다. 그는 숲에서 사는 동안 돈을 한 푼도 쓰지 않았다고 말했다.

밴스는 나이트에게 오두막이나 주택, 캠핑장을 몇 번이나 털었는지 대충 계산해보라고 했다. 나이트가 계산하고 있는 것처럼 보이는 동안 침묵이 한참 이어졌다.

"1년에 40번요." 마침내 그가 입을 열었다.

이제 밴스가 계산할 차례였다. 27년 동안 해마다 40번이라면 총 1,000번이 넘었다. 정확히 말하면 1,080회. 모두 중죄였다. 메인 주 역사상 최대의 절도 사건임이 거의 확실했다. 개별 무단 침입 건수에서는 미국 전체에서 아마 최다일 것이다. 어쩌면 세계 최다일 수도 있다.

나이트는 집에 아무도 없는 게 확실해질 때까지 주의 깊게 살핀 뒤 밤에만 들어갔다고 설명했다. 사람이 상주하는 거주지에서는 절대로 훔치지 않았다. 난데없이 누군가가 나타날 가능성이 더 높기 때문이었다. 그는 오로지 여름 별장과 파인 트리 캠프만 털었다. 오두막은 문이 잠겨 있지 않은 경우도 있었지만, 쇠 지렛대로 창문을 열거나 강제로 문을 따야 할 때도 있었다. 파인 트리 캠프만 100번 이상 몰래 들어갔을 것이다. 언제나 들고 갈 수 있는 건 다 가져갔지만 양이 많지는 않았기 때문에 계속 다시 올 수밖에 없었다.

밴스는 그가 갖고 있는 훔친 물건들을 모조리 몰수할 거라고 설명하면서 원래 그의 것이 뭔지 말해보라고 했다.

"다 훔친 겁니다." 그가 말했다. 배낭, 부츠, 침입용 공구들, 야영장 전체, 그리고 입고 있는 옷 전부와 바로 아래 속옷까지.

"솔직히 제 것이라고 말할 수 있는 건 안경뿐입니다." 그가 말했다.

밴스는 이 지역에 가족이 있는지 물었다.

"그건 대답하고 싶지 않습니다." 그가 말했다. 그는 부모가 살아 있는지 죽었는지 몰랐다. 누구와도 연락하고 지내지 않았다. 부모가 살아 있다고 하더라도 자신이 발견되었다는 사실을 절대로 알지 않기를 바랐다. 밴스는 이유를 물어봤다. 나이트는 부모가 자신을 도둑으로 기르지 않았다고 말했다. 수치스럽다고 했다.

나이트는 메인 주 중부 지방에서 자랐다고 인정했다. 군대에 있었던 적은 한 번도 없었다. 그는 1984년에 로렌스고등학교를 졸업했다고 했다. 파인 트리 캠프의 시설 책임자 체슬리는 부인이 인근 도시인 페어필드에 있는 로렌스고등학교를 다니다가 그보다 2년 늦게 졸업했다고 말했다. 집에 1984년도 졸업앨범이 있을지도 몰랐다.

휴스는 체슬리에게 집에 가서 앨범을 찾아봐달라고 부탁했다.

밴스는 긴급 호출로 나이트의 신원을 조회했다. 그에게는 전과 기록이 전혀 없었다. 「구속 영장」이 청구된 적도 없었다. 실종자 명단에도 올라가 있지 않았다. 운전면허증은 1987년 그의 생일에 기한이 만료되었다.

체슬리가 졸업 앨범을 가지고 다시 돌아왔다. '로렌스 라이어Lawrence Lyre'라는 그 졸업 앨범은 군청색 표지에 '84'라는 숫자가 은색으로 큼지막하게 찍혀 있었다. 크리스토퍼 나이트라는 이름의 졸업반 사진에는 헝클어진 검은 머리의 한 아이가 두꺼운 뿔테 안경을 쓰고 팔짱을 낀 채 나무에 등을 기대고 있었다. 가슴 쪽에 주머니가 두 개 달린 파란색 폴로셔츠를 입고 있었다. 건강하고 튼튼해 보였다. 뭐랄까, 미소라기보단 묘하게 쓸쓸한 웃음을 띠고 있었다. 운동부나 동아리, 여타 다른 곳에는 사진이 없었다.

지금 파인 트리 캠프 식당에 앉아 있는 사람과 동일 인물인지 알기 힘들었다. 나이트는 수면에 흐릿하게 비친 모습을 제외하고는 몇 년 동안 자기 모습을 본 적이 없다고 말했다. 야영지에는 거울이 없다고 했다.

"면도는 어떻게 해요?" 밴스가 물었다.

"거울을 보지 않고 합니다." 그는 지금 자기가 어떻게 생겼는지 몰랐다. 눈을 가늘게 뜨고 졸업 사진을 가만히 들여다봤다. 이마 위로 밀어 올렸던 안경을 코 위에 다시 올려두었다.

바로 그 순간 휴스와 밴스 두 사람 다 그날 밤 들은 이야기가 전부 사실이라는 것을 불현듯 확신하게 되었다. 그냥 직감으로 알 수 있었다. 안경테 색깔은 수십 년이 흐르면서 바랬지만 사진 속 소년과 식당에 앉아 있는 남자는 똑같은 안경을 쓰고 있었다.

이제 머지않아 동이 틀 시간이었다. 어둠이 최고조에 달했다. 나이트는 곧 사법체계 속으로 휩쓸려 들어가게 될 것이고 어쩌면 다시는 자유롭게 말할 수 없을지도 몰랐다. 이를 알기에 밴스는 해명을 듣고 싶었다. 왜 세상을 등지고 살았나? 하지만 나이트는 명확한 이유를 말해줄 수 없다고 했다.

밴스는 그의 손목에 앉은 딱지들을 가리키며 물었다. "약을 바르거나 의사에게 가야 할 때는 어떻게 했어요?"

"약을 먹은 적도 없고 의사에게 간 적도 없어요." 나이트가 말했다. 점점 나이가 들면서 상처나 멍이 낫는 속도가 느려지긴 했지만 한 번도 중상으로 고통받은 적은 없다고 했다.

"아팠던 적은 없어요?" 밴스가 물었다.

"없어요. 다른 사람들과 접촉해야 병에 걸리죠." 나이트가 말했다.

"다른 사람과 가장 마지막으로 접촉한 게 언제였나요?"

나이트는 신체적 접촉은 한 번도 없었지만 1990년대에 언젠가 숲을 걷다가 우연히 도보 여행자 한 명을 만나긴 했다고 대답했다.

"무슨 말을 했나요?" 밴스가 물었다.

"'안녕하세요?'라고 했죠."

나이트는 그 한 마디 외에는 오늘 밤까지 27년 동안 다른 사람과 이야기한 적도, 접촉한 적도 없다고 했다.

^
05

장난과
범죄 사이

어떤 집은 가장 먼저 손전등이 사라졌다. 어떤 집에서는 예비용
프로판 가스통이 없어졌다. 침대 옆 탁자 위에 올려둔 책 또는
냉동고에 넣어둔 스테이크가 없어질 때도 있었다. 한 오두막에서는
주철 프라이팬, 과도, 커피포트가 없어졌다. 당연한 얘기지만
배터리도 사라졌다. 대개는 집 안에 있는 배터리가 몽땅.

이것은 장난일 정도로 재미있지도 않았고, 범죄 수준으로
심각하지도 않았다. 장난과 범죄 사이의 어떤 불안한 지점에
자리하고 있었다. 어쩌면 아이들이 손전등을 가져갔을 수도 있다.
냉동고 안에 정말로 스테이크를 뒀던가? 어쨌든 텔레비전은 여전히
제자리에 있었다. 컴퓨터, 카메라, 스테레오, 보석도 마찬가지였다.

창문이나 문이 망가지지도 않았다. 경찰에 신고해서 도둑이 들었는데 D사이즈 건전지 벽시계 등에 들어가는 사이즈가 큰 건전지, 스티븐 킹 소설책이 없어졌다고 말할 텐가? 그러진 않을 것이다.

하지만 다음번 봄에 오두막으로 다시 돌아와보면 현관문이 잠겨 있지 않거나 데드볼트 걸쇠가 끌러져 있다. 어떤 경우에는 부엌 싱크대 온수 손잡이가 손에 툭 떨어진다. 마치 균형을 맞추기 위해 거기 그냥 있었던 것처럼 쉽게. 싱크대와 그 위에 있는 창문을 자세히 살펴보면 뭔가를 갈아낸, 부스러기처럼 생긴 하얗고 아주 작은 꼬불꼬불한 것들 몇 개가 문틀 위에 떨어져 있는 것을 보게 된다. 그러고는 창문에 달아놓은 금속 자물쇠가 풀려 있고 주위 창틀이 약간 긁혀 있다는 사실을 알아차리게 된다.

이럴 수가, 누군가가 집 안에 들어왔다. 아마도 꼼지락꼼지락 창문을 통과한 뒤 수도꼭지를 밟고 지나갔으리라. 그런 다음 아무것도 부서지지 않은 것처럼 보이게 만든 것이다. 이번에도 귀중품은 사라지지 않았다. 하지만 이번에는 실제로 경찰에 신고한다.

경찰은 이미 은둔자에 대해 잘 알고 있다면서 이 사건이 하루빨리 해결되기를 바란다고 말한다. 여름 내내 바비큐 파티에서, 캠프파이어에서, 비슷한 이야기를 여남은 번 듣는다. 프로판 가스통과 배터리, 책은 상수常數이고, 이 밖에 옥외용 온도계, 정원용 호스, 눈삽, 하이네켄 맥주 한 상자가 없어진다.

한시적으로 오두막을 이용하는 한 부부는 2단 침대 가운데 매트리스 하나가 없어졌다는 사실을 발견했다. 도저히 이해할 수 없는 일이다. 오두막 창문 밖으로는 절대로 매트리스를 밀어낼 수 없다. 딱 하나 있는 문인 현관문도 겨울 내내 빗장을 지르고 맹꽁이자물쇠를 채워놓은 상태다. 부부가 왔을 때 현관문은 잠겨 있었고 자물쇠에도 손댄 흔적이 없었다. 손상된 곳이라곤 하나도 없었다. 그런데 부엌 창문을 쇠 지렛대로 억지로 연 것 같았다. 머리를 짜내고 짜내서 이렇게 생각해볼 수는 있을 것이다. 도둑이 창문을 통해 집 안으로 들어온 뒤 현관문 경첩의 핀을 빼내어 문을 경첩 쪽으로 열어 매트리스를 밖으로 끄집어낸 다음 다시 문을 달고 창문으로 빠져나갔다고.

주 목표물이 파인 트리 캠프라는 것을 모르는 사람이 없었다. 그곳은 도둑의 개인적인 코스트코Costco였다. 불법침입으로 인한 피해는 전부 다 아주 미미했다. 유리가 깨지지도 않았고 온 집 안을 다 뒤집어 엎어놓지도 않았다. 그는 도둑이긴 해도 기물을 파손하지는 않았다. 문을 떼어낸 다음 시간을 들여서 다시 달았다. 그는 비싼 물건에는 관심이 없는 듯했다. 그녀는, 또는 그들은, 아무도 몰랐다. 도둑맞은 물품들의 종류를 보고 한 가족은 그를 '산山사람'이라고 불렀는데, 아이들이 무서워하자 '굶주린 자'라고 바꿔 불렀다. 경찰을 비롯한 대부분의 사람은 불법 침입자를 그냥 '은둔자', 혹은 '노스 폰드 은둔자', 혹은 더 공식적으로는 '노스 폰드의 은둔자'라고

부르기 시작했다. 한 경찰「보고서」에는 '은둔자의 전설'이라고
언급되어 있고, 용의자의 성명을 기재해야 하는 「보고서」 중에는
'은둔자 은둔자'라고 기록된 것도 있었다.

노스 폰드의 주민들 대다수는 그 은둔자가 실제로는 이웃
사람이라고 확신했다. 노스 폰드와 리틀 노스 폰드는 여름에
사람들이 마글거리는 해안, 외떨어진 부유한 동네와 거리가 먼 메인
주 중부에 있다. 호숫가를 따라 구불구불하게 이어진 도로들은
대부분 비포장도로로 울퉁불퉁하며, 대략 19킬로미터 정도 되는
두 호수의 둘레를 따라 오두막 300채가량이 주변에 산재해 있다.
대부분의 오두막에는 날씨가 포근할 때만 사람들이 산다. 아직도
전기가 안 들어오는 집도 몇 채 있다. 이웃끼리 서로 잘 알고 지내는
편이며, 사람이 바뀌는 경우는 많지 않다. 100년 동안 한자리를 지킨
가족들도 있다.

사람들은 무단 침입이 어쩌면 동네 10대 패거리의 짓 ― 갱단
입회식, 장난 ― 일지도 모른다고 짐작했다. 반反사회적인 베트남전
참전 용사의 소행일 수 있다고 추측하는 사람들도 있었다. 파인 트리
캠프의 내부 범죄일 가능성이 더 높다고 생각하는 사람들도 있었다.
메인 주 바깥의 외지에서 온 수상쩍은 사슴 사냥꾼들도 있었다.
아직도 도주 중인 1970년대 비행기 납치범들 가운데 한 사람일지도
몰랐다. 연쇄살인범일 수도 있었다. 늘 홀로 낚시를 하는, 누구도

그의 오두막에 가본 적 없는 남자는 어떤가? 그 집에서 매트리스를 찾을 수도 있다.

어느 여름날 한 가족이 아이디어를 생각해냈다. 이들은 손으로 쓴 메모와 함께 현관문에 줄을 매달아 펜을 테이프로 붙여놓았다. 메모에는 이렇게 적어두었다.

"제발 몰래 들어오지 마세요. 필요한 걸 말해주면 미리 빼둘게요."

이것은 작은 유행이 되었고, 얼마 안 있어 여섯 가구가 현관문에 펄럭이는 메모를 붙여놓게 되었다. 다른 주민들은 학교 기금 모금자에게 기부하듯이 문 손잡이에 책을 담은 쇼핑백을 걸어두었다.

메모에는 아무 「답장」이 없었다. 쇼핑백 역시 전혀 손대지 않았다. 그럼에도 무단 침입은 계속되었다. 침낭, 절연 처리가 된 스노모빌 슈트, 1년치 「내셔널 지오그래픽」 잡지. 자동차와 배, ATVall-terrain vehicle: 전지형 만능차에 들어가는 뭉툭하고 커다란 배터리를 포함한 배터리와 더 많은 배터리. 매트리스를 잃어버렸던 부부는 배낭을 도둑맞았다. 순간적으로 이들은 공포에 휩싸였다. 배낭 안에 여권을 숨겨뒀기 때문이다. 그런데 벽장 안에서 절도범이 배낭을 들고 떠나기 전에 꺼내둔 여권을 발견했다.

결국 대부분의 사람은 오두막을 보강하기로 결정했다. 방범 장치,

센서등燈, 더 튼튼한 창문, 더 견고한 문을 설치했다. 여기에 수천 달러를 쓴 사람도 있었다. '은둔자 방지hermit-proofing'라는 새로운 단어가 호수 지역의 어휘 사전에 추가되었다. 낯선 불신의 기운이 지역 사회에 자리 잡았다. 한 번도 문을 잠근 적이 없던 사람들이 문단속을 하기 시작했다. 가까운 거리에 오두막을 소유한 사촌지간이 두 사람은 서로 프로판 가스를 가져갔다고 의심했다. 몇몇 사람들은 물건을 계속해서 제자리에 두지 않은 자기 자신을 탓하면서, 반 농담으로 스스로 정신이 나가기 시작했다고 걱정했다. 어떤 사람은 친아들을 절도범으로 의심했다.

매트리스-배낭 부부는 한 시간 동안 오두막을 비울 때도 창문이란 창문은 죄다 걸쇠로 잠그고 빗장을 걸어야 했다. 환기가 안 돼서 실내가 아무리 답답해져도 말이다. 여름이 끝나갈 무렵 한 남성은 철물점에서 합판 50장과 마키타Makita 전동 드릴을 사왔다. 그는 나사못 1,000개를 일일이 다 박아서 겨울 동안 자신의 오두막을 합판으로 완전히 뒤덮어버렸다.

나사못 1,000개는 효과가 있었지만 그 외에는 아무런 도움이 안 됐다. 다른 오두막에서는 베개, 담요, 두루마리 휴지, 커피 필터, 플라스틱 아이스박스, 게임보이Game Boy가 사라졌다. 어떤 집은 너무 빈번하게 도둑맞다보니 은둔자의 취향을 알게 되었다. 참치보다는 땅콩 버터, 버드와이저 라이트보다는 버드와이저,

사각팬티가 아니라 삼각팬티. 그는 주로 아주 단것을 좋아했다. 한 아이는 자신의 핼러윈 사탕을 몽땅 잃어버렸다. 파인 트리 캠프는 대용량 퍼지설탕, 우유, 버터, 초콜릿으로 만든 연한 사탕 통의 축소판이었다.

일반석으로 호수의 계절 초반, 즉 메모리얼 데이전물장병 추모일로 5월 마지막 월요일 전이 무단 침입이 빈발하는 시기였다. 그러고 나서 노동절9월 첫째 월요일 이후 마지막 강풍이 또 한 번 몰아쳤다. 그 외에는 항상 주 중, 특히 비 오는 밤에 무단 침입이 발생했다. 상주하는 주민들은 피해를 입은 적이 한 번도 없었던 것 같다. 이미 개봉한 식료품도 훔치지 않았다. 한 가족은 "그는 깡마른 여자skinny girl 와는 데이트하지 않을 거야"라는 농담을 자주 했는데, 술 보관함을 그렇게 많이 습격했으면서도 스키니걸Skinny-girl 마르가리타만은 절대로 건드리지 않았기 때문이다.

10년이 지났다. 바뀐 건 없었다. 그를 멈출 수 있는 사람이 거의 없었다. 경찰도 잡지 못했다. 그는 숲에 출몰하는 듯했다. 도시에 잠깐 나갔다 돌아오는 가족들은 우연히 절도범을 만나게 되지는 않을까 생각했다. 은둔자가 숲속에서 지켜보며 기다리고 있을까봐 두려웠다. 은둔자는 벽장을 수색하고 서랍을 뒤졌다. 사람들은 장작 더미 쪽으로 걸어갈 때마다 누군가가 나무 뒤에 숨어 있을 것만 같은 닭살 돋는 오싹한 기분을 느꼈다. 일상적인 모든 밤의 소리들이 불법침입자의 소리가 되었다. 쥐도 새도 모르게 음식에 쥐약을 넣거나 나뭇잎 사이에 레이더 장치를 놓아두자고 친구 사이인 몇 사람이 의논하기도 했지만 결코 실행에 옮기지는 않았다.

은둔자는 확실히 무해하다면서 그가 주걱과 우유 상자를 갖고 가게 그냥 놔두자고 하는 이들도 있었다. 때만 되면 나타나는 집파리보다 더 문제인 경우는 거의 없었다. 메인 주는 항상 괴짜들이 많은 별난 시역으로 알려져 있는데, 노스 폰드도 이제 민간에서 전해 내려오는 그 지역만의 고유한 미스터리 은둔자 이야기를 보유하게 되었다. 적어도 두 명의 아이들이 전설적인 은둔자에 대한 이야기를 학교 과제로 써냈다.

은둔자의 범죄는 갈수록 대담해졌다. 한 가정에선 파티를 하려고 냉동고에 닭고기를 넣어두었는데 갑자기 한꺼번에 없어져버렸다.

2004년, 노스 폰드에 있는 집 주인들이 모여 회의를 했다. 15년 가까이 의문을 품고 살았던 참석자 100명에게 무단 침입으로 고통받고 있는 사람이 있는지 질문했다. 최소 75명이 손을 들었다.

드디어 외견상 돌파구처럼 보이는 것이 나왔다. 몇몇 가정에서 움직임을 감지하는 방범 카메라의 가격이 내려가고 크기도 작아지자 카메라를 설치했다. 화재 탐지기 안에 카메라를 숨겨놓은 한 집은 성공했다. 은둔자가 냉장고를 자세히 들여다보는 모습이 영상에 잡혔다. 혼란스러웠다. 도둑의 얼굴은 초점이 맞지 않아 자세히 알아볼 수는 없었지만, 수척하지도 않고 턱수염을 기르지도 않은 — 숲에서 거칠게 지냈을 가능성이 매우 낮은 — 깔끔하게 잘 차려입은 남자처럼 보였다. 날렵하거나 강해 보이지 않았고, 야외생활을 좋아하는 사람처럼 보이지도 않았다. 한 사람은 그를 '평범남'이라고 부르기도 했다. 사람들은 이른바 은둔자라는 사람이 그동안 줄곧 이웃 사람으로 지내왔다는 개연성 있는 추측을 했다.

뭐든 상관없었다. 경찰은 처음 찍힌 영상과 그 뒤에 찍힌 사진들로 은둔자를 잡는 건 시간문제라고 자신했다. 은둔자의 모습이 찍힌 사진들이 가게, 우체국, 시청에 내걸렸다. 경찰관 두 명이 짝을 이뤄 집집마다 다녔다. 하지만 미치겠는 것이, 사진 속 남자를 알아보는 사람은 아무도 없었고 그의 절도 행각은 멈춰지지 않았던 것이다.

또 10년이 흘렀다. 파인 트리 캠프의 무단 침입은 빈도수는 물론이고 훔치는 물건의 양도 늘어났다. 25년이 지났을 즈음 세상은 말이 안 되는 것투성이였다. 네스호湖의 괴물, 히말라야 설인, 노스 폰드 은둔자. 한 남성은 답을 찾기를 간절히 원했다. 그는 두 번의 여름을 보내는 동안 .357 매그넘 실탄을 장전한 총을 들고 자신의 오두막에 숨어서 은둔자를 기다리며 열네 번의 밤을 보냈다. 그러나 운은 따르지 않았다.

사람들이 전반적으로 합의를 본 이야기는 원래 있던 도둑은 은퇴하거나 죽은 게 분명하고 최근의 불법 침입은 모방 범죄가 틀림없다는 것이었다. 어쩌면 2대 또는 3대, 10대 갱단이 있을 수도 있었다. 은둔자와 함께 성장한 아이들은 이제 자기 자식이 생겼다. 대부분의 사람은 체념하면서 그러려니 하고 생각하기로 했다. 배의 배터리나 프로판 가스통은 여름마다 갈아 끼우면 그만이고, 삶은 계속 바삐 돌아가니까. 배낭과 매트리스를 도둑맞은 부부는 허리 치수 38인치짜리 랜즈 엔드Lands' End 새 청바지 한 벌과 갈색 가죽 벨트를 잃어버렸다.

마침내 어처구니없는 세 가지 이야기 가운데 가장 예상 밖의 일이 벌어졌다. 네스호의 괴물은 호수에서 모습을 드러내지 않았다. 히말라야 설인도 에베레스트산 주변을 거닐다가 잡히지 않았다. 화성에서 온 외계인도 없었다. 하지만 노스 폰드 은둔자의 존재는 사실로 밝혀졌다. 휴스 경사에게 붙잡혔을 때 그는 갈색 가죽 벨트를 단단히 맨 38사이즈 랜즈 엔드 청바지를 입고 있었다.

메인 주에서
가장 유명한 사람

크리스토퍼 나이트는 강·절도 죄로 체포된 뒤 메인 주 주도州都
오거스타Augusta에 있는 케네벡 카운티 교도소로 이송되었다. 그는
만 번에 가까운 밤이 지난 뒤 처음으로 실내에서 잠을 잤다.

「케네벡 저널Kennebec Journal」이 이 소식을 터뜨리자 호기심 어린
열띤 반응이 이어졌다. 교도소로 「편지」와 전화, 방문객이 쇄도했다.
라이언 리어던 수석 보안관 대리는 이를 두고 '서커스'라고 했다.
조지아 주에 사는 한 목수는 자진해서 나이트가 손해를 끼친
오두막을 수리해주겠다고 나섰다. 어떤 여성은 그에게 청혼하기를
바랐다. 나이트에게 자기 집에 있는 방 하나를 내주겠다고 약속한
사람도 있었고, 어떤 사람은 집세를 내지 않고 살 수 있는 땅을

주겠다고 제안하기도 했다.

사람들이 교도소로 수표와 현금을 보내왔다. 한 시인은 『전기傳記』의
세부내용을 찾아냈다. 리어던 수석 보안관 대리의 말에 따르면
뉴욕에서 온 한 사람과 뉴햄프셔에서 온 한 사람이 나이트의
보석금으로 현금 5,000달러를 들고 교도소에 오기도 했다. 하지만
얼마 안 있어 나이트는 도주 우려가 있다는 이유로 보석금이 25만
달러로 올라갔다.

노래 다섯 곡이 녹음되었다. 「우리는 노스 폰드 은둔자를 모른다네」
「노스 폰드의 은둔자」 「그 노스 폰드 은둔자」 「은둔자의 목소리」
「노스 폰드 은둔자」는 장르가 블루그래스미국의 전통적인 컨트리음악,
포크송, 얼터너티브록, 비가悲歌, 발라드였다. 메인 주를 대표하는
음식점 '빅 지스 델리Big G's Deli'는 로스트비프, 파스트라미양념한
소고기를 훈제해 차게 식힌 것, 어니언링을 넣은 '은둔자'라는 이름의
샌드위치를 내놓았는데, "모두 현지에서 훔친 재료들"이라고
광고했다. 한 네덜란드 화가는 나이트의 사연을 기초로 일련의 유화
작품을 그린 뒤 독일에 있는 화랑에서 전시회를 열었다.

미국 전역은 물론 전 세계에서 온 저널리스트 수백 명이 나이트와
접촉하고자 했다. 「뉴욕 타임스」는 그를 『앵무새 죽이기』에 나오는
은둔자 부 래들리와 비교했다. 텔레비전 토크쇼에서 그의 출연을
간청했다. 다큐멘터리 영화팀도 왔다.

메인 주 중부에 있는 카페라는 카페, 술집이라는 술집에서는 하나같이 은둔자 논쟁이 벌어지는 듯했다.

많은 문화권에서 은둔자는 오랫동안 지혜의 원천, 인생의 위대한 수수께끼를 푸는 탐구자로 여겨졌다. 악마의 저주를 받은 존재로 보는 문화도 있었다. 나이트는 뭘 말하고 싶었던 걸까? 어떤 비밀을 폭로했을까? 아니면 그냥 미친 걸까? 만약 처벌한다면 어떤 벌을 받아야 할까? 그는 어떻게 살아남았을까? 그의 이야기가 사실이긴 한 걸까? 만약 사실이라면 왜 사회로부터 자기 자신을 그토록 완전히 제거해버렸을까? 케네벡 카운티의 지방검사 메이건 말로니는 평생 익명으로 살기를 바란 나이트가 "메인 주에서 가장 유명한 사람이 되었다"고 말했다.

소란의 중심에서 나이트는 스스로 입을 닫았다. 그는 공개적으로 단한 마디도 하지 않았다. 어떠한 제안 — 보석금, 아내, 시, 돈 — 도받아들이지 않았다. 그에게 보내진 500달러가량의 돈은 절도 피해자를 위한 배상금으로 들어갔다. 체포되기 전까지 은둔자는완벽하게 이해할 수 없는 존재로 보였다. 그런데 체포되고 난 뒤에도대부분의 사람이 품었던 의문은 더 커지기만 했다. 진실이 신화보다더 기이한 느낌이었다.

은둔자는 오랫동안 지혜의 원천, 인생의 위대한 수수께끼를 푸는 탐구자로 여겨졌다. 나이트는 뭘 말하고 싶었던 걸까? 아니면 그냥 미친 걸까? 그는 어떻게 살아남았을까? 그의 이야기가 사실이긴 한 걸까?

07

첫 번째
「편지」

어느 날 아침, 나는 아이들이 소리를 질러대고 오렌지 주스를
엎질러서 정신없는 가운데 휴대 전화로 뉴스를 훑어보다가
크리스토퍼 나이트에 대해 알게 되었다. 그 사연은 나를 사로잡았다.
나는 야생에서 수많은 밤을 보냈는데, 대부분 아내와 내가 아이 셋을
낳기 전이었다. 아이들은 여러 가지 축복을 경험하게 해주었지만
숲에서 조용한 시간을 보내는 것은 허락하지 않았다. 나는 나이트의
위업 ― 캠프파이어 금지 규칙은 너무 야박하지만 ― 을 질투하지
않았다. 그보다는 진심으로 존경심과 크나큰 놀라움을 느꼈다.

나는 혼자 있는 것을 좋아한다. 내가 선호하는 운동은 혼자서
먼 거리를 달리는 것이고, 저널리스트이자 작가인 내 직업은

대체로 비사교적이다. 삶이 힘에 부칠 때 가장 먼저 드는 생각은 환상 속에서나마 숲으로 가는 것이다. 우리 집은 고삐 풀린 소비지상주의의 증거라고 할 수 있다. 하지만 나는 단순함과 자유를 가장 열망한다.

예전에 아이 셋 다 기저귀를 차고 있을 때였다. 혼돈과 불면이 내 삶을 갉아먹자 잠시나마 세상과 이어진 끈을 실제로 끊어버린 적이 있다. 그때 아내는 그런 나를 마지못해 허락해주었다. 나는 인도로 날아가서 열흘짜리 묵언 수행 과정에 등록했다. 오래도록 혼자 있는 시간이 신경을 안정시켜주기 바라며…….

그런데 아니었다. 그 수행은 세속적이었다. 명상이 힘들긴 했다. 수행자들은 비파사나라고 알려진 고대 자성 수행법을 배웠는데, 녹초가 될 정도로 대단히 힘들었다. 다른 참가자 수백 명과 함께 하는 수행이었는데, 은둔자라기보다는 수도승이 되는 것 같았다. 말을 하거나 몸짓을 하거나 눈을 맞추면 안 되었다. 사회화에 대한 욕구는 한 번도 나를 떠난 적이 없었다. 그냥 가만히 앉아 있는 것은 육체적 고행이었다. 마치 우물 가장자리를 넘겨다보듯 침묵이 신비로울 수 있다는 사실을, 용기를 내어 깊숙한 곳으로 완전히 뛰어드는 것은 심오한 동시에 불안한 일일 수 있다는 사실을 아는 데는 열흘이면 족했다.

나는 엄두가 안 났다. 솔직히 말해서 자기 자신을 세심히 살피는 것은 엄청난 양의 자유 시간과 더불어 내게 없는 용기와 배짱이 필요해 보였다. 그렇다고 해서 저 밑에 뭐가 있을지, 어떤 통찰력이 있을지, 어떤 진실이 있을지 생각하기를 멈춘 적은 결코 없었다. 인도에 있는 수행 공간에는 몇 달 동안 묵언 침잠을 완수한 사람들이 있었는데, 그들이 뿜어내는 평온함과 차분함이 너무나도 부러웠다. 나이트는 가늠이 안 되는 깊이까지 우물 밑바닥으로 내려가면서 모든 경계를 초월해버린 듯했다.

책과 관련한 문제도 있었다. 나이트는 독서를 아주 좋아하는 게 분명했다. 기사에 따르면 그는 많은 공상과학 소설, 스파이 소설, 베스트셀러, 심지어 할리퀸 로맨스까지 ― 노스 폰드의 오두막에서 구할 수 있는 거라면 뭐든지 ― 훔쳤다. 그런데 재무 교과서, 제2차 세계대전에 관한 두꺼운 전문 서적, 제임스 조이스의 『율리시스』를 잃어버린 사람들도 있었다. 체포 상태에서 나이트는 대니얼 디포의 『로빈슨 크루소』에 대해 감탄하는 말을 하기도 했다. 크루소는 나이트가 숲에서 살았던 기간과 거의 같은 시간을 섬에서 살았지만, 몇 년 동안은 하인 프라이데이와 함께 있었다. 또한 크루소의 이야기는 허구다. 메이건 말로니 검사가 전한 바에 따르면 지금 나이트는 감옥에서 『걸리버 여행기』를 읽고 있다.

인생에서 가장 큰 즐거움 두 가지를 꼽으라 하면 캠핑과 독서다. 그러니 이 두 가지를 동시에 하는 것이야말로 최고로 근사한 일이다.

그 은둔자는 나와 똑같은 열정을 어마어마할 정도로 더 크게 지니고 있는 것 같았다. 나는 아침을 먹다 흘린 부스러기들을 진공청소기로 빨아들이면서 나이트에 대해 생각했고, 사무실에서 청구서의 돈을 지불하면서도 나이트에 대해 생각했다. 우리네 생활 방식에 육체적으로나 정신적으로 면역력이 전혀 없는 그가 이제 속세의 온갖 세균에 노출되어 있다는 점이 걱정스러웠다. 무엇보다도 그의 이야기를 듣고 싶었다.

밝혀진 건 아무것도 없었다. 기자들은 이제 다른 문제들로 옮겨갔고, 다큐멘터리 팀도 짐을 싸서 집으로 가버렸다. 그러나 내 마음은 여전히 소용돌이쳤고, 호기심에 불타기 시작했다. 나이트가 체포되고 나서 두 달이 지난 뒤였다. 식구들이 모두 잠든 고요한 밤에 책상에 앉아 생각을 옮겼다. 나는 줄이 그어진 노란 메모지와 부드럽게 잘 써지는 펜 하나를 꺼냈다.

'나이트 씨께'라는 말로 시작했다.

"저는 서부 몬태나 주에서 당신께 「편지」를 쓰고 있습니다. 저는 이곳에서 25년 가까이 살았습니다. 몇 군데 신문에서 당신에 대한 기사를 읽고서 꼭 「편지」를 써야겠다는 생각이 들었습니다."

나는 계속해서 그에 대해 알면 알수록 더 많은 궁금증이 생기게 됐다고 썼다. 내가 열렬한 야외 활동 애호가이며, 우리는 둘 다

역사상 수많은 은둔자 가운데 나이트만큼 오랫동안 은둔 상태로 있었던 사람은 없었다. 물론 나이트보다 더 완벽하게 숨어 산 은둔자가 존재했을 수도 있다. 하지만 그의 은둔 생활은 순수하지 않았다. 그가 도둑이었기 때문이다. 하지만 그는 27년 동안 다른 누구와도 접촉하지 않는 상태를 고집스럽게 지속했다.

똑같이 인생의 중년기에 있다는 이야기를 덧붙였다. 내가 마흔네 살로 그보다 세 살 어리고, 저널리스트라는 걸 알려주면서 최근에 쓴 잡지 기사 몇 꼭지도 복사해서 보냈다. 그중에는 외딴 동아프리카에 사는 수렵·채집인 부족에 관한 기사도 있었는데, 고립된 그 부족의 이야기가 그의 흥미를 끌 수 있으리라고 생각했다. 책에 대한 나의 사랑을 언급하면서 내가 가장 좋아하는 작가 중 한 사람이 헤밍웨이라는 사실도 알려주었다.

나는 두 장 반 분량인 「편지」의 마지막 단락을 "새로운 상황에 잘 대처하시기 바랍니다. 법률적인 문제도 되도록 원만하게 해결되기를 바랍니다"라고 썼다. 그리고 "그럼 이만 줄입니다. 마이크 드림"으로 「편지」를 끝맺었다.

딱 한 번의
서명

일주일 뒤 우편함 안에 하얀 봉투 하나가 도착했다. 파란 잉크로
주소가 적혀 있었다. 불안정하게 떨리는 블록체같은 굵기로 장식 획이
없는 글씨체였다. 발신인 주소란에는 '크리스 나이트'라고 씌어 있었다.
뒷면에는 "이 서신은 케네벡 카운티 교도소에서 전달했습니다.
내용물은 감정되지 않았습니다"라는 메시지가 고무도장으로 찍혀
있었다.

봉투 안에는 세 번 접힌 종이 한 장이 들어 있었다. 책상 위에
편지지를 반듯하게 펴다가 그게 내가 보낸 기사라는 걸 알았다.
하드자족으로 알려진 탄자니아의 리프트 밸리에 사는 부족에 관한
기사였다. 「내셔널 지오그래픽」에 실린 것으로 내 글과 함께 사진의

컬러 사본을 동봉했었다.

나이트는 사진 가운데 하나, 온와스라는 하드자족 원로의 얼굴 사진을 돌려보냈다. 기사에는 온와스가 예순 살 정도 됐고, 스물네 명의 대가족과 함께 야영을 하면서 숲속에서 평생 살았다고 되어 있다. 온와스는 연도는 몰라도 계절과 달의 변화만은 계속 파악하고 있었다. 그는 한 줌뿐인 재산을 가지고 실면서도 풍부한 여가 시간을 즐겼다. 인류 가계도의 가장 깊은 뿌리에 최후로 연결된 인물이었다.

호모Homo 속屬 인류는 250만 년 전에 생겨났고, 인간 존재의 99퍼센트 이상은 모두 온와스처럼 여기저기 떠돌아다니는 소규모 수렵·채집인 집단으로 살았다. 이러한 집단은 공동생활을 하고 유대가 끈끈했을 수도 있지만, 인류학자들이 추측하기로는 거의 모두가 홀로 또는 몇몇 다른 이들과 함께 고요함 속에서 삶의 중요한 시간을 보냈다. 야생에서 먹을 수 있는 식물을 찾고 먹잇감에 몰래 접근하면서 말이다. 이것이 바로 우리 본연의 모습이다.

1만 2,000년 전 중동의 비옥한 초승달 지대에서 농업 혁명이 시작되자 지구는 즉시 마을과 도시, 국가로 재편되었고, 얼마 안 있어 보통 사람들은 혼자 있는 시간을 거의 갖지 못하게 되었다. 그런데 가늘지만 꾸준히 흘러가는 물줄기 같은 부류의 사람들은 이러한 변화를 받아들일 수 없었다. 그리하여 이들은 탈출했다. 기록으로 남은 역사는 5,000년 전으로 거슬러 올라간다. 인간은 처음 글을 쓰게 되면서부터 은둔자에 대해 썼다. 이것은 태고의 매혹이었다. 기원전 2000년경 메소포타미아에서 나온 『길가메시 서사시』가 적힌 점토판과 더불어 동물 뼈에 아로새겨진 중국 문자들은 숲에서 홀로 사는 주술사나 야만인에 대해 이야기한다.

모든 문화권에서 사람들은 언제나 혼자 사는 존재들을 찾아냈다. 어떤 이들은 숭배했고, 어떤 이들은 경멸했다. 기원전 479년에 세상을 떠난 공자는 은둔자를 찬양하는 이야기를 했던 것으로 보인다. 제자들이 기록한 바에 따르면 공자는 은둔자들 가운데 위대한 덕을 이룬 사람들이 있다고 말했다. 3세기와 4세기 '황야의 교부들과 교모들'이라고 알려진 독실한 기독교 신자인 은둔자 수천 명이 이집트의 나일강 양안에 있는 석회암 동굴로 옮겨가서 살았다. 19세기에는 소로가, 20세기에는 유나바머가 있었다.

하지만 이러한 은둔자들 가운데 나이트만큼 오랫동안 은둔 상태로 있었던 사람은 없었다. '황야의 교부들과 교모들'은 최소한 조력자들의 상당한 도움이 있었고, 수도원이나 수녀원이라는 울타리 안에 모여 살았다. 물론 나이트보다 더 완벽하게 숨어 산 은둔자가 존재했을 수도 있다 — 아니, 지금 현재 존재하고 있을 수도 있다. — 나이트를 붙잡은 것은 대왕오징어를 그물로 잡은 것과 같았다. 하지만 그의 은둔 생활은 순수하지 않았다. 그가 도둑이었기 때문이다. 하지만 그는 27년 동안 다른 누구와도 접촉하지 않는 상태를 고집스럽게 지속했다. 어쩌면 크리스토퍼 나이트야말로 인류 역사를 통틀어, '가장 유명한 은자'라고 주장할 수도 있을 것이다.

온와스의 사진을 도로 보낸 건 현대 사회로부터 떨어져서 인생을 산 다른 누군가에 대한 존경심을 약간 보이면서도 예리하지만 불분명한 무언의 메시지를 보내는 나이트의 방식인 듯했다. 종이를 뒤집어보니 뒷면에 나이트가 쓴 글씨가 보였다. 짤막한 메모였다. 세 단락, 273단어, 행간은 마치 온기를 찾으려는 듯 한데 붙어 있었다. 하지만 그 짧은 「편지」는 나이트가 최초로 세상에서 누군가와 공유한 진술을 담고 있었다.

"당신의 「편지」는 확실히 받았습니다." 그는 인사말도 없이 글을 시작했다. '확실히'라는 단어의 사용은 ─ 우스꽝스러우면서도 잘난 체하는 것 같아 ─ 미소를 짓게 만들었다. 그는 「답장」을 쓰는 것이 감옥 생활의 '스트레스와 갑갑함'을 좀 완화시켜주기를 바라면서 내 「편지」에 답하는 중이라고 설명했다. 그는 말할 때 기분이 편치 않았다.

"내 목소리, 화술은 조금은 녹슬고 어눌해졌어요." 그는 자신의 엉성한 글씨에 대해서도 사과했다. 일반적인 펜은 무기가 될 수 있어서 교도소에서는 잘 구부러지는 고무 싸개로 된 펜 한 자루만 허용되었다.

나이트는 모든 것에 대해 수줍어하는 것 같았지만 문학평론만은
예외였다. 그는 헤밍웨이에 대한 자신의 감정은 '다소
뜨뜻미지근'하다고 했다. 역사와 전기를 매우 좋아하지만 현재
흥미가 있는 것은 키플링이며, 가급적 '덜 알려진 작품들'을 더
좋아한다고 했다. 이 대목에서 그는 돈벌이용으로 만든 책을 왜
그토록 많이 훔쳤는지 분명히 해명하려는 듯, 대안이 전혀 없을 때는
그냥 아무거나 읽는다고 덧붙였다.

나이트는 자신의 체포로 인한 소동이 사람들의 마음을
흔들어놓았다는 사실을 잘 알았다. 그에게 보낸 「편지」들은 전부
적절한 절차에 따라 그가 있는 감방으로 전달되었다. 하지만 그의
말에 따르면 대다수는 '정신이 나갔거나, 오싹하거나, 그냥 딱 봐도
이상한' 내용이었다. 그는 답장할 「편지」로 내가 보낸 「편지」를
골랐다고 넌지시 내비쳤는데, 내 「편지」가 특별히 으스스하지도
않았고, 내가 골라 쓴 단어들에서 뭔가 기분 좋은 느낌을 받았다고
했다. 그런데 이제 좀 친해지려는데 갑자기 말을 뚝 끊는 것처럼
뭐든지 더 이상 드러나기를 바라지 않는다고 불쑥 얘기했다.

그러고는 곧바로 자기가 너무 불친절한 건 아닌지 걱정하는 듯했다.

"이 「답장」의 무례함에 움찔 놀라긴 하지만, 예의바른 것보다는
분명하고 솔직한 게 오히려 낫다고 생각합니다. '개인적인 감정은
없어요'라고 말하고 싶지만 손으로 쓴 「편지」는 내용이 뭐건 간에 늘

개인적이기 마련이잖아요." 그는 이렇게 글을 맺었다.

"「편지」주셔서 고맙습니다. 감사합니다." 서명은 없었다.

나는 곧바로 「답장」을 쓰고 그에게 보낼 키플링의 책 두 권『왕이 될
뻔한 사나이』와 『용감한 선장들』을 주문했다. 나이트는 「편지」에 나를 잘
모르기 때문에 오직 '악의 없는 내용'을 쓸 수밖에 없다고 했다. 그의
「편지」는 덜 낯선 사이가 되자는 「초대장」으로 보였다. 그래서 나는
내 가족에 대한 개인적인 일화들로 다섯 장을 채웠다. 지금은 뜸한
내 야생으로의 도피 경험 가운데 하나에 대한 이야기도 함께. 얼마
전, 1년 중 지구에 가장 근접하는 보름달인 이른바 슈퍼문이 뜰 때
하지夏至가 거의 동시에 일어났는데, 몬태나 주의 어느 산속에서
친구와 함께 야영을 하면서 그 천체 결합을 관찰한 내용이었다.

내가 결함 있는 저널리스트라는 사실도 털어놓았다. 2001년 아동
노동에 관한 잡지 기사를 쓰면서 나는 여러 인터뷰들을 한데
엮어 하나의 합성 인물을 만들어냈다. 저널리즘의 원칙에 반하는
스토리텔링 기법이었다. 나는 내 기만 때문에 발목이 잡혔고, 곧바로
몇몇 발행물에 기고하는 것이 금지되었다. 한동안 나는 언론계에서
고립되고 따돌림 당하는 기분이었다.

하지만 나이트는 다른 사람들의 것을 좀도둑질하지 않고는 고독하게
살 수 없었던 명백한 도둑이었다. 내가 속한 직종 안에서 내가

죄인이었다는 사실을 인정하면 — 우리 둘 다 아주 높은 이상을 성취하기 위해 분투했지만 실패했다는 — 유대감이 생겨날 수도 있었다.

우편함에 꽂힌 그의 「편지」를 발견한 나는 좋아서 기운이 났다. 「편지」 내용은 나의 악행에 대한 것이 아니라 그의 마음을 움직인 야영에 관한 것이었다. 나이트는 말하기 연습용으로 해본 여러 시도 가운데 하나에 대한 이야기로 세 장짜리 짧은 「편지」를 시작했다. 그는 젊고 냉담한 동료 수감자 여섯 명에게 다가가 대화를 시작해보려고 했다. 그들과 토론하기 위해 그가 고른 주제는 하지와 슈퍼문의 즐거운 동시 발생이었다.

"적어도 사소한 흥밋거리라고 생각했습니다. 그러나 확실히 아니더군요. 나를 보던 멀뚱멀뚱한 시선들을 당신이 봤어야 하는데."

그가 대화를 시도한 사람들은 대부분 그저 고개를 끄덕이고 미소를 지으면서 그가 '멍청하거나 미쳤다'고 생각했다. 아니면 마치 전시된 이상한 물건마냥 뻔뻔스러울 정도로 그를 빤히 쳐다보기만 했다. 그러던 와중에 내 「편지」가 도착했고, 기분 좋은 우연처럼 정말 뜻밖에도 내가 똑같은 주제를 언급한 부분을 발견하게 되었다. 그는 '깜짝 놀랐다'고 표현했다. 이 시점 이후로 그의 글은 더 이상 형식적이지 않았다. 일기만큼 솔직하고 자연스러우면서도 가슴 아프고 신랄해졌다.

나이트는 다른 수감자와 함께 철창에 갇힌 교도소 안에서
고통스러워했다.

"내가 어떻게 자는지 물었죠. 조금밖에 못 자고 마음이 뒤숭숭해요.
늘 피곤하고 불안해요."

스타카토로 짤막짤막하게 끊어지는 노래 같은 문체로 그는 감옥에
갇혀도 싸다고 덧붙였다.

"나는 물건을 훔쳤어요. 도둑이었습니다. 여러 해에 걸쳐 반복적으로
훔쳤어요. 잘못이라는 걸 잘 압니다. 잘못이라는 걸 알았고, 매번
죄책감을 느꼈지만 계속했어요."

다음번 「편지」와 그 뒤에 보낸 「편지」에서 나이트는 콘크리트
블록으로 된 벽 너머에 있는 숲을 상상하면 '안심이 되고 해방감을
느끼게' 된다는 걸 알게 됐다고 했다. 서정적인 문체로 그는
자라나는 들꽃들, 노랑데이지, 개불알난, 클로버, 심지어 민들레까지
언급했다 ― 그는 이 꽃들이 '시들어 죽은 게 더 흥미롭다는' 사실을
발견했다고 하긴 했지만. 캠핑용 스토브로 요리를 할 때면 '음악처럼
소금과 지방이 튀겨지는 소리'가 들릴 정도였다. 그는 그저
고요―"내가 받아들이고, 섭취하고, 먹고, 식사하고, 맛보고, 즐기고,
마음껏 누릴 수 있는 그 모든 고요"―를 바랐다. 나이트는 감옥과
주변 사람들에게 점차 적응하지 못했다. 오히려 더 악화되었다.

숲속에서는 항상 얼굴의 털을 세심하게 관리했지만 이제는 면도를
중단했다고 했다.

"턱수염을 감옥의 달력으로 써요." 그는 「편지」에 이렇게 썼다.

나이트는 다른 재소자들과 대화를 나누려고 몇 차례 더 시도했다.
머뭇거리는 말 몇 마디로 '앞으로 더듬거리며' 갈 수는 있었다.
하지만 음악, 영화, 텔레비전과 관련된 모든 주제를 이해하지
못했고 현대적인 속어나 은어 역시 마찬가지였다. 그는 어쩌다 가끔
줄임말만 쓸 뿐 한 번도 욕을 한 적이 없었다. 한 재소자는 그를
놀리면서 "당신은 책처럼 말하는군요"라고 말했다. 교도관들과 교정
당국은 '연민을 담은 미소를 살짝' 지으며 그에게 다가왔고 하나같이
똑같은 질문을 하는 듯했다.

"지금 대통령이 누군지 알아요?" 그는 너무나도 잘 알고 있었다.
숲에서 사는 동안에도 정기적으로 라디오 뉴스를 들었기 때문이다.

"나를 시험하는 질문이에요. 정말이지 언제나 터무니없는 대답을
하도록 유도해요. 그런 대답을 하진 않지만요."

얼마 못 가 그는 대화를 중단했다. "방어 모드로 침묵한 채 물러나
앉아 있어요"라고 했다. 결국 그는 '네, 아니오, 부탁합니다,
고맙습니다' 고작 네 마디만, 그것도 교도관들에게만 하게 되었다.
그는 "침묵이 가져온 경의에 놀랐어요. 내가 어리둥절할 정도로

사람들은 겁을 먹습니다. 나에게 침묵은 일상적이고 편안한데
말이죠"라고 했다. 그러고는 "조용히 있지 못하는 사람들을 약간
경멸한다는 걸 인정할게요"라고 덧붙였다.

숲에서 보낸 시간에 대해서는 세부적인 내용을 짤막하게
얘기해줬지만 참혹했다. 나이트는 몇 해 동안은 겨울에 거의
살아남지 못할 뻔했다는 것을 확실히 해두었다. 한 「편지」에서 그는
힘든 시기를 헤쳐나가기 위해 명상을 시도했다고 했다.

"숲에서 매일, 매달, 계절마다 명상을 한 건 아니에요. 죽음이 가까이
있을 때만 했죠. 오랫동안 적은 식량 혹은 너무나도 극심한 추위의
모습으로 다가오는 죽음 말입니다." 그는 명상이 효과가 있었다고
결론 내렸다.

"나는 멀쩡한 정신으로 살아남았어요. 적어도 나는 내가
제정신이라고 생각해요." 이번에도 형식적인 끝인사는 없었다.
나이트의 「편지」는 그냥 끝나버리는데, 때로는 이야기가 한창
이어지는 와중에 그러기도 했다.

그는 다음번 「편지」에서 온전한 정신에 관한 주제로 다시 돌아갔다.

"내가 숲에서 나왔을 때 사람들은 나에게 '은둔자'라는 꼬리표를
붙였습니다. 내가 보기엔 이상한 생각이에요. 한 번도 내가
'은둔자'라고 생각해본 적이 없으니까요. 걱정이 됐습니다. '은둔자'

꼬리표를 달면 미치광이라는 생각이 따라붙는다는 걸 잘 알기 때문이에요. 별거 아니지만 치욕스러운 농담입니다.”

더 나아가 그는 감옥에서 보내는 시간이 자신을 미치광이 취급하는 사람들이 옳다는 것을 증명할까봐 두려웠다. 법적 소송 절차가 지연되면서 수렁에 빠졌다. 감옥에서 넉 달을 보냈지만 나이트는 어떤 처벌이 기다리고 있을지 전혀 알 수 없었다. 12년 또는 그 이상에 해당하는 형이 나올 수 있었다.

“스트레스가 하늘을 찌를 듯합니다. 숫자를 알려줘요. 몇 달? 몇 년? 감옥에 얼마나 있어야 합니까? 최악의 경우를 말해줘요. 얼마나 오래 있어야 합니까?”

불확실함에 시간마저 더디게 흘러갔다. 감옥의 상황 — 수갑, 소음, 불결함, 밀집 — 이 나이트의 감각을 심하게 망가뜨렸다. 만약 미국에서 수감 생활을 해야 한다면 메인 주 중부에 있는 감옥이 좀 더 견딜 만한 곳 가운데 하나일 수 있지만, 나이트에게는 고문과도 같았다. 그는 감옥을 ‘아수라장’이라고 했다. 교도소는 어두워지는 법이 없었다. 밤 11시가 되면 조명이 약간 흐릿해질 뿐이다. 그는 “숲에서 몇 년, 몇십 년 있을 때보다 감옥에서 몇 달을 지내는 동안 온전한 정신이 더 많이 손상된 것 같습니다”라고 했다.

마침내 그는 글조차 쓰지 못하겠다고 했다.

"한동안 글쓰기가 스트레스를 줄여줬지만 이제는 더 이상 그렇지 않습니다." 나이트는 참담한 마지막 「편지」 한 통, 8주 동안 내게 썼던 다섯 번째 「편지」를 보냈다. 그 「편지」에서 나이트는 무너지기 일보직전처럼 보였다.

"여전히 피곤해요. 더 피곤해요. 더 피곤하고, 가장 피곤하고, 지겹도록 피곤하고, 끝도 없이 피곤해요."

그걸로 끝이었다. 그는 「편지」 쓰기를 중단했다. 나는 이후 3주 동안 세 통의 「편지」를 더 보냈다.

"어떻게 견디고 있나요?" 나는 걱정했다. 하지만 흔들리는 필체로 주소를 적어 넣은 하얀 봉투는 내 우편함에 모습을 드러내지 않았다. 뭔가 암시하는 메시지를 찾길 바라면서 마지막 「편지」를 다시 읽어봤지만 아무것도 발견할 수 없었다. 그런데 「편지」의 마지막 줄이 나를 꽉 움켜잡았다. 여름 동안 오간 우리의 서신에서 그는 딱 한 번 서명을 했다. 긴장감으로 기진맥진한 상태에서 그가 쓴 마지막 말은 쓸쓸하고 자조적인 이 문장이었다.

"당신의 친절한 이웃 은둔자, 크리스토퍼 나이트."

09

감옥에서 이루어진
대담

메인 주 오거스타는 그림 같지만 약간 울적한 도시였다. 시내 길거리에는 인적이 없고, 케네벡강을 따라 죽 늘어선 공장들은 한때 빗자루 손잡이, 묘비, 신발을 생산하던 곳이었다. 하지만 지금은 거대한 벽돌 무덤이 되었다. 교도소는 1858년에 지어졌다. 아담한 화강암 요새인 원래 건물은 보안관 청사로 쓰이고 있고, 나이트는 추가로 지어진 연회색 콘크리트블록으로 된 3층짜리 부속 건물에 수감되었다.

면회 시간은 대개 저녁 6시 45분에 시작되었다. 나는 그보다 일찍 도착해서 1층에 있는 철문 두 개를 지나 교도소 대기실로 들어갔다. 한쪽에서만 투명하게 보이는 편면 유리 거울이 달린 창 앞에 좁다란 책상이 있었다. 나는 그 앞에 서서 버튼을 눌러 호출해야 하나보다 생각했다. 펌프가 달린 커다란 손 세정제 통이 놓여 있었다. 그 옆에 있는 「안내문」에는 교도소 안으로 들어가기 전에 세정제를 사용하라고 되어 있었다.

"누굴 보러 왔습니까?" 유리 건너편에서 증폭된 목소리가 시끄럽게 울렸다.

"크리스토퍼 나이트요."

"어떤 관계입니까?"

"친구입니다." 나는 자신 없이 대답했다. 그는 내가 온 걸 몰랐다. 그가 면회에 동의할지는 알 수 없었다. 그가 보낸 「편지」들은 말로 다 할 수 없는 유일무이한 이야기뿐만 아니라 엄청난 고통 속에서 발휘되는 더 위대한 불굴의 용기를 암시했다. 일단 그가 더 이상 「편지」를 쓰지 않는다는 사실이 분명해지자 나는 모든 것을 운에 맡긴 채 몬태나 주에서 메인 주까지 동쪽으로 날아왔다.

철제 서랍이 벌컥 열리더니 신분증을 요구했다. 운전면허증을 넣으니 서랍이 탁, 하고 닫혔다. 운전면허증을 다시 받아들고 나는 대기실에 있는 긴 의자에 앉았다. 지저분한 흰색 벽을 통해 웅웅거리는 소리와 쾅, 하는 소리가 울렸다.

관계를 묻는 질문에 "아버지예요"라고 대답한 남성에 이어 노부부가 수속을 밟았다. 먼저 온 남자는 속옷 가방을 마치 생명줄처럼 꽉 움켜쥔 채 의자에 앉았다. 포장을 뜯지 않은 속옷은 케네벡 카운티 교도소에 있는 수감자에게 줄 수 있는 몇 안 되는 물품 가운데 하나다. 그러고 나서 분홍 원피스를 맞춰 입은 두 소녀와 함께한 여성이 들어왔다. 여자아이들은 수두에 걸린 듯 보였지만 어머니는 딱히 누구에게랄 것 없이 그냥 모기 물린 자국이라고 설명했다. "우리는 깊은 숲속에 살거든요"라고 그녀는 덧붙였다. 그 말을 들으니 실제로 나이트를 보면 물어볼 말이 떠올랐다. 북쪽 숲에 살면서 사나운 곤충들에 어떻게 대처했는지. 투덜거리는 것과는 거리가 먼 헨리 데이비드 소로마저 『메인 숲』에서 벌레들한테 "심하게 들들 볶였다"고 했다.

드디어 앳된 얼굴의 교도관이 손바닥 크기만 한 금속 탐지기를 들고 나타났다. 그가 이름을 부르자 노부부가 일어섰다. 몸수색을 마친 교도관은 '면회실 1'이라고 돼 있는 적갈색 문을 열었다가 노부부가 들어가자 문을 닫았다. 그다음엔 속옷을 든 남성을 '면회실 2' 안으로 들여보냈다.

면회실은 세 개였다. 세 번째 이름이 불리고 여성과 아이들이 일어났을 때 나는 크게 실망했다. 그런데 그때 교도관이 '면회실 2' 문을 다시 열어 그들을 안내한 뒤 "나이트"라고 호명했다.

나는 금속 탐지기로 앞뒤 몸수색을 받았다. 주머니에 숨겨둔 작은

수첩과 펜을 압수당하지 않아서 다행이었다. 교도관은 '면회실 3'의
문 ― 문에는 어떤 이유로든 면회실을 나가게 되면 다시 들어갈
수 없다는 경고문이 있었다 ― 을 열었다. 안으로 걸음을 내딛자
등 뒤에서 문이 닫혔다. 긴장하고 당황했다. 어둑한 조명에 눈이
적응했을 때 거기, 비산 방지 설계가 된 두꺼운 플라스틱 판유리
건너편, 밀폐된 아주 작은 부스 안에 등받이 없는 의자에 앉은
크리스토퍼 나이트가 있었다.

살면서 나를 보고 별로 기뻐하지 않는 사람을 보는 일은 거의
없었다. 그의 얇은 입술은 아래로 축 처져서 싫은 낯을 하고 있었다.
두 눈을 들어 나와 시선을 맞추지도 않았다. 나도 윗부분이 검은색
나무로 된 등받이 없는 의자에 그와 대각선으로 마주보고 앉았다.
나는 플라스틱 창 밑으로 벽에 고정된 철제 책상 위에 수첩을
올려두었다. 나의 존재에 대해 어떤 알은척도 하지 않았다. 아주
약간의 끄덕임도 없었다. 그는 거의 미동도 없이 내 왼쪽 어깨
너머 어딘가를 응시했다. 수도 없이 세탁한 티가 나는 칙칙한 녹색
죄수복을 입고 있었는데 자기 치수보다 몇 치수는 컸다.

나는 벽에 걸린 검은색 수화기를 집어 들었다. 그도 자기 쪽에 있는
수화기를 집어 들었다. 내가 본 그의 첫 번째 움직임이었다. 대화를
감시할 수도 있다고 경고하는 녹음된 법적 표준 문안이 짧게 나온 뒤
통화가 연결되었다.

내가 먼저 입을 열었다.

"만나서 반가워요, 크리스."

그는 답하지 않았다. 무표정하게 그냥 앉아 있었다. 벗겨지기 시작한 머리가 형광등 아래서 눈 덮인 벌판처럼 빛났다. 턱수염 ― 그의 감옥 달력, 감옥에서 지낸 지 140일 ― 은 곱슬곱슬한 털로 덥수룩했는데 대부분 갈색이고 부분적으로 빨간색, 드문드문 회색이었다. 그는 숲에서 계속 썼던 안경이 아니라 이중초점 렌즈를 끼운 금속 테 안경을 쓰고 있었다. 넓은 이마와 끝이 뾰족한 턱수염 때문에 얼굴이 양보 표지판처럼 삼각형이 되었다. 러시아 작가 톨스토이와 약간 닮아 보였다. 그리고 깡말랐다.

교도소에 오기 전에 본 나이트의 사진은 머그 숏_{범인 식별용 얼굴} _{사진}뿐이었다. 깔끔하게 면도한 상태로 낡고 투박한 안경을 쓴 채 얼굴을 약간 찡그리고 있었다. 체포로 인한 탈진과 스트레스로 안경 뒤의 흐릿한 두 눈은 거의 감겨 있었다. 지금 내 앞에 있는 남자는 조금도 반가워하는 기색이 없었지만, 빈틈없는 각성과 에너지의 감각은 뚜렷했다. 나를 쳐다보지는 않아도 분명히 관찰하고 있었다. 그가 한 마디라도 할지 어떨지 알 수가 없었다.

나이트는 「편지」에서 침묵 속에 있을 때 마음이 놓인다고 반복해서 언급했다. 나를 쳐다보지 않는 그를 쳐다봤다. 창백했다. 삶은 감자 그는 모든 사람들이 정말로 자신을 '은둔자'라고 부르는지 물었고, 나는 '그렇다'고 말해줬다. 지역신문에서도 이따금 그를 '은둔자'라고 불렀다. "좋아하는 단어는 아니지만 이해는 합니다. 뭔가 정확해요. '은둔자'는 정말이지 딱 들어맞으니까요. 어쨌든 내가 막을 수는 없을 것 같네요."

빛깔 피부에 코가 날카로웠다. 어깨는 아래로 축 처지고, 방어 태세를 취하듯 자세가 안으로 말려 있었다. 1분이 지난 듯했다.

내 한계는 거기까지였다.

"여기서 끊임없이 들리는 탕탕 치는 소리, 웅웅거리는 소리는 자연의 소리에 비해 아주 귀에 거슬리겠어요." 내가 입을 열었다. 그는 두 눈을 내게로 옮기더니 ─ 작은 승리 ─ 흘낏 쳐다보았다. 그의 눈은 연갈색이고 좀 작았다. 눈썹은 거의 없었다. 내가 한 말이 허공에 맴돌았다.

그때 그가 말을 했다, 아니 적어도 입을 움직였다. 그가 제일 처음 한 말은 귀에 들리지 않았다. 수화기의 입을 대는 부분을 너무 아래쪽에, 턱 밑에 대고 있었다. 그가 예사로 전화기를 사용하던 때로부터 수십 년이 흘렀다. 그는 서툴렀다. 나는 양손으로 수화기를 위로 올리라는 시늉을 해보였다. 그대로 따른 그는 처음 했던 말을 다시 했다.

"그게 감옥이죠." 그는 이렇게만 말했다. 다른 말은 전혀 없었다. 또다시 이어진 침묵.

그에게 물어볼 말이 너무나도 많았지만 그 질문들은 하나같이 부적절해보였다. 너무 캐묻는, 지나치게 개인적인 질문들이었다. 나는 형식적이고 무해한 질문을 하나 해보았다.

"숲에서 살 때 어떤 계절을 가장 좋아했어요?"

나이트는 잠시 가만히 있었다. 대답을 만들어내려고 애쓰는 듯 보였다.

"나는 계절이 오면 저마다의 계절을 그냥 받아들여요." 그는 또 얼굴을 찡그리며 말했다.

그의 목소리는 쇳소리처럼 거칠었다. 각각의 단어는 뚜렷이 구분되는 독립체였다. 너무 지나치게 또박또박 발음하면서 발음 생략 없이 부자연스럽게 간격을 뒀다. 높낮이가 거의 없는 단조로운 소리들이 죽 이어지기만 했다. 모음이 늘어지는 동부 연안 지방 특유의 억양이 약간 있었다.

나는 어색하지만 결의를 다지며 계속했다.

"교도소에서 친구는 좀 사귀었어요?"

"아뇨." 그가 말했다.

오지 말았어야 했다. 그는 내가 있는 걸 원치 않았다. 거기 있는 게 편하지 않았다. 하지만 교도소는 한 시간의 면회 기회를 주었으므로 그대로 있기로 결심했다. 내 몸짓, 얼굴 표정, 숨 쉬는 것 하나하나까지 극도로 의식하면서 의자 위에 앉아 있었다. 아무도 나이트를 침묵 밖으로 나오게 하지 못했지만 나는 최소한 노력이라도 해보고 싶었다. 면회실 조명이 깜박거리고, 천장 타일 두 개는 사라지고 없었다. 긁힌 자국이 난 창을 통해 보니 나이트의 오른쪽 다리가 빠르게 흔들리고 있었다. 방문객 쪽 면회실 바닥에는 옅은 붉은색 사무실용 카펫이 깔려 있고, 그가 있는 쪽 바닥에는 파란색 카펫이 깔려 있었다.

그는 사람들을 만나면 '피부가 스멀거리는' 것처럼 소름이 돋는다고 「편지」에 쓴 적이 있었는데 정말로 팔뚝을 긁고 있었다. 주근깨가 난 오른쪽 손등에 흐릿한 갈색 모반이 있었다. 길들여 부리는 뱀처럼 흐트러진 머리카락 몇 가닥이 정수리에 감겨 있었다. 한쪽 벽에 누군가가 검은색 잉크로 '내보내줘요'라는 낙서를 해놓았고, 문에는 어떤 사람이 '187'이라는 숫자를 새겨놓았다. '187'은 캘리포니아 주 『형법전』에 근거한 살인을 뜻하는 은어다.

나의 인내심이 결실을 맺었다. 몇 분이 지나자 그의 다리가 처음으로 잠잠해졌다. 긁는 것도 멈췄다. 마침내 주변 환경에 대해 평정심을 찾은 듯 나이트는 활기를 띠기 시작했다.

"어떤 사람들은 내가 곱슬머리에다가 마음 따뜻한 사람이었으면 하죠. 은둔자의 지혜로 가득한 상냥한 사람 말이에요. 은자의 집에서 그저 포춘 쿠키에 들어 있는 문장들을 줄줄 읊어대는 그런 사람." 그가 말했다.

그의 말은 또렷하긴 했지만 소리가 극도로 작았다. 나는 그의 목소리를 듣기 위해 수화기를 대지 않은 귀를 손가락으로 틀어막아야 했다. 그는 몸짓도 최소한으로 했다. 하지만 황송하옵게도 그가 이야기를 해주기만 한다면 상상력을 자극하는 재미있는, 그리고 신랄한 이야기가 될 터였다.

"은자의 집요? 다리 밑에 있는?" 나는 동조하는 척하면서 물었다.

그는 참을 수 없을 정도로 오래 눈을 깜박이기 시작했다.

"트롤다리 밑에 살면서 지나가는 여행객을 괴롭힌다는 북유럽 신화 속 괴물을 떠올렸군요."

나는 웃었다. 그의 얼굴도 미소 쪽으로 움직였다. 우리는 관계를 맺었다. 아니 최소한 처음의 어색함은 풀렸다. 우리는 다소 정상적으로 대화를 나누기 시작했다. 하지만 결코 빠른 속도로 하지는 못했다. 나이트는 시인처럼 세심하게 신경을 쓰면서 사용하는 단어 하나하나의 정확함을 따져보는 듯했다. 심지어 손으로 쓴 「편지」들도 적어도 한 번은 초고를 써서 불필요한 무례함은 대부분 들어내고, 오직 필요한 무례함만 남겼다.

그는 눈을 안 맞추는 이유에 대해서도 설명했다.

"나는 사람들 얼굴을 보는 게 익숙하지 않아요. 얼굴엔 너무 많은 정보가 있거든요. 모르겠어요? 너무 많고, 너무 빨라요." 그의 신호에 따라 그가 내 어깨 너머를 응시하는 동안 나도 그의 어깨 너머를 바라봤다. 우리는 거의 대부분의 면회 시간 동안 이 방식을 유지했다.

"사람들이 나를 만지는 걸 싫어해요." 그가 덧붙였다. 교도관들이 이따금 하는 몸수색은 견딜 수 있지만 그게 다였다.

"당신은 포용하는 사람은 아니죠?" 그가 물었다.

나는 정말 가끔씩 포옹에 가담한다는 사실을 인정했다.

"우리만의 비밀이 생겨서 기쁘네요." 그가 창을 가볍게 두드리며 말했다. "이곳에 시각장애인들이 있었다면 그들을 꼭 잡았을 거예요." 교정 당국은 그에게 접촉 면회 수감자와 방문자의 악수, 포옹 등이 허용되는 면회라는 선택지를 주었지만 그는 다른 형식을 택했다. "나는 신체 접촉보다는 정신의 만남을 더 선호해요. 나는 거리를 두는 걸 좋아합니다."

나이트는 생각하고 있는 것을 사회적 고상함이라는 안전망으로 거르지 않은 채 진실을 가감 없이 정확하게 말하려는 것 같았다. 그에게는 선의의 거짓말이라는 기제 ─ 맛이 어떻든지 간에 만찬 음식을 맛있다고 여기는 것, 인간과의 상호작용이 잘 되도록 기름칠을 하는 장치 ─ 가 전혀 없었다.

"더 빨리 핵심에 이를 수 있다면 무례한 게 미안하지 않아요." 그가 말했다.

그에게 내 책의 가제본을 보내줬는데 거기에 실린 작가 사진을 본 그는 「편지」에 이렇게 썼다.

"유난히 꺼벙해 보이네요. 다음번엔 아내가 사진을 고르게 해요."
면회할 때 내 아들의 이름이 베킷Beckett: 『고도를 기다리며』로 유명한 작가 사뮈엘 베케트를 지칭이라고 했더니 "윽, 끔찍하네요. 아들한테 왜 그런 이름을 지어줬어요? 점점 나이를 먹어가면서 당신을 미워하게 될 거예요"라고 했다.

내가 교도소에 왔다는 얘기를 들었을 때 그는 맨 처음 본능적으로 면회를 거부하고 싶었다고 했다. 하지만 우리는 이미 「서간문」으로 관계를 맺은 상태였고, 나라는 존재가 감옥에서 그때껏 피했던 기술, 바로 대화 나누기의 연습 상대가 될 수도 있었다. 더군다나 나는 다큐멘터리 팀이나 여느 언론인과 달리 무작정 그냥 나타났고, 내가 멀리서부터 찾아온 걸 알고 있었다. 그는 내 면회 신청을 거부하면 무례한 행동이 되리라 생각했기에 수락했고, 내 면전에서 무례하게 굴었다.

나이트는 까칠해 보일 수도 있지만 — 실제로 까칠하지만 — 붙잡힌 뒤로 뜻하지 않은 순간에 평정심을 잃고 격한 감정을 주체하지 못하는 자신을 발견했다고 말했다.

"텔레비전 광고 같은 걸 보고도 눈물을 글썽이게 됐어요. 감옥에서는 다른 사람들에게 우는 모습을 보이는 건 좋지 않은 일이죠."

그는 언론에서 자신을 어떻게 그리고 있는지 궁금해했다.

"라디오 뉴스 방송 말미에 나오는 이상한 이야기 같나요? 세계에서 가장 큰 호박이 나왔습니다, 메인 주 숲에서 27년이 지난 뒤에 나온 남자가 있습니다, 뭐 이런 식으로요." 그는 모든 사람들이 정말로 자신을 '은둔자'라고 부르는지 물었고, 나는 '그렇다'고 말해줬다. 지역 신문인 「케네벡 저널」「모닝 센티널Morning Sentinel」「포틀랜드 프레스 헤럴드Portland Press Herald」에서도 이따금 그를 '은둔자'라고 불렀다.

"좋아하는 단어는 아니지만 이해는 합니다. 뭔가 정확해요. '은둔자'는 정말이지 딱 들어맞으니까요. 어쨌든 내가 막을 수는 없을 것 같네요." 나이트가 말했다.

그는 이 지점에서 전략적인 틈을 간파했다. 언론 매체는 실제로 살아 있는 '은둔자'를 보기 위해 떠들어대는 게 분명해 보였으므로 나이트는 수염을 덥수룩하게 길러서 언론이 상상하는 캐릭터를 제공했다. 그의 얼굴에 난 털은 단순히 달력일 뿐만 아니라 가면의 역할도 했다. 만천하에 다 드러난 상태에서도 사생활을 약간 누릴 수 있도록 사람들의 시선을 흡수해버렸다.

"나는 그 뒤로 숨을 수 있어요. 사람들의 고정관념과 가정에 부합한 척할 수 있죠. '은둔자'라는 꼬리표가 좋은 점 중 하나는 이상한 행동을 해도 뭐라고 하는 사람이 없다는 겁니다."

그가 말한 대로 그는 '사회 안으로 다시 들어가기' 위해 준비를 해야 했고, 사람들이 자신을 광인으로만 볼까봐 걱정했다. 그는 도움을 구하고 있었다. 자신의 행동이 이상하다는 것을 잘 알고, 바꾸고 싶어 했다. 나는 그에게 나를 쳐다보라고 했다. 그의 두 눈이 사방으로 빠르게 움직였다. 환영하는 얼굴의 움직임이나 몸짓, 상호 작용이 전혀 없었다. 눈썹을 추켜올리는 것조차 없었다. 갓난아기도 할 수 있는 것을 나이트는 몇 분 이상 지속하지 못했다.

마침내 그와 시선을 맞추게 된 나는 대기실에서 떠올린 질문—"모기가 심할 때는 어떻게 했어요?"—을 했다. 그는 "살충제를 썼어요"라고 말하고는 눈을 돌려버렸다. 나의 존재는 그에게 부담이었다. 나이트가 바라는 건 홀로 남겨지는 것뿐인 듯했다. 비록 그렇다 할지라도 면회 시간이 끝나기 직전, 나는 또 와도 되는지 물었다.

의외의 대답이 돌아왔다.

"그래요."

10

바위틈에
숨겨진 그곳

나이트는 숲에서 지내는 내내 거의 똑같은 야영지에서 살았다.
야영지는 놀라운 장소에 있었다. 샴페인 거품처럼 미국 북동부를
가득 메운 작은 주州들의 맨 위에 코르크 마개처럼 자리한 메인
주에는 사람이 살지 않는 광활한 삼림지대가 있는데, 대부분 목재
회사가 소유한 땅이다. 하지만 나이트는 사회의 경계 안에서
사라지기로 선택했다. 도시, 도로, 집들이 야영지를 에워싸고 있었다.
그는 노스 폰드에서 카누를 타는 사람들의 대화를 우연히 들을 수도
있었다. 인간으로부터 완전히 격리되지 않은 한계선 위에 있었다.
가장 가까이 있는 오두막에서 그의 은신처까지는 걸어서 3분
거리였다. 단, 위치를 알기만 한다면 말이다.

어디로 가야 하는지 아는 사람은 오직 나이트뿐이었다. 그는 붙잡힌 날 저녁, 교도소로 가기 전에 비밀을 털어놓았다. 나이트는 자신을 체포한 휴스 경사와 밴스 경찰관을 은신처로 안내했다. 야영지는 사유지에 있었고, 땅 주인은 그 장소가 관광 명소가 되는 걸 원치 않았다. 하지만 지명은 새어나가고 말았다.

그 지역에서 잡역부로 일하는 캐럴 버바는 눈길을 뚫고 나이트의 야영지까지 경찰들의 발자국을 따라갔던 사람인데, 나에게 수수께끼 같은 설명을 해주었다. 나는 오거스타 외곽 북쪽 메인 주의 심장부로 차를 몰았다. 도로는 나무로 뒤덮인 산등성이 사이를 마치 강처럼 흘러간다. 소와 말을 키우는 시골이다. 신호등이 하나밖에 없는 소도시들과 분리된 완만하게 경사진 농지가 길게 펼쳐진 지역이다. 상호명이 '제너럴 스토어General Store'인 잡화점이 두 곳 있는데, 플라스틱 용기에 담아 파는 미끼용 벌레를 우유 바로 옆에 냉장 보관하는 곳이다. 우편함에는 풀랭Poulin, 티보도Thibodeau, 르클레르Leclair 같은 프랑스어 이름들이 스텐실로 찍혀 있다. 아마도 필시 17세기와 18세기에 신세계에 정착한 프랑스 식민지 주민들인 아카디아 사람옛 프랑스 식민지였던 캐나다 남동부 지역 주민들의 후손일 것이다. 영국의 찰스 2세는 1664년부터 그의 아우인 요크 공작 제임스의 '뉴잉글랜드의 메인 주the maine land of New England'에 대한 통치를 승인했다. 1820년 매사추세츠 주에서 분리된 다음 아마 '뉴잉글랜드의 메인 주州'라는 표현에 따라 주명州名이 결정된 것이리라.

파인 트리 캠프로 들어가는 진입로를 지나면 잠겨 있는 정문까지 빨래판처럼 좁고 울퉁불퉁한 길이 이어진다. 이곳에서 몇 분 더 걸어가면 태양 아래 잔물결이 은빛으로 반짝이는 호수를 언뜻 볼 수 있다. 인근에 호수 두 개가 있는데, 리틀 노스 폰드는 어린아이처럼 노스 폰드에 붙어 있다. 두 호수는 좁은 물길로 연결되어 있고, 총 면적이 10제곱킬로미터가량에 달하는 맑고 차가운 물이다. 오두막들은 대부분 숲속에 멀찍이 위치해 있어서 눈에 잘 띄지 않는다.

여름이 끝을 향해가는 중이었다. 그 지역은 조용했다. 한두 집을 제외하고 호숫가를 따라 죽 늘어선 별장들―과시하는 것 없이 '캠프'라고 불렀다―은 안팎이 수수하고 단순한 모습이다. 몇몇 집은 새 외장용 자재가 필요해 보였다. 상당수 거실에는 받침대 위에 올려둔 사슴 머리가 주된 장식이다. 커다란 야외 화덕, 물에 떠 있는 독dock, 여기저기 흩어져 있는 카약과 카누가 보인다. 나무에는 빈 맥주 캔으로 만든 풍경이 매달려 있다. 개울을 건너면 비바람에 시달린 캠프가 나오는데, 그곳에서 자란 나무를 잘라 만든 헴록 널빤지와 판자 옆으로 나란히 금속 지붕을 이고 있다. 나이트의 야영지에서 3분 거리에 있는 곳이다.

진창길인 이곳 진입로가 나이트가 있던 숲과의 경계 역할을 한다.

물론 진짜 나이트의 숲은 아니지만. 숲에 머무는 동안 그는 매일 밤 불법으로 무단출입했다. 나도 똑같이 무단출입을 하면서 가능한 한 조용히 해야겠다고 생각했다. 나이트의 야영지는 그가 한 번도 물건을 훔치지 않았던, 사람이 상주하는 집이 있는 약 90만 제곱미터의 대지 위 어딘가에 있었다. 그곳은 면적이 큰 사유지였다. 하지만 노스 폰드 지역은 도보 여행자, 사냥꾼, 크로스컨트리스키 선수들이 주기적으로 지나다녔고, 지역사회는 해마다 보트 퍼레이드, 얼음낚시 대회, 아비새 숫사 세기 행사를 열었다. 이 모든 사람이 근처에 있었는데도 그토록 오랫동안 나이트가 사는 곳이 묻혀 있었다는 게 이상했다. 어쩌면 괜찮은 답을 얻을 수 있을지도 모른다.

진입로에서 출발해 숲으로 들어갔다. 뒤엉킨 나무와 관목이 너무나도 울창해서 숲은 자체적으로 습기를 머금고 있었다. 안경에 곧바로 뿌옇게 김이 서렸다. 크리스 나이트의 숲은 다양한 종류의 나무들이 자라는 오래된 숲이다. 거대한 캐나다 솔송나무 두 그루가 빽빽한 나무들 위로 높이 솟아 있고, 덤불에는 양치식물과 머리 색깔이 새빨간 버섯들이 넘쳐났다. 야영지가 비밀을 유지할 수 있었던 것은 마구 뒤엉킨 바위들 덕분이었다. 아마도 마지막 빙하기 때부터 빙하를 참고 견딘 선물이라고 할 수 있는 자동차만 한 바위들이 사방에 어지럽게 흩어져 있고, 이끼가 그 위에 카펫처럼 뒤덮여 있다. 반 발자국만 가려 해도 자동차 도난방지 경보음 크기만큼 와지끈, 빠지직, 우두둑 소리를 내면서 나뭇가지가 부러지는 통에 손으로 잡을 데가 필요했다. 균형을 잡기 위해 바위를 붙잡아야 했다.

메인 주 중부를 제외하고 미국에서 나이트 같은 은둔자가 살 만한 곳은 그리 많지 않다. 메인 주의 숲은 더할 나위 없이 빽빽하게 울창한 반면 미국 서부나 알래스카 전역은 일반적으로 숲이 훨씬 더 열려 있다. 메인 주 숲에 거주하는 인구 역시 완벽하게 분산되어 있는데, 너무 밀집되어 있지도 않고 너무 넓게 흩어져 있지도 않다. 둘 중 하나라도 습관적인 절도를 방해할 수 있다. 게다가 메인 주에서는 남과 어울리지 않고 혼자 지내는 기풍이 있는데다 사유재산의 경계에 대한 애착도 느슨해서 근처를 지나가는 낯선 사람을 우연히 발견하더라도 괘념치 않는 게 일반적이다. 남의 사유지에 무단출입하는 것이 별로 용인되지 않는 텍사스 주에서 인생의 거의 대부분을 살았던 한 오두막 주인은 '외로운 별의 주Lone Star State: 텍사스 주의 별칭'에서 나이트 같은 사람은 조용히 살아남기 힘들 것이라고 말했다.

앞에서 잡역부가 해줬다는 수수께끼 같은 설명은 바로 "늦은 오후의 태양을 정면으로 보면서 산을 올라가요"였다. 알겠다, 그런데 그곳에 가보니 작은 산이 열두 개나 있었다. 그리고 바위들 때문에 곧바로 접근해 들어가는 것이 불가능했다. 길은 아예 존재하지도 않았고 여름이라서 모기와 덩굴옻나무, 가시나무 천지였다. 솔잎이 옷을 찔러댔고, 벌레들의 공격을 막기 위해 셔츠 소매를 내려야 했다. 어느 방향으로든 몇 걸음 이상 볼 수가 없어서 밀실공포증을 느끼고 방향감각을 상실하게 된다. 휴스 경사는 이 숲을 두고 '숫염소 숲'이라고 불렀다. 사냥꾼들도 못 들어가고 눈이 그대로 쌓여 있는 이 숲을 그 지역 사람들은 '자시the Jarsey'라고 불렀다. 숲 사이로 지나가는 비포장도로인 자시 로드 Jarsey Road 와 같은 이름을 썼다.

이렇게 빨리 숲에서 방향을 잃은 적은 처음이었다. 포기하고 더듬거리면서 진창길인 진입로로 도로 나온 나는 다시 시작하기 위해서 바위 위에 앉아 물을 벌컥벌컥 들이켰다. 자시와의 두 번째 전투 역시 더 나아지지 않았다. 내 몸을 신중하게 태양에 맞춰서 조정했지만 — 진짜 늦은 오후였다 — 얼마 못 가 또다시 숲속을 마구 헤매게 되었다.

세 번째 시도는 더 안 좋았다. 바위를 뒤덮은 이끼는 물기 때문에 축축하고 얼음처럼 미끄럽다. 발이 미끄러지면서 캠핑 장비와 식량을 가득 채운 배낭 무게 때문에 균형을 잃고 말았다. 나는 얼굴부터 고꾸라지면서 이마를 바위에 찧었다. 곧바로 혹이 생길 정도의 강도였다. 등산화 한 짝이 찢어졌다. 대적할 수가 없는 숲이었다. 그런데 나이트는 이곳을 늘 걸어다녔다. 조용하게. 부상 없이. 밤에. 어떻게 가능했을까?

전날 스코히건에 있는 막사 사무실에서 풀 먹인 녹색 제복을 입고

검은색 군화를 신은 휴스 경사는 완벽한 자세로 앉아서 나이트와
보조를 맞추며 따라갔던 경험을 들려주었다. 휴스 경사는 근무
시간과 자유 시간을 대부분 메인 주의 숲에서 보낸다. 그는 사향쥐와
여우를 잡아서 가죽을 팔아 짭짤한 부수입을 얻는다. 실종자를
수색할 때는 신통력에 가까운 능력으로 숲을 읽어낼 수 있는
사람이다. 휴스 경사 몰래 노스 폰드 주변 숲을 빠져나가는 이는
아무도 없다. 모두 흔적을 남기니까. 딱 한 사람만 빼고.

나이트와 함께 걷던 이야기를 하는 동안 휴스 경사의 눈빛이
부드러워졌다. 타고나기를 과장이라고는 모르고, 법질서를 존중하는
사람인 그는 1,000건의 중죄를 인정한 지 얼마 안 된 범죄자의 뒤를
따라가고 있었다. 하지만 그는 경외심을 갖게 되었다.

"내 평생 그런 경험은 처음이었습니다." 휴스 경사가 말했다. 그가
두 눈으로 목격한 것은 하나의 예술 작품이었다. "모든 걸음걸음이
계산되어 있었어요, 모든 움직임이요. 항상 틀림없이 똑같은 걸음을
내디뎠습니다. 해마다, 몇십 년 내내." 휴스 경사의 말에 따르면
나이트는 걷는 동안 푸가 같은 상태로 들어갔다.

"그는 무아지경이었어요. 아무것도 들리지 않는 상태였습니다."
너무도 강력한 몰입 상태여서 휴스가 대화를 시도해도 답이 없었다.

"나는 그냥 그 상태로 됐어요. 흔적을 남길 만한 곳에는 절대로

발을 디디지 않았을 겁니다. 잔가지를 부러뜨리는 일도, 양치식물을 밟아서 납작하게 만드는 일도, 버섯을 발로 차는 일도 없을 거고요. 눈이란 눈은 다 피했어요. 나는 어찌할 바를 몰랐어요. 가늠할 수가 없었죠. 충격에 빠졌습니다. 그의 눈을 가릴 수도 있었겠지만 그랬더라도 잠시도 주저하지 않았을 겁니다. 고양이처럼 움직이겠죠." 휴스 경사는 그때를 떠올리며 말했다.

나이트의 야영지가 완강하게 모습을 감출수록 그것을 보고 싶다는 나의 열망은 더욱더 커져갔다. 태양이 아래로 더 떨어지면서 한두 개의 빛줄기가 레이저처럼 숲을 관통했다. 자시의 한가운데를 천천히 움직였다. 바위가 있는 곳마다 앞뒤로 왔다갔다 하면서 건초 더미에서 바늘 찾기 식으로 정밀하게 격자탐색을 했다.

나는 특이한 모양의 바위와 다른 것들과 뚜렷이 구별되는 나무들에 주목하면서 인식도를 만들기 시작했다. 마침내 숲이 제대로 보이기 시작했다. 친절한 지질학자들이라면 표석이라고 부를 만한 유달리 커다란 바위들이 있는 곳에 코끼리만 한 바위가 하나 있었다. 그런데 특정 각도에서 보니 사이에 틈이 약간 벌어진 두 개의 바위였다. 하나의 바위처럼 보이는 두 바위는 착시 현상이자 숲의 장난이었다. 두 바위 사이의 틈은 딱 몸을 틀어서 빠져나갈 수 있을 만큼의 넓이였다. 비밀 출입구로 들어가니 꿈처럼 빈터가 나왔다. 그곳이었다.

은신처의
비밀

세상에나. 나이트는 혼돈으로부터 몇 발자국 떨어진 곳에
자연적으로 생긴 스톤헨지 바위들과 헴록 덤불로 둘러싸여 완전히
눈에 보이지 않는 거실만 한 빈터를 만들어냈다. 머리 위로 연결된
나뭇가지들이 격자 시렁처럼 공중에서도 야영지가 보이지 않게
가려주었다. 나이트의 피부가 그토록 창백한 이유이기도 했다.
사시사철 그늘 안에서 살았던 것이다.

"나는 들판이 아니라 숲에서 왔어요." 그는 자신의 창백함에 대해
이렇게 말했다. 양옆이 6미터가량인 공간이 돌을 제거한, 완벽하게
평평한 땅 위에 있었다. 약간 오르막이었는데, 모기를 쫓기에 딱 좋을
정도로 미풍이 불지만 겨울에 심각한 풍속냉각을 초래할 정도는

아니었다. 내 눈에는 정육면체로 된 숲 하나가 사라져버린 것처럼 보였다.

"그가 우리에게 야영지를 보여주지 않았다면 아마 절대로 찾아내지 못했을 겁니다." 휴스 경사가 말했다.

"그는 커다란 바위들 사이를 쏜살같이 움직였습니다. 나는 생각했죠. '저 사람, 도대체 뭘 하고 있는 거지?' 그러고 나서, 펑! 구멍이 나왔어요." 나이트의 야영지를 드나드는 다른 방법들이 있지만 빽빽하게 얽힌 쓰러진 나무들과 바위 무더기 때문에 효과적으로 차단되었다. 코끼리 바위는 하나밖에 없는 실용적인 입구 역할을 했고 확실히 가장 극적이기도 했다.

"우리는 그 바위 근처에 이르렀어요. 나는 입이 떡 벌어지고 말았죠. 들어가보니, 맙소사, 진짜였어요." 밴스가 말했다.

경찰은 픽업트럭 두 대를 채울 정도로 많은 나이트의 물건을 대부분 처분했고, 방수포를 찢고 텐트도 해체했다. 텐트는 슬픈 공 모양으로 구겨져 있고, 기둥 두 개가 뜨개질바늘처럼 삐져나와 있었다. 그래도 제일 처음에 아무것도 손대지 않은 상태에서 모든 것을 사진으로 찍어두었다.

"그는 텐트를 동서 방향으로 세웠어요." 휴스 경사가 마지못해 인정하면서 고개를 끄덕였다.

"그건 우연이 아니었습니다. 생존주의자 훈련에 기초한 거예요. 야영지는 산꼭대기에 있지도, 계곡에 있지도 않았어요. 그 사이 중간에 있었죠. 그는 『손자병법』에 나오는 손자孫子의 원칙들을 따랐어요. 군대 경험이 전혀 없는, 소도시에서 고등학교만 나온 사람이 말입니다."

나이트는 항상 그곳을 지나칠 정도로 까다롭게 깨끗한 상태로 유지했다. 갈퀴로 낙엽들을 긁어모으고 삽으로 눈을 치웠다. 비록 그가 체포된 지 거의 5개월이 지난 지금은 솔잎과 나뭇잎들로 뒤덮였지만. 작은 공간을 깨끗이 치우고 흙을 좀 긁어내자 ― 휴스 경사가 그렇게 해보라고 제안했다 ― 색이 바래고 물을 잔뜩 먹은 익숙한 노란 테두리 표지의 「내셔널 지오그래픽」 한 권이 나왔다. 표지에 인쇄된 주요 기사 제목 '자이르강'만 읽을 수 있는 상태였다. 날짜도 알 수 있었다. 1991년 11월이었다.

페이지들이 떨어져나갔다. 그런데 밑에 또 다른 호1990년 7월 「플로리다 분수령」가 있었다. 그리고 또 다른 호, 또 다른 호. 바닥 부분으로 내려갈수록 더 많았다. 잡지들은 절연테이프로 묶여서 나이트가 '벽돌'이라고 말한 두꺼운 꾸러미가 되었다. 다른 곳에는 「피플」 「배니티 페어」 「글래머」 「플레이보이」로 된 벽돌들이 파묻혀 있었다. 나이트는 수평을 완벽하게 맞추고 빗물 배수가 제대로 되게끔 오래된 읽을거리를 애벌바닥으로 재활용했다.

그는 잡지들 위에 카펫을 깔아서 실제 주거 공간의 마루 역할을 하게 했다. 경찰이 찍은 사진을 보면 벽은 갈색과 녹색 비닐 방수포와 커다란 검은색 쓰레기봉투 몇 장으로 만들어졌다. 방수포와 쓰레기봉투를 기와처럼 겹겹이 덧씌워 얹은 다음 받침줄을 나뭇가지와 자동차 배터리에 묶어 제자리에 고정시켰다. 이렇게 만들어진 구조물은 A자 형태로, 높이 3미터, 길이 3.65미터였다. 양 끝은 기차 터널처럼 활짝 열려 있었다. 여러 가지 숲의 색깔들을 섞어서 미학적으로 볼 때 만족스러운 창조물이었다. 겉으로 보기에 거의 교회 같았다. 오로지 방수포와 쓰레기봉투만으로 이보다 멋진 것을 만들어내기는 어려울 것이다.

코끼리 바위에서 가장 가까운 은신처 입구로 들어가면 부엌이 나온다. 우유 상자 두 개 위에 콜맨Coleman 2구 버너 가스스토브가 있고, 의자로 쓰는 5갤런19리터짜리 초록색 양동이가 하나 있었다. 가스관으로 쓰는 스토브에 부착한 정원용 호스는 뱀처럼 구불구불 은신처를 기어나가 프로판 가스통으로 이어졌다. 열려 있는 은신처의 양 끝으로 환기가 이뤄졌다. 프라이팬, 머그컵, 키친타월, 주걱, 체, 냄비 같은 조리 도구들은 고리를 달아서 부엌 벽을 따라 밧줄에 매달아놓았다. 쥐덫 두 개가 바닥을 지키고 있고, 휴대용 아이스박스 옆에 손 세정제인 퓨렐Purell 한 통이 놓여 있었다. 설치류 방지 플라스틱 저장 용기가 그의 식료품 저장실이었다.

부엌 뒤편인 은신처 반대편에 나이트의 침실이 있었다. 돔 모양의 캠핑용 나일론 텐트를 A자형 구조물 내부에 세웠는데, 비를 막는 보호막을 더하고, 밝은 색깔인 텐트를 감추기 위해서였다. 나일론 텐트 안에는 옷장 역할을 하는 플라스틱 쓰레기통들이 많았다. 두 경찰관에게 야영지를 보여주기가 당혹스러웠던 이유는 훔친 물건으로 가득 차서가 아니라 충분히 깨끗하지 않아서였다고 나이트는 말했다. 텐트 벽은 부식되고 분해되기 시작했다. 시간이 흐르면서 벌어진 일이었다. 나이트는 "마치 어머니가 청소도 안 해놨는데 집에 누군가가 갑자기 들른 것 같았어요"라고 했다. 새 텐트가 이미 있었지만 아직 만들어 세우지 못한 상태였다. 여느 집주인과 마찬가지로 나이트 역시 언제나 개선과 수리에 대해 이런저런 생각을 했다. 체포되기 전, A자형 구조물 바닥 밑에 빗물이 고이는 것을 더 완벽하게 방지하기 위해 카펫과 잡지 벽돌 사이에 자갈을 한층 더 깔 계획을 세우기도 했었다.

텐트 문 앞에는 인조 잔디 도어매트가 놓여 있었다. 나이트는 말도 못 할 정도로 바위투성이인 곳에서 살았지만 잠자리는 상당히 훌륭했다. 트윈 사이즈 매트리스, 철제 침대 프레임, 그리고 매트리스 아래에 받쳐놓는 박스 스프링으로 침대를 만들어 썼다. 침대 다리가 텐트 바닥에 구멍을 내지 않게끔 나무토막을 받쳐놓았다. 크기가 딱 맞는 시트와 진짜 베개 — 체포 당시 그는 토미 힐피거 베갯잇을 사용 중이었다 — 가 있고, 온기를 위해 포개놓은 침낭들도 있었다.

우유 상자는 침실용 탁자 역할을 했는데, 책과 잡지가 아무렇게나 쌓여 있었다. 손목시계, 손전등, 휴대용 라디오도 수십 개씩 갖고 있었다. 그는 여분의 부츠, 침낭, 재킷도 가져왔다.

"나는 예비 시스템, 여분의 물건, 선택권을 좋아해요"라고 그는 설명했다. 외부 온도계에 디지털 수신기를 연결해서 기상관측소를 만들기도 했는데, 그 덕분에 침대 밖으로 나가지 않고도 날씨가 얼마나 추운지 알 수 있었다. 그의 은신처는 너무나도 잘 설계되어 있어서 텐트가 물에 젖는 일은 한 번도 없었다.

야영지 가에 있는 방수포 구조물의 부엌 출입구 옆에는 위가 평평한 야트막한 바위가 하나 있는데, 나이트가 몸을 씻고 빨래를 하는 곳이었다. 그는 그곳에 세탁용 세제와 비누, 샴푸, 면도기를 보관했다. 그의 주장대로 거울은 없었다. 그는 액스Axe 브랜드의 데오도란트를 훔쳐 쓰길 좋아했다. 27년 동안 따뜻한 물로 샤워한 적은 한 번도 없었고, 양동이에 찬물을 담아 머리 위로 들이부었다.

그는 욕실 근처 나무 네 그루에다가 방수포를 각도가 아래쪽으로 기울어지도록 평평하게 밧줄로 단단히 묶었다. 이것은 빗물용 거대한 깔때기로, 113리터짜리 플라스틱 쓰레기통 안에 빗물을 모았다. 보통 227~340리터의 빗물을 저장했는데, 대부분의 건기를 나는 데 충분한 양이었다. 가뭄이 극심한 해에는 물을 가져오기 위해 호숫가로 걸어갔다. 호수의 물은 마셔도 될 만큼 깨끗했다. 나이트가

'나무 비듬'이라고 부른 애벌레나 나뭇잎이 떨어져서 쓰레기통에 저장한 물이 더러워지면 마시기 전에 커피 필터로 걸렀다. 나중에는 물이 녹색을 띠면서 약간 끈적끈적해지기도 했는데 그럴 땐 빨래나 목욕할 때 쓰거나 끓여서 찻물로 썼다.

야영지의 제일 뒤쪽, 코끼리 바위 입구에서 가장 먼 곳에 화장실이 있었는데 구덩이 위에 통나무 두 개를 얹어놓은 것이었다. 나이트는 은신처 안에 화장실 용품들을 보관했다. 일반적으로 두루마리 휴지와 손 세정제를 비축해두었다. 그의 말마따나 불을 지필 수 있는 작은 공간이나 새까맣게 탄 나무 조각은 없었다.

근처에 있는 가장 큰 나무들은 저장소 역할을 했다. 나이트는 헴록 열두 그루의 몸통에 두꺼운 밧줄을 칭칭 감은 다음 그 안에 물품들— 전선 몇 가닥, 고무끈, 녹슨 침대 스프링, 비닐봉지, 가위, 슈퍼 글루, 작업용 장갑, 휘어진 열쇠 — 을 밀어 넣었다.

"휘어진 열쇠는 고리로 쓰거나 드라이버 대용으로 뭔가를 파내거나 할 때 쓸 수도 있으니까요. 잘 모르겠어요. 뭐든지 버리질 못해요. 나는 절약이 몸에 밴 사람이고 다른 용도로 재활용해서 쓰는 사람이에요." 그는 나무와 나무 사이에 빨랫줄을 매달았는데, 대개는 자신의 주요 품목인 짙은 색 운동복 바지, 플란넬 셔츠, 방수 재킷과 바지를 건조시켰다.

야생 건조대인 끝을 자른 나뭇가지에는 부츠를 끼워두었다. 한쪽 나무에는 갈퀴와 눈삽이, 다른 쪽 나무에는 황록색 야구모자와 축 처진 회색 낚시모자가 걸려 있었다. 어떤 물건들은 그 자리에 너무 오래 있는 바람에 그 주변으로 나무가 자랄 정도였다. 장도리는 나무 몸통이 거의 집어삼킨 상태였는데 제거가 불가능해 보였다. 휴스 경사는 다른 어떤 것보다도 이 장도리를 보고 나이트가 그곳에 얼마나 오래 살았는지 깨달았다고 말했다.

나이트는 누군가가 근처를 도보여행하거나 항공기로 자신을 수색하는 일이 일어날 가능성이 늘 있다는 사실을 잘 알았다. 그래서 햇빛에 반사될 만한 물건은 뭐든지 가리거나 방수포 구조물 안에 숨겨두려고 애썼다. 그는 플라스틱 아이스박스, 금속제 쓰레기통, 스파게티 냄비 겉면에 카무플라주 문양을 스프레이 페인트로 칠했다. 눈삽은 사용하지 않을 때는 삽날을 검은색 쓰레기봉투로 싸고 손잡이도 검은색 강력접착테이프를 감아서 보관했다. 프로판 가스통도 쓰레기봉투 안에 넣었다. 잎이 떨어지고 나면 살짝이라도 야영지가 보일 수 있는 몇몇 장소에 카무플라주 방수포를 걸었다. 심지어 빨래집게도 초록색으로 칠했다.

약간 오르막에 있는 현관 격인 곳에 초록색 알루미늄 접이식 의자를 두었는데, 의자 다리가 보드라운 흙 속으로 빠지지 않게끔 다리를 강력접착테이프로 꽁꽁 싸맸다. 그곳에 있는 모든 것과 마찬가지로

그 의자 역시 야영지의 고요한 감각을 극대화하게끔 이상적으로
조화롭게 자리하고 있는 듯 보였다. 나중에 둘이서 이야기를 나눌 때
나이트는 이런 나의 생각에 코웃음을 쳤다.

"내가 풍수에 집착했다고 생각해요?"

나는 야영지에 내가 갖고 온 텐트를 친 뒤 초록색 알루미늄 의자에
앉았다. 얼룩다람쥐가 나무 사이를 내달리자 도토리들이 파친코
공처럼 후두둑 떨어졌다. 한바탕 바람이 불자 높은 곳에 달린
가지들이 휘어졌지만 얼마 안 되는 나뭇잎만 주변에 흩날렸다.

밤이 빨리 찾아왔다. 개구리들이 목청을 가다듬었다. 매미들은
테이블톱처럼 윙윙 소리를 내며 날아다녔다. 딱따구리가 유충을
잡아먹기 위해 나무를 두드려댔다. 마침내 노스 우즈North Woods의
주제가, 아비새 소리가 들려왔다. 듣는 사람의 기분에 따라
웃음소리로도 울음소리로도 들리는 소리가 크게 울려 퍼졌다.
포장이 안 된 흙길을 자동차가 지나가면서 내는 우두둑 소리, 개
짖는 소리. 한동안 이야기 소리가 들리는 듯했지만 너무 작아서 무슨
말을 하는지 알아들을 수는 없었다.

나이트는 다른 사람들과 너무 가까운 곳에 살았기에 마음 놓고 크게
재채기조차 할 수 없었다. 야영지에서는 휴대 전화도 잘 터졌다.
문명이 바로 저기 있었고, 몇 발자국만 나가면 뜨거운 물 샤워와

좋은 음식, 가구, 현대적 장비 등 삶을 안락하게 하는 것들이 있었다.

얼마 안 있어 정말로 점점 어두워졌다. 눈을 뜨나 감으나 별 차이가 없을 징도였다. 뭔가가 숲 사이로 움직였다. 토끼보다 크지 않은 동물이겠지만 하마가 지나가는 소리 같았다. 머리 위 나뭇가지 사이로 별 한두 개와 뒤틀린 미소를 짓는 반달이 보였다. 새 한 마리가 부딪히면서 찍, 하고 짧고 높은 외마디 소리를 냈다. 그러고는 아무 소리도 없었다.

문자 그대로 두 귀가 먹먹할 정도로 완전한 정적이었다. 미풍조차 없었다. 나는 감옥 문이 쾅쾅 닫히는 소리가 들리는 가운데 침대에 몸을 웅크리고 있을 나이트의 모습을 상상했다. 무단 침입자가 된 기분이었다. 사유지에 대한 무단 침입이 아니라 나이트의 집에 대한 무단 침입. 나는 내 텐트로 물러갔다. 발이 차가웠다. 휴대 전화를 <u>끄</u>고 침낭 속으로 파고들었다.

새소리의 집중포화가 아침을 열었다. 나는 텐트의 지퍼를 열었다. 우듬지에 엷은 안개가 껴 있었다. 복잡한 실뜨기 모양 같은 이슬 맺힌 거미줄이 반짝였다. 잎사귀들이 느릿느릿 떨어졌다. 가을이 오고 있었다. 공기에서 수액 비슷한 냄새가 났다. 휴대 전화 전원을 켜고 나서야 열두 시간 동안 내리 잤다는 사실을 알았다. 몇 년 만에 누린 가장 긴 잠이었다.

12

세상에서 사라지기로
결심하다

사반세기 내내 숲에서 지내기 전에 크리스토퍼 나이트는 텐트에서
밤을 보낸 적이 없었다. 그는 야영지에서 동쪽으로 차로 한 시간도
안 걸리는 거리에 있는 앨비언Albion 이라는 마을에서 성장했다.
앨비언은 인구 2,000명과 소 4,000마리가 사는 곳이다. 크리스는
어머니 조이스 나이트와 아버지 셸던 나이트 사이에서 태어난
다섯 아들 가운데 다섯째 아들이었다. 크리스 위로 대니얼, 조엘,
조너선, 티머시가 있었다. 수재너라는 여동생도 있는데, 크리스의
말에 따르면 그녀는 다운증후군이었다. 조이스는 아이들을 키웠고,
한국에서 복역했던 퇴역 해군인 셸던은 유제품 제조 공장에서 대형
트럭을 씻어내는 일을 했다. 크리스의 가족은 사과나무와 산딸기

덤불 등 나무가 우거진 24만 제곱미터의 땅 위에 지은 2층짜리
농가에서 살았다. 현관 방충문이 달린 평범한 집이었다.

나이트가家의 아이들은 전통적인 잔심부름을 했다. "우리는 시골
사람들이었어요"라고 크리스는 말했다. 아이들은 집에서 쓰는
스토브에 넣을 통나무를 쪼개고, 어머니가 젤리와 잼을 만들 수
있게 산딸기류의 열매를 땄다. 8,000제곱미터의 텃밭을 돌봤는데,
트랙터로 땅을 갈았다.

아버지의 가르침에 따라 크리스와 그의 형들은 전자제품부터
자동차까지 고장 난 것을 고치는 법, 원하는 것을 만드는 법을
배웠다. 가족의 계획 중 하나는 오두막이었다. 셸던이 설계해서
삼나무 사이에 지었다. 오두막은 기능적인 동시에 예술적이었다.
벽은 돌로 만들었는데, 아들 가운데 한 명이 모은 돌을 세심한
주의를 기울여 쌓고 시멘트를 발랐다. 스토브는 208리터짜리
기름통으로 만들었는데, 직접 만든 파이프를 통해 환기가 되도록
했다. 오두막은 사슴 사냥철에 이상적인 쉼터였다.

나이트의 집에서는 매일 밤 보통 독서에 시간을 할애했다. 부모님은
각자 손에 책을 들고 흔들의자에 앉았다. 가족끼리 잘 알고 지낸
케리 비그는 집 내부가 도서관 같았다고 말했다. 나이트의 집에서는
「오거닉 가드닝Organic Gardening」「머더 어스 뉴스Mother Earth News」
같은 잡지를 구독했으며, 가죽을 무두질하고 양봉을 하는 것과 같은

시골 생활의 기술들을 상세히 알려주는 책인 「폭스파이어Foxfire」
시리즈를 전부 소장하고 있었다. 크리스는 어릴 때 초등학교
도서관에 있던 타임라이프Time-Life 에서 나온 역사책 수십 권을
닳도록 읽었다고 했다.

조이스와 셀던은 아들들이 학업에서 탁월하기를 기대했고 그대로
되었다. 고등학교 교사들과 학우들은 나이트네 남자아이들이 굉장히
똑똑했다고 입을 모았다. '머리는 비상한데 비현실적인 가족'이라고
회상하는 사람도 있었다. 크리스는 부모님이 좋은 성적보다는
'양키미국 북부, 특히 메인 주를 포함한 뉴잉글랜드 지방 사람의 재주' — 지능을
실질적으로 굴리는 것 — 를 더 높이 샀다고 말했다. "힘센 것보다
강인한 게 더 낫고, 지적인 것보다 영리한 게 더 낫죠. 나는 강인하고
영리했어요"라고 그는 가족의 금언을 되뇌며 말했다.

가족은 수확량을 극대화하기 위해 각종 새로운 종자들로 자주
실험을 했다. 감자, 콩, 호박, 옥수수를 키웠다. 크리스는 "다섯이나
되는 사내 녀석들의 배를 채우기 위해 기본적인 것들이었죠"라고
말했다.

크리스는 열역학에 대해서도 공부한 다음 자그마한 온실을 하나
만들었다. 가족들은 물을 채운 약 4리터짜리 우유 주전자 수백
개를 지표면 바로 밑에 묻었다. 히트 싱크heat sink: 열 흡수원 라고
알려진 것을 만든 것이다. 물 분자에서 전자기 결합이 일어나는

성질 — 화학자들은 '점착성'이라고 부른다 — 때문에 물은 흙보다 열에너지를 네 배가량 더 저장할 수 있다. 나이트 가족이 온실에 묻어둔 물은 낮 동안에는 열을 흡수하고 해가 진 뒤에는 서서히 에너지를 발산했다. 이 시스템을 이용해서 겨울 내내 먹을거리를 키웠고, 온실을 따뜻하게 만들기 위해 전력 회사에 돈을 낼 필요도 없었다. 크리스는 "우리 집에선 독학, 자기 계발을 더 선호했어요"라고 말했다.

가족은 돈에 쪼들렸다. 셸던은 주머니에 동전이 있는 상태로 집에 돌아올 때면 커피 깡통에 동전들을 넣었고, 조이스는 다음 날 아침 아이들이 등교하기 전에 점심값으로 그 동전들을 나눠 줬다. 고철이나 예비부품을 버리는 일은 절대 없었다.

크리스는 자신의 가족을 두고 '사생활에 집착'했다고 표현했다. 그는 적어도 감옥에 있는 동안만큼은 가족들에게 연락하거나 그들을 귀찮게 하지 말아달라고 간청했다. 나이트가家는 소수의 친구들, 친척들과 어울렸으며 그 외에는 만나는 사람이 사실상 거의 없었다. 생물학자들이 발견한 바에 따르면, 혼자 있고자 하는 갈망은 부분적으로는 유전적이어서 어느 정도 측정이 가능하다. '사교성의 달인' 화학 물질이라고 불리기도 하는 뇌하수체 펩티드 옥시토신의 수준은 낮은 반면, 애정에 대한 욕구를 억제하는 바소프레신 호르몬 수준이 높으면 대인관계를 덜 필요로 하는 경향이 있다.

존 카치오포 John Cacioppo 는 자신의 책 『인간은 왜 외로움을
느끼는가』에서 "인간은 저마다 부모로부터 특정한 사회적
소속 욕구 수준을 물려받는다"고 했다. 시카고대학교
인지·사회신경과학센터장인 카치오포는 모든 사람은 날 때부터
'관계에 대한 유전적 온도조절장치'를 지니고 있다고 했다. 크리스
나이트의 온도 조절 장치는 절대 영도모든 분자가 운동을 중지하는 온도,
섭씨 영하 273.15도에 가깝게 설정되어 있는 게 틀림없다.

크리스의 아버지 셸던은 2001년에 사망했다. 크리스는 12년 뒤에
체포되고 나서야 이 사실을 알았다. 하지만 80대인 어머니 조이스는
여전히 같은 집에서 딸과 함께 살고 있다. 조이스는 딸의 보호자로
남아 있었다. 크리스보다 열 살 위인 장남 대니얼은 인접한 곳에
있는 이동 주택 두 채를 연결한 집에서 살았다. 가장 가까이 있는
이웃 존 보이빈은 14년 동안 나이트 가족의 바로 옆집에 살았지만
지금껏 인사를 나눈 적이 한 번도 없었다고 말했다. 가끔 조이스가
신문을 챙기는 걸 보기는 했다. 크리스의 여동생 수재너는 수십 년
동안 남들 앞에 거의 모습을 드러내지 않았다.

20년 가까이 그곳의 지역사무소에서 근무한 어맨다 다우는
"앨비언에 사는 사람들은 다 아는데, 그 가족은 만나볼 수
없었어요"라고 말했다. 셸던을 알던 사람들은 하나같이 그가
내성적이었다고 했다. 앨비언에서 낙농업을 하면서 셸던의

먼 친척이기도 한 밥 밀리컨은 '똑똑하고 정직하고 근면하고 자급자족하며 존경받고 조용한' 사람이라고 했다. 어쩌다 정말로 누군가와 이야기를 할 때면 셸던은 '대체로 날씨 얘기만 했다'고 한다.

크리스는 괜찮은 어린 시절을 보냈다고 주장했다. "불평불만은 전혀 없었어요. 좋은 부모님이 계셨으니까요." 가족 중에 법적으로 문제가 있는 사람은 아무도 없었다. 나이트의 형들 가운데 조엘과 티머시가 감옥에 있는 크리스에게 면회를 왔는데, 가족 가운데 그렇게 한 사람은 그 둘뿐이었다. 크리스는 두 형을 알아보지 못했다고 인정했다. 조엘의 웃음소리만은 익숙했다. 형들은 크리스에게 무슨 일이 일어났는지 자주 궁금했다고 말했다. 그들은 크리스가 죽었을 거라고 생각했지만 어머니에게는 절대 내색하지 않았다. 언제나 어머니에게 크리스가 살아 있다는 희망을 주고자 했는데, 그건 그래야 어머니가 안심할 것 같아서였다. 형들은 크리스가 텍사스에 있을지도 모른다고 말했다. 아니면 로키산맥에. 아니면 심지어 뉴욕에.

가족들은 크리스가 실종됐다고 경찰에 알리지 않았던 것 같다. 아니, 확실히 그랬다.

"식구들은 내가 혼자서 뭔가를 하러 떠났을 거라고 추측했어요. 모험을 하러 말이죠. 우리 양키들은 세상을 다르게 보니까요."

크리스가 말했다. 휴스 경사는 나이트의 가족이 경찰을 끌어들이지 않았다는 사실을 알고 나서도 특별히 놀라지 않았다고 말했다. 그는 "그들은 메인 주 시골에 사는 사람들이에요. 남과 어울리지 않고 홀로 지내는 사람들이죠"라고 말했다.

어린 시절 라일락이 피면 크리스는 꽃다발을 만들어 어머니에게 갖다줬다.

"라일락 향기와 색깔을 좋아해요. 봄에 제일 먼저 피는 꽃이기도 하죠. 뭔가 새로운 걸 발견했다고 생각했던 기억이 나요." 라일락 꽃다발을 제외하면 명시적인 애정 표현은 별로 많지 않았다.

"우리는 항상 모든 걸 소통할 필요성을 느끼지 못했어요." 크리스는 말을 이어갔다.

"언제 어디서든 서로 간에 정서적이지 않아요. 감정 표현이 적나라하지 않습니다. 완전히 드러내놓고 표현하는 습관이 없어요. 집 안에서 남자아이들은 감정을 표현할 수 없었어요. 무언의 이해에 기대고 있었죠. 원래부터 그런 식이었어요."

크리스의 어린 시절을 아는 사람들은 그를 '조용'하고 '부끄럼'이 많으며 '머리는 좋지만 괴짜인' 아이였다고 했다. 하지만 어떤 심각한 문제를 발견한 사람은 아무도 없었다.

"그다지 이상한 점은 찾지 못했어요." 크리스와 함께 초등학교,

중학교, 고등학교를 다닌 제프 영이 말했다. 크리스와 제프는 자주 버스를 함께 타고 다녔다.

"심하게 똑똑한 아이였어요. 유머 감각도 정말로 좋았고요."
고등학교에 다닐 때는 좀 바보같이 말썽을 피웠던 것도 같다. 영의 기억에 따르면, 둘이 운전자 교육 수업을 함께 받던 날 크리스가 일부러 도로 가장자리에 지나치게 바짝 붙어서 가는 바람에 자동차가 덤불에 쓸린 일이 있었다. 비가 온 지 얼마 안 된 터라 창문을 열어둔 채 조수석에 앉아 있던 강사는 홀딱 젖고 말았다. 나이트 가족은 스키를 타러 간 적이 한 번도 없었고, 랍스터를 먹지 않았다. 크리스는 "우리 가족의 경제관념에 맞지 않았어요"라고 말했다. 그들은 설피—'곰 발바닥 같은 바인딩^{발과 신발, 스키를 연결하는 기구}을 단 나무로 만든 긴 눈신'—를 갖고 있었고, 살아 있는 미끼로 그 지역에 있는 강에서 낚시를 했다. 겨울에는 노스 우즈에 있는 친척의 사냥 야영지로 향했는데, 나이트가家 소년들은 새벽 1시, 2시까지 스노모빌을 타곤 했다.

크리스는 형 조엘과 함께 스카이다이빙을 하러 간 적이 있었다. 두 사람은 지시 사항들을 귀 기울여 듣고 나서 경비행기를 타고 이륙한 뒤 밖으로 뛰어내렸다. 크리스의 인생에서 유일한 비행 경험이었다.

"나는 비행기를 타고 이륙했지만 한 번도 비행기를 탄 상태로 착륙했던 적은 없어요. 정말 재미있는 일이죠."

물론 막내아들이었던 탓에 형들에게 놀림을 받기도 했다. 형들은 크리스에게 '퍼드'라는 애칭을 지어주었다. 아마도 만화 「벅스 버니」에 나오는 멍텅구리 등장인물 엘머 퍼드^{벅스 버니를 집요하게} 쫓아다니는 사냥꾼에서 따온 것이리라. 크리스는 그 별명을 몹시 싫어했다. 부모는 엄격했다. 일찍 귀가해야 하고, 숙제를 끝내야 했으며, 정크푸드는 일절금지였다. 「케네벡 저널」에 나온 사촌 케빈 넬슨의 말에 따르면, 넬슨은 남자 형제들에게 줄 특별 선물을 챙겨서 나이트네 집으로 자전거를 타고 가곤 했다고 한다.

"침실 창밖으로 내려준 줄에 간식거리가 든 가방을 매달아주면 다시 끌어올리는 식이었죠. 걔네는 소다수를 마셔본 적이 없을 거예요." 넬슨이 말했다.

사냥은 셸던이 열정적으로 하던 취미활동이었다. 「모닝 센티널」에 실린 그의 「부고 기사」는 딱 한 문장으로 그의 여가 시간을 표현했다.

"그는 사슴 사냥을 즐겼다." 셸던은 총으로 손수 잡은 흑곰 가죽 깔개를 침대 발치에 두었다. 크리스는 가끔 아버지가 하는 사냥에 동참했다.

"사냥 여행을 두 번 떠났는데, 나는 픽업트럭 뒤에서 잤어요. 혼자서 잔 적도 없고 텐트에서 잔 적도 없어요. 잠은 우리 집에 있는 내 침대에서 잤습니다. 내가 어디 있는지 부모님이 정확히 아는 곳에서요."

한번은 크리스가 메인 주 무스 사냥 허가증 추첨에 당첨된 적이 있었다. 운이 좋았다. 그는 열여섯 살이었고 아버지와 함께 캐나다 국경 근처에 있는 숲으로 갔다. 아버지는 그에게 270 윈체스터가 장전된 볼트액션bolt-action: 연사 기능이 없어서 손으로 노리쇠를 잡아당겨 총알을 한 발씩 장전시킴 소총을 빌려주었다. 크리스는 340킬로그램이나 나가는 암컷 무스를 쐈고, 내장을 제거하는 기초 손질을 스스로 해냈다.

"꽤 뿌듯했어요. 사냥 허가증, 사냥. 그해에 우리 가족 모두 잘 먹었죠."

로렌스고등학교 재학 시절 224명의 학생들 사이에서 크리스는 '눈에 안 보이는' 존재로 지냈다. 사교 모임에도 나가지 않았고 운동도 하지 않았으며 동아리에도 가입하지 않았다. 축구 경기에 출전한 적은 한 번도 없었고 졸업 무도회도 건너뛰었다. 하지만 실제로는 '두세 명'의 친구가 있었다고 했다. 반 친구였던 래리 스튜어트는 크리스와 어울리며 저녁 시간을 몇 번 보냈던 기억을 떠올렸다.

"유독 기억에 남는 밤이 있어요." 스튜어트가 말했다.

"한 녀석의 차를 타고 돌아다니고 있었죠. 크리스는 뒷자리에 타고 있었어요. 우리는 그저 여느 메인 주 아이들처럼 놀았어요. 소나 물건을 넘어뜨리거나 뒤집는 짓은 안 했어요. 아마 누군가의 맥주를 슬쩍하거나 포리너Foreigner와 에어로스미스 Aerosmith의 음악을 들으면서 구舊 중앙 광장을 돌다가 맥도날드 같은 데 갔을 거예요. 크리스는 똑똑하고 상냥했어요. 한 번도 이상한 점을 알아차리지 못했습니다. 하지만 실제로는 무슨 일이 벌어지고 있는지 누가 알겠어요? 우리 메인 주 사람들에겐 우리만의 방식이 있어요. 피코트방한용 코트와 가족을 단단히 틀어쥐고 싶어합니다.”

어느 날 크리스와 영은 학교를 빼먹기로 마음먹고 낚시를 하러 갔다.

“우리는 전날 계획을 세웠어요.” 영이 말했다.

“낚싯대를 가지고 학교에 갔죠. 둘이서만. 크리스는 사람들이 너무 많은 곳 근처에 있는 걸 싫어하는 것 같았어요. 그렇다고 걔를 탓할 순 없죠. 우리는 3~4킬로미터를 걸어서 세바스티쿡강 위에 있는 오래된 철교로 향했어요. 하지만 우리는 성공하지 못했어요.” 빨간색 다지Dodge 픽업트럭을 몰고 그 옆을 지나가던 셸던은 뭔가 수상하다고 여긴 게 분명했다. 영이 관찰한 바에 따르면 크리스는 아버지를 존경하는 동시에 약간 두려워하는 것 같았다. 크리스는 한 마디도 하지 않고 그냥 트럭에 올라탄 뒤 가버렸다.

졸업반이었을 때 나이트는 대부분의 메인 주 공립학교 학생처럼 ‘사냥 안전 및 야외 활동 기술’이라는 수업을 들었다. 그는 나침반 읽는 법, 임시 거처 짓는 법과 같은 것을 배웠다. 그때 크리스를 가르친 교사 브루스 힐먼은 "그 수업이 내 머릿속에서 계속 재생되고 있어요"라고 했다.

"죽느냐 사느냐 하는 생사의 갈림길에 놓이는 상황에 처했을 때 우연히 텐트를 발견하면 들어가도 괜찮다고 아이들에게 얘기했죠. 메인 주에서는 용인되는 행동이니까요. 나도 캠프를 갖고 있는데 만약의 경우 다른 사람들이 이용할 수 있도록 차, 커피, 곡물처럼 물기가 없는 마른 식품들을 늘 놔두고 옵니다. 수업이 어떤 아이에게 어떤 영향을 미칠지는 절대로 알 수 없죠. 나는 이틀이나 사흘 정도 지속되는 생존이 걸린 상황을 상정한 거였어요. 20년이 아니라."

1980년대 초 1세대 개인용 컴퓨터가 나오자 나이트는 매혹되었다. 그를 신기술을 두려워하거나 거부하는 사람이라고 예상하는 사람들도 있겠지만 실제로는 얼리어답터였다. 졸업앨범을 보면 나이트의 장래희망은 '컴퓨터 기술자'였다. 실망스럽게도 그의 별명은 '기사나이트knight'였다. 가장 좋아하는 과목은 역사였다.

"체육이 너무 싫었어요." 그가 말했다.

"체육 선생님이 너무 싫었어요. 그런 말 있잖아요, 우디 앨런의 대사. '할 수 없으면 가르쳐라. 가르칠 수 없으면 체육을 가르쳐라.' 나는 체육 수업을 빼먹고 자습실에 가 있는 방법을 알아냈어요. 고등학교 4년 동안 체육 시간을 피해 다녔죠. 나는 몸 상태가 좋고, 평균 신장보다 큽니다. 그저 팀으로 하는 운동을 하고 싶지 않았을 뿐이에요. 체육 시간에는 『파리대왕』속에 갇힌 듯한 기분이 들었어요. 실제로 배구를 하는 내 모습을 예상이나 할 수 있겠어요?"

졸업하자마자 크리스는 보스턴 외곽 매사추세츠 주 월섬에 있는 실베니아기술학교의 9개월짜리 전자공학 과정에 등록했다. 교육 과정에는 컴퓨터 수리도 포함되어 있었다. 형들 가운데 두 명도 똑같은 과정을 밟았다. 이 과정을 마친 뒤 그는 월섬에 그대로 남아 집과 자동차에 보안 장치를 설치하는 일자리를 얻었다. 이때의 경험이 나중에 절도범으로 활동할 때 유용한 지식이 되었다. 그는 방 한 칸을 빌리고, 1985년형 흰색 스바루 브랫으로 새 차도 구입했다. 형 조엘이 대출금의 연대보증인으로 서명을 해줬다.

"조엘 형이 그렇게 잘해줬는데 나는 형의 뒤통수를 쳤어요. 형에게는 여전히 빚을 지고 있습니다." 크리스가 말했다.

1년도 안 돼서 그는 갑자기 상사에게 알리지도 않고 보안 장치 설치 일을 관뒀다. 오랜 세월 나이트 가족의 친구였던 케리 비그의 말에 따르면 작업 도구들도 반납하지 않았다. 격분한 크리스의 고용주는 가족에게 연락해서 없어진 도구에 대한 변상으로 몇백 달러를 요구했다. 거부할 경우 법적 조치를 취하겠다고 협박했다. 비그는 크리스의 부모가 결국 돈을 물어주었다고 회상했다.

그러는 사이에 크리스는 마지막 급료를 현금으로 바꾼 뒤 그곳을 떴다. 어디로 갈지 아무에게도 말하지 않았다.

"알릴 사람이 없었어요. 친구도 없었고, 같이 일하는 동료들도
관심 밖이었거든요." 그는 브랫을 몰고 남쪽으로 갔다. 크리스는
당시 스무 살이었다. 패스트푸드를 먹고 싸구려 호텔 — '내가 찾을
수 있는 가장 싼 모텔' — 에 묵었다. 며칠 동안 홀로 차를 몰았다.
플로리다 주 안쪽 깊숙한 곳에 있다는 사실을 알게 됐을 때까지.
관광지나 박물관, 해변에 멈춰 선 일은 없었다고 했다. 대부분 주와
주 사이에 처박혀 있었다. 차 안에 앉아서 금속과 유리로 막힌 공간
속에서 세상을 지켜보는 것 말고는 딱히 하는 일이 없었던 것 같다.
결국 차를 돌려 북쪽으로 향했다. 그는 라디오를 들었다. 로널드
레이건이 대통령이었고, 체르노빌 원전 사고가 터진 참이었다.

그 운전 길, 인생 최초이자 유일한 장거리 자동차 여행에서 크리스
에게 뭔가가 일어났다. 그는 조지아 주, 노스캐롤라이나 주와
사우스캐롤라이나 주, 버지니아 주를 통과해 북쪽으로 향했다.
'천하무적 젊음'이라는 축복을 누리며, 윙윙 소리를 내는 '운전의
즐거움'을 느끼며. 그러다 어떤 생각이 점점 커지더니 '깨달음'이
되고, '단호한 결심'으로 굳어졌다. 살아온 날들을 통틀어 그는 혼자
있을 때가 가장 편했다. 다른 사람들과 교류할 때마다 좌절감을
느꼈다. 타인과의 만남은 전부 충돌처럼 보였다. 운전하는 동안
어쩌면 자기 안에서 두려움과 전율의 웅성거림을 느꼈을 수도 있다.

'천하무적 젊음'이라는 축복을 누리며, 윙윙 소리를 내는 '운전의 즐거움'을 느끼며. 그러다 어떤 생각이 점점 커지더니 '깨달음'이 되고, '단호한 결심'으로 굳어졌다. 살아온 날들을 통틀어 그는 혼자 있을 때가 가장 편했다. 다른 사람들과 교류할 때마다 좌절감을 느꼈다. 타인과의 만남은 전부 충돌처럼 보였다. 어디로 갈지 모르는 채로, 마음속으로 특별히 생각해둔 장소도 없이 그는 숲속으로 걸어 들어갔다.

마치 낭떠러지에서 갑자기 뛰어내리는 것처럼 말이다.

그는 계속 차를 몰아 메인 주로 돌아갔다. 메인 주 중심부에는
도로가 많지 않다. 그는 자기 집 바로 옆을 지나가는 길을 택했다.
우연의 일치는 아니었다.

"그냥 마지막으로 한 번 둘러보고 작별 인사를 한 것 같아요."

멈춰 서지는 않았다. 브랫의 앞 유리를 통해서 가족이 사는 집을
마지막으로 보았다.

그는 계속 '위로 위로 위로' 갔다. 얼마 안 있어 메인 주에서 가장 큰
호수인 무스헤드호湖에 다다랐다. 진짜 외따로 멀어지기 시작하는
곳이다.

"기름이 거의 다 떨어질 때까지 달렸어요. 작은 길을 타고 갔죠.
작은 길이 이어지다가 또 작은 길이 나왔어요. 그러다가 작은 길이
끊어지고 오솔길이 나오더군요." 그는 자동차로 갈 수 있는 만큼
가능한 한 멀리 야생으로 들어갔다.

크리스는 차를 세운 뒤 자동차 열쇠를 중앙 계기판 위에 올려두었다.
텐트와 배낭은 있었지만 나침반과 지도는 없었다. 어디로 갈지
모르는 채로, 마음속으로 특별히 생각해둔 장소도 없이 그는
숲속으로 걸어 들어갔다. 크리스는 완전히 떠났다.

13

진정한
은둔자

그런데 왜? 직업도 있고 차도 있고 머리도 좋은 스무 살짜리 청년이
왜 갑자기 세상을 등진 걸까? 그 행동에는 자살의 요소들이 있다.
스스로 목숨을 끊지 않았다는 것만 빼면.

"세상에 존재하기를 중단했습니다." 나이트가 말했다. 그의 가족은
분명히 고통 받았을 것이다. 나이트에게 무슨 일이 벌어졌는지도
전혀 몰랐고, 그가 죽었다는 사실을 완전히 받아들일 수도 없었다.
잠적한지 15년 뒤 아버지가 사망했을 때에도 나이트는 「부고
기사」에 여전히 생존자로 이름이 올라가 있었다.

사회의 일원이었던 마지막 순간 — "중앙 계기판 위에 자동차 열쇠를

아무렇게나 던져놓았어요"— 은 특히 이상해 보인다. 나이트는 돈의 가치를 예민하게 따지는 집안에서 자랐고, 브랫은 그때껏 구입한 물건들 중에서 가장 비쌌다. 1년도 타지 않은 차를 버렸다. 보험으로 자동차 열쇠를 계속 갖고 있지 않은 이유는 뭘까? 혹시라도 야영이 안 맞으면 어쩌려고?

"그 차는 아무 쓸모가 없었어요. 기름이 바닥났는데 주유소는 아주 멀리 떨어져 있었고요." 브랫은 아직 그곳에 있다. 숲이 반쯤 삼킨 상태로. 차 내부에 열쇠 꾸러미가 있는 채로. 지금쯤 아마 나이트처럼 문명의 생산물인 동시에 야생의 일부가 되어서.

나이트는 떠난 이유를 정말로 모르겠다고 했다. 질문을 받고 많이 생각해봤지만 답은 나오지 않았다.

"미스터리예요." 그는 분명히 말했다. 정확히 이야기할 만한 구체적이고 명확한 원인이 전혀 없었다. 유년기 트라우마도 없었고 성적 학대도 없었다. 가정에 알코올 중독이나 폭력도 없었다. 뭔가를 숨기려고, 비행을 덮으려고, 성 정체성과 관련된 혼란을 피하려고 애쓴 적도 없었다.

어쨌든 일반적으로 이런 압박감이나 부담감 때문에 은둔자가 되지는 않는다. 은둔자를 지칭하는 단어는 무수히 많지만 — 은둔자, 수도승, 인간 혐오자, 금욕주의자, 은수자隱修者, 스와미 힌두교 지도자 — 주로 홀로 있고자 하는 열망이 있다는 점을 제외하고는 확립된 정의나 자질에 대한 기준은 없다. 끊임없는 방문객의 물결을 견디고 있거나, 도시에 살거나, 대학교 연구소에 숨어 있는 은둔자들도 있다.

하지만 역사 속에서 사실상 거의 모든 은둔자들을 추려내어 이들이 숨어버린 이유를 살펴보면 일반적으로 세 부류로 나눌 수 있다. 바로 저항자protester, 순례자pilgrim, 추구자pursuer 다.

저항자들은 떠남의 주된 이유가 세상에 대한 증오인 은둔자들이다. 어떤 이들은 떠남의 동기로 전쟁을 들기도 하고, 환경 파괴나 범죄, 소비지상주의, 빈곤, 부富를 이유로 드는 사람도 있다. 보통 이 부류의 은둔자들은 인간이 어쩌다가 스스로에게 무슨 짓을 하고 있는지도 알아차리지 못한 채 그토록 눈이 멀게 되었는지 의문을 제기한다.

18세기 프랑스 철학자 루소는 "나는 은자가 되었다. 내 눈에는 배신과 증오만을 키우는 사악한 인간 사회보다 가장 외로운 상태의 고독이 더 좋아 보이기 때문이다"라고 했다.

중국 역사에서는 전통적으로 부패한 황제에 항거하기 위해 속세를 떠나 내륙 산간 지역으로 옮겨가는 사례가 많았다. 이렇게 뒤로 물러난 사람들은 대개 고등교육을 받은 상류층 출신이었다.

은둔 저항자들은 중국에서 매우 존경받았는데, 부패와는 거리가 먼

황제가 후계자를 물색할 때 자신의 피붙이를 제외시키고 은자를 선택한 경우도 몇 번 있었다. 대부분의 은자들은 그런 제안을 거절했다. 은둔 속에서 평화를 발견했기 때문이다.

고독에 관한 최초의 위대한 문학 작품인『도덕경』은 기원전 6세기로 추정되는 시기의 고대 중국에서 노자老子라는 저항 은둔자가 쓴 것이다.『도덕경』에 실린 짧은 운문 81편은 속세를 버리고 사계절에 순응하며 조화롭게 사는 즐거움을 그리고 있다.『도덕경』에 따르면 지혜는 오직 좇기보다는 물러남을 통해서, 행위보다는 무위를 통해서만 얻을 수 있다.『도덕경』에서는 "덜 자족하는 이는 더 혼란스러워진다"고 했다. 지금도 여전히 널리 읽히는『도덕경』에 나오는 시들은 2,000년이 넘는 세월 동안 '은둔자의 선언문'이라고 일컬어져왔다.

현재 일본에는 100만 명가량의 은둔 저항자들이 살고 있다. 이들은 히키코모리 — 안에 틀어박히는 것 — 라고 불린다. 대부분 10대 후반 이상의 남성들로, 일본의 경쟁적이고 순응적이며 불안감이 압력솥처럼 터질 듯한 문화를 거부한다. 어린 시절에 쓰던 침실에 틀어박혀서 많은 경우 10년이 넘도록 거의 한 번도 모습을 드러내지 않는다. 독서나 웹 서핑을 하면서 하루를 보내는데, 부모가 문 앞에 음식을 가져다주고, 심리학자들이 온라인으로 상담을 제공한다. 언론에서는 이들을 '잃어버린 세대' '사라진 100만'이라고 불렀다.

순례자 — 종교적 은둔자 — 는 지금까지 가장 규모가 큰 집단이다.
은둔과 영적 각성 사이의 관련성은 심오하다. 요단강에서 세례를
받은 나사렛 예수는 황야로 물러나 40일간 홀로 지낸 뒤 사도들을
모으기 시작했다. 여러 버전의 이야기 가운데 하나에 따르면 기원전
450년경 고타마 싯다르타는 인도의 어느 보리수나무 밑에 앉아서
49일간 명상을 한 뒤 부처가 되었다. 610년에는 메카 인근의 한
동굴에서 수행 중이던 예언자 무함마드에게 천사가 나타나 후에
코란이 될 계시를 들려주었다.

힌두 철학에서는 모든 사람이 은둔자로서 완전히 성숙해진다.
성자가 되는 것, 가족과 물질적인 애착을 전부 끊어버리는 것,
의식적인 숭배에 의지하는 것이 인생의 최종 단계다. 어떤 성자들은
자신의 삶이 끝났으니 법적으로 죽은 것이나 다름없다면서 인도
정부에 「사망증명서」를 제출하기도 한다. 오늘날 인도에는 적어도
400만 명의 성자가 있다.

이집트의 '황야의 교부들과 교모들'이 자취를 감춘 뒤 중세
유럽에서는 새로운 유형의 기독교적 은자들이 출현했다. 그들은
은수자anchorite — '자기 안으로의 침잠'을 의미하는 고대
그리스어에서 파생된 이름 — 로 불렸는데, 일반적으로 교회
외벽에 딸려 있는 아주 작고 어두컴컴한 암자에서 홀로 살았다.
은수자로서의 삶을 시작하는 의식에는 보통 종부성사죽음에 임박한

신자가 받는 성사가 포함되었고, 암자의 출입구를 벽돌로 막기도 했다. 은수자는 남은 평생 암자에 있어야 했다. 40년 동안 그렇게 사는 경우도 있었다. 은수자들은 이러한 생활이 신과의 밀접한 관계와 구원을 가져다주리라고 믿었다. 하인들이 음식을 날라다주고, 작은 구멍을 통해서 요강을 비웠다.

프랑스, 이탈리아, 에스파냐, 독일, 영국, 그리스 전역의 사실상 거의 모든 대도시에는 은수자가 있었다. 많은 지역에서 남성들보다 여성들이 더 많았다. 중세 여성의 삶은 심하게 속박당했으므로 은수자가 됨으로써 사회적 제약이나 가정의 고된 일에서 놓여나 역설적으로 해방되는 기분이 들었을 수도 있다. 학자들은 여성 은수자들을 근대 페미니즘의 시조로 보기도 한다.

추구자는 가장 현대적인 유형의 은둔자들이다. 저항자들처럼 사회로부터 달아나거나, 순례자들처럼 신神에게 의탁하며 살기보다는 예술적 자유, 과학적 통찰력, 더 깊은 자기이해를 위해 혼자 있는 시간을 찾는다. 소로는 '자기만의 바다, 인간 존재의 대서양과 태평양'을 항해하고 탐구하기 위해 월든으로 갔다.

다윈, 에디슨, 에밀리 브론테, 반 고흐 등 은둔자로 그려진 작가, 화가, 철학자, 과학자의 목록은 끝이 없다. 『모비딕』의 작가 멜빌은 30년 동안 대체로 공적 생활에서 물러나 있었다. 그는 "모든 심오한 것들은 침묵이 선행되고, 침묵이 수반된다"고 했다. 플래너리 오코너는 조지아주에 있는 시골 농장을 거의 떠나지 않았다.
아인슈타인은 자기 자신을 두고 '일상적 외톨이'라고 했다.

미국인 수필가 윌리엄 데레저위츠William Deresiewicz는 "진정한
개인적·사회적·예술적·철학적·과학적·도덕적 탁월함은 고독
없이는 절대로 생길 수 없다"고 했다. 역사가 에드워드 기번은
'고독은 천재의 학교'라고 했다. 플라톤, 데카르트, 키르케고르,
카프카는 모두 은자로 묘사되었다. 소로는 "우리는 세상을
잃어버리고 나서야 비로소 자기 자신을 찾기 시작한다"고 했다.

크리스 나이트는 위대한 선험론자를 이렇게 평가했다.

"소로는 딜레탕트dilettante: 취미 삼아 예술이나 학문을 하는 사람였어요."

어쩌면 그랬을 수도 있다. 소로는 1845년부터 2년 2개월 동안
매사추세츠 주 월든호수에 있는 오두막에서 지냈다. 하지만
콩코드라는 도시에서 사람들과 어울렸고 자주 어머니와 함께
식사를 했다. 그는 "내 인생에서 다른 어떤 때보다 숲에 사는 동안
방문객들이 많았다"고 했다. 월든의 오두막에서 열린 파티에 참석한
손님이 스무 명인 적도 있었다.

나이트는 숲에서 살았지만 자신을 은둔자라고 생각하지는 않았다.
자신은 어떤 사람이라고 꼬리표를 붙인 적이 한 번도 없었다. 그런데
소로에 대해 이야기를 하면서는 특정 표현을 사용했다. 나이트는

소로가 '진정한 은둔자'가 아니었다고 말했다.

소로의 가장 큰 죄는 『월든』을 출간한 것이었는지도 모른다.
나이트는 책을 쓰는 것, 생각을 상품으로 포장하는 것은 진정한
은둔자가 할 만한 일이 아니라고 했다. 파티를 열거나 도시에서 많은
사람과 어울리는 것 역시 그러했다. 이런 행동들은 바깥쪽으로, 즉
사회를 향해 있다. 어떤 면에서 보면 하나같이 "나 여기 있어요!"라고
외치는 것이다.

하지만 거의 모든 은둔자는 바깥세상과 소통했다. 『도덕경』에 따르면
중국에서는 — 한산寒山, 습득拾得, 풍간豊干, 석가石家라고 알려진
승려시인들을 비롯해 — 시를 쓴 은둔 저항자들이 하도 많아서
이들의 시를 일컬어 산수시라는 고유한 명칭으로 불렀다.

성 안토니우스는 최초의 '황야의 교부들' 가운데 한 사람이자, 자신을
따르는 기독교 은둔자 수천 명에게 영감을 준 인물이었다. 270년경
안토니우스는 이집트에 있는 빈 무덤 안에 들어가 10년 넘게 홀로
머물렀다. 그리고 난 뒤에는 버려진 요새에서 20년 동안 살았다. 오직
시중드는 사람들이 가져다준 빵, 소금, 물로만 연명하고, 맨땅에서
잠을 자고, 목욕은 일절 하지 않는 치열하고 고통스러운 독실한 삶에
헌신했다.

직접 성 안토니우스를 만났던 전기 작가인 알렉산드리아의 성

아타나시우스는 안토니우스가 순수한 영혼으로 은둔 생활을 끝내고 천국에 갔을 거라고 했다. 하지만 황야에서 지낼 당시 대부분의 시간에는 그에게 조언을 구하려는 교구민들이 물밀듯이 몰려들었다고 덧붙였다. 안토니우스는 "사람들은 내가 혼자 있는 것을 허락하지 않는다"고 말했다.

죽을 때까지 스스로를 가둔 은수자들조차 중세 사회에서 분리되지 않았다. 암자는 보통 도시 안에 있었고 대개는 방문객 상담을 위한 용도로 창 하나가 나 있었다. 사람들은 공감해주는 은수자와 이야기를 하면 멀리 있는 단호한 신에게 기도하는 것보다 마음이 더 진정되고 위로받을 수 있다는 사실을 깨달았다. 은수자들은 현자로서 광범위한 명성을 얻었고, 몇 세기 동안 유럽에 사는 많은 사람들은 삶과 죽음에 관한 중대한 문제들을 이들과 논의했다.

숲에서 나이트는 한 번도 사진을 찍지 않았고, 식사를 하러 오는 손님도 아예 없었으며, 한 문장도 쓰지 않았다. 세상으로부터 완전히 등을 돌렸다. 그는 세 가지 유형의 은둔자 가운데 그 어느 것에도 제대로 딱 들어맞지 않는다. 명확한 이유가 없었다. 뭔지 모를 느낌의 뭔가가 집요한 중력으로 그를 세상에서 떨어진 곳으로 세게 잡아당겼다. 나이트는 최장 기간을 견딘 은자 가운데 한 사람이고, 가장 열렬한 은자 가운데 한 사람이기도 했다. 크리스토퍼 나이트는 진정한 은둔자였다.

"내 행동을 설명할 수가 없어요. 떠날 때 아무런 계획이 없었습니다.
아무것도 생각하고 있지 않았어요. 그냥 떠났습니다."

14

절대적으로
홀로 있기

나이트는 사실 계획이 있었다. 아니 어쩌면 계획과는 정반대되는 것이 있었다. 뭐가 됐든 그는 한 가지 목표가 있었다. 바로 길을 잃는 것. 그냥 세상에서 행방불명되는 것이 아니라 숲에서 스스로 영원히 사라지는 것. 그는 가장 기본적인 캠핑 용품들, 옷 몇 벌, 약간의 음식만 가져갔다.

"내가 갖고 있던 걸 갖고 있었을 뿐이에요. 더 이상은 아무것도 없었습니다." 그는 자동차 열쇠를 차 안에 둔 채 숲속으로 사라졌다.

길을 잃기란 그리 쉬운 일이 아니다. 기초적인 야외 활동 요령이 있는 사람은 일반적으로 자기가 어디로 가고 있는지 잘 안다. 하늘을 가로지르며 서쪽에서 타오르는 태양을 기준으로 다른 방위를 자연스럽게 맞추게 된다. 나이트는 남쪽으로 향하고 있다는 사실을 알았다. 의식적으로 결정한 게 아니었다. 그는 전서구(傳書鳩: 「편지」를 보내는 데 쓸 수 있게 훈련된 비둘기)처럼 끌림이 느껴졌다고 했다.

"그런 생각에 깊이나 본질 같은 건 전혀 없었어요. 본능 차원에서 나온 겁니다. 동물에겐 귀소본능이 있잖아요. 내가 태어나고 자란 나의 고향으로 가는 길이었어요."

메인 주는 빙하들이 밀려왔다가 물러나면서 남겨놓은 지질의 상흔인 남북으로 긴 계곡들로 분할되어 있다. 계곡들을 분리하는 것은 줄줄이 이어진 산들이다. 지금은 비바람에 깎여서 노인처럼 꼭대기가 벗겨졌지만, 수천만 년 전만 해도 애팔래치아산맥은 로키산맥보다 더 장대했다. 나이트가 들어온 해에 계곡 아래는 차가운 여름 수프 같은 호수, 습지, 늪지였다.

"주로 산등성이에서 벗어나지 않았어요. 다른 산등성이로 넘어가기 위해 늪지대를 건너기도 했고요." 나이트는 허물어진 산비탈과 진창인 침엽수림 지대를 따라 서서히 나아갔다.

"얼마 안 있어 길을 잃어버렸지만 개의치 않았어요." 호수에서 산에 이르기까지 메인 주에 있는 사실상 거의 모든 자연 지형지물에는 고유한 이름이 있다. 하지만 나이트는 그런 고유명사에 인간이 폐를 끼치는 것을 보고 그런 이름들을 의도적으로 모르고자 했다. 그는 은둔의 더없는 순수성을 추구했다.

"'현재 위치'를 알려주는 표지판이 전혀 없었어요. 마른 땅이거나 습지였죠. 어디에 있는지 알았지만 어디에 있는지 몰랐습니다. 아, 내가 너무 형이상학적인가요?"

그는 자신만의 밀림의 왕이 되어 사회 규칙들로부터 해방되었고, 숲속에서 홀로 길을 잃었다. 꿈과 악몽을 이어붙인 조각보 같았다. 나이트는 대체로 그런 상황을 좋아했다. 일주일가량 한 장소에서 야영한 뒤 또다시 남쪽으로 향했다.

"계속 갔습니다. 내가 한 선택에 만족했고요." 그가 말했다.

만족스럽지 못한 것은 딱 하나, 바로 음식이었다. 배가 고팠다. 배를 어떻게 채워야 할지 정말로 몰랐다. 그의 도피는 스무 살 때는 누구나 그렇듯이 혼란스러운 상태로 사전 숙고 없이 믿을 수 없을 정도로 자신을 내던진 결과였다. 그건 마치 주말에 캠핑을 하러 갔다가 사반세기 동안 집으로 돌아가지 않은 것과 같았다. 그는 재능 있는 사냥꾼이자 낚시꾼이었지만 총도 낚싯대도 가져가지 않았다. 죽고 싶지는 않았다. 적어도 그때는.

그가 떠올린 생각은 음식을 '찾는' 것이었다. 메인 주의 자연은 그냥 바라보기엔 매혹적이고 엄청나게 드넓지만 인심이 후하지는 않다. 과수가 한 그루도 없고, 딸기 철은 일주일이면 끝난다. 사냥을 하거나 덫으로 동물을 잡거나 낚시를 하지 않으면 굶어죽을 터였다. 나이트는 포장도로가 나올 때까지 거의 먹지도 못한 채 계속 남쪽으로 천천히 나아갔다. 자동차에 치여 죽은 자고새 한 마리를 발견했는데, 스토브도 없고 쉽게 불을 피울 수도 없어서 날것으로 먹었다. 맛이 있지도, 따뜻하지도 않은 식사였고, 병에 걸리기 딱 좋은 식사였다.

그는 텃밭이 있는 집들을 지나갔다. 나이트는 엄격한 도덕관념과 대단한 자부심을 갖고 자랐다. 항상 홀로 견뎌야 했고, 지원금이나 정부 보조는 절대 안 될 말이었다. 뭐가 옳고 그른지 잘 알았고, 옳고 그름의 경계는 대개 뚜렷했다.

하지만 열흘 동안 못 먹으면 자제력이 서서히 무너지기 마련이다. 특히 굶주림은 무시하기 힘들다.

"양심의 가책을 극복하는 데 시간이 좀 필요했어요." 나이트가 말했다. 하지만 양심이 바닥에 떨어지자마자 그는 옥수수 몇 대를 부러뜨리고 감자를 몇 개 캐고 푸성귀를 뜯어 먹었다.

초반에 딱 한 번, 아무도 없는 오두막에서 밤을 보냈다. 비참한 경험이었다.

"붙잡힐까봐 전전긍긍하느라 한숨도 못 잤어요. 그 스트레스 때문에 다시는 그러지 않게 되었죠."

그 뒤로는 절대로 실내에서 자지 않았다. 한 번도, 아무리 추워도, 비가 내리는 날씨여도.

그는 텃밭에서 작물을 따먹으며 남쪽으로 계속 이동했다. 마침내 낯익은 나무들, 그가 잘 아는 각종 새소리와 벌레들, 익숙한 기온인 지역에 이르렀다. 북쪽은 더 추웠다. 그는 자신이 어디에 있는지 정확히는 모르지만 그곳이 고향이라는 사실만은 알았다. 나중에 알고 보니 어린 시절 살던 집에서 일직선 거리로 48킬로미터도 안 떨어진 곳에 있었다.

그는 한 쌍의 호수를 우연히 발견했다. 하나는 크고 하나는 작았다. 호수 주변으로 사방에 오두막들이 있었는데 간단한 식사거리를 제공해줄 작은 텃밭이 많았다. 나이트는 잠시 머무르고 싶었지만 야영하기에 좋은 장소가 전혀 없어 보였다. 편리함과 호젓함, 어느 것 하나 만족시키지 못했다.

도피 초기에는 거의 모든 것을 시행착오를 통해 알게 되었다. 어떠한 실수도 은둔 생활을 끝내지 못하리라는 큰 희망을 품고 있었다. 그는 복잡한 문제들에 대한 효과적인 해결책을 생각해내는 좋은 머리를 타고났다. 방수포 설치부터 빗물 여과, 흔적을 남기지 않고 숲속을 걸어다니는 방법까지, 모든 기술은 많은 버전을 거쳤다. 하지만 그는 어떤 기술도 결코 완벽하다고 생각하지 않았다. 자신이 만든 시스템들을 손보는 것이 나이트의 취미 가운데 하나였다.

한동안 그는 강둑에서 살아보려고도 했다. 높고 가파른 둑에선 개울이 졸졸 흐르면서 멋진 배경 음악을 제공했다. 나이트는 훔친 삽으로 둑 안에 깊은 굴을 팠다. 벽과 천장은 폐목으로 보강했는데, 그래서인지 그곳은 오래된 갱도와 비슷했다. 하지만 그 동굴에는 더 이상 머무를 수가 없었다. 차갑고 축축한 구멍 안에는 허리를 쭉 펴고 앉을 만큼의 공간도 없었다. 위장은 잘 되는 곳이지만 그 주변 숲은 사람의 왕래가 잦았다. 실제로 그곳은 나이트가 버리고 떠난 지 한참 뒤에 결국 사슴 사냥꾼들에게 발견되었다. 그 동굴은 은둔자 전설에 대한 답을 찾으려는 지역민들의 순례지가 되었다. 진짜 은둔자가 동굴을 만들었는지, 은둔자가 있기는 한 건지 확실히 아는 사람은 아무도 없었지만 말이다.

나이트는 몇 달에 걸쳐 적어도 여섯 군데에서 더 시도해보았지만 만족하지 못했다. 그러다가 마침내 바위로 꽉 막힌 끔찍한 숲을 우연히 발견했다. 사냥감이 내달린 흔적조차 없는, 도보 여행자들에게는 너무도 험한 곳이었다. 자시를 보자마자 마음에 쏙 들었다. 그러고는 숨겨진 입구인 코끼리 바위를 발견했다.

"완벽한 장소라는 걸 단박에 알았어요. 그래서 터를 잡았죠."

그는 계속 굶주린 상태였다. 채소 그 이상을 원했다. 텃밭이 지척에 있지만, 그곳에 사는 사람이라면 잘 알듯이 여름의 메인 주에는 일찌감치 별장을 떠나는 사랑스러운 손님이 드물다. 나이트는 일단 여름이 끝나면 이후 8개월 동안 텃밭과 옥수수 밭이 간단한 식사 제공처를 넘어 땅 자체가 놀게 된다는 것을 알았다.

나이트는 역사상 거의 모든 은둔자가 발견한 진리를 깨달았다. 실제로는 늘 혼자 힘으로만 살 수는 없다는 사실 말이다. 도움이 필요하다. 대체로 은둔자들은 결국 황야와 산, 북쪽 침엽수림 지대로 가게 되는데, 이런 지역은 자기가 먹을 식량을 생산해내기가 거의 불가능한 곳들이다.

먹고살기 위해 몇몇 '황야의 교부들'은 갈대를 엮어 바구니를 만들었다. 시중드는 사람들이 그 바구니를 도시에 갖고 나가 팔면 거기서 나온 수입으로 식량을 샀다. 고대 중국에서 은둔자들은 주술사, 약초상, 점쟁이였다. 영국의 은둔자들은 요금 징수원, 양봉가, 나무꾼, 제본업자로 일했다. 대다수는 걸인이었다.

18세기 영국에서는 어떤 유행 하나가 상류층을 휩쓸었다. 자신들의 땅에 은둔자가 있었으면 하고 생각한 몇몇 가정에서 '관상용 은둔자'를 구하는 신문 광고를 냈다. 몸단장을 게을리 하고 동굴에서 기꺼이 잘 의향이 있는 사람이어야 했다. 보수가 괜찮은 일자리였다. 은둔자 수백 명이 고용되었는데, 보통 하루 한 끼의 식사가 포함된

7년짜리 계약이 일반적이었다. 만찬 자리에 나와서 손님을 맞는 경우도 있었다. 그 당시 영국의 귀족들은 은둔자들이 친절함과 사려 깊음을 발산한다고 믿었기 때문에 20년 동안 계속 곁에 둘 가치가 있는 존재로 여겼다.

물론 나이트는 누군가의 자발적인 원조가 모든 것을 더럽힌다고 느꼈다. 숨거나 숨지 않거나 둘 중 하나이지 그 중간은 없었다. 그는 절대적으로 홀로 있기를 소망했다. 자기 자신이 만들어낸 섬이나 미접촉 부족으로 망명하기를 꿈꿨다. 잘 있다고 부모님에게 알리는 전화 한 통만으로도 갑자기 관계가 생길 수 있었다.

나이트는 호숫가 오두막들이 최소한의 보안 조치만 되어 있었다고 말했다. 부재중일 때도 창문을 열어두고 가기 일쑤였다. 숲은 훌륭한 가림막이 되어줬고, 상주하는 사람들이 거의 없는 탓에 곧 비수기가 되면 그 지역은 텅 비게 될 터였다. 커다란 식료품 저장실이 있는 여름 캠핑장 한 곳이 근처에 있었다. 그곳에서 수렵·채집인으로 살아가는 가장 쉬운 방법은 누가 봐도 뻔했다.

그리하여 나이트는 결론을 내렸다. 훔치기로.

^
15

1,000번의
무단 침입

붙잡히기 전까지 세계 최고 연승 기록인 1,000번의 무단 침입을
달성하려면 정확성, 참을성, 대담성, 그리고 운이 필요하다. 사람들에
대한 구체적이고 세부적인 이해도 요구된다.

"나는 패턴을 찾았어요. 모든 사람에게는 패턴이 있거든요."
나이트가 말했다. 그는 숲 가장자리에 자리를 잡고서 노스 폰드에
있는 집들을 꼼꼼하게 관찰했다. 조용한 아침식사부터 디너파티까지,
방문객들부터 손님이 없는 빈방까지, 길을 따라 이리저리 다니는
자동차들도. 인간을 관찰하는 제인 구달처럼. 그가 본 것 가운데 다시
세상으로 돌아가고 싶게 만드는 것은 하나도 없었다.

나이트는 자신이 관음증 환자가 아니라고 주장했다. 감시는 임상적이고 정보를 제공하는, 아주 엄밀한 작업이었다. 누구의 이름도 알아내지 않았다. 그가 찾아내려는 것은 오직 이동 패턴뿐이었다. 사람들이 언제 쇼핑하러 가는지, 언제 오두막이 비는지. 사람들의 움직임을 지켜본 뒤 훔칠 수 있는 때를 알아냈다.

그 뒤로 인생에서 모든 것이 타이밍의 문제가 되었다고 나이트는 말했다. 훔치기에 이상적인 시간은 주 중, 으슥한 밤이었다. 흐리면 더 좋고, 비가 오면 가장 좋았다. 억수같이 내리는 비는 최고였다. 날씨가 끔찍할 때 사람들은 숲 바깥에 머물렀다. 나이트는 다른 사람과 맞닥뜨리는 상황은 피했으면 했다. 만약을 대비해서 도로나 오솔길로는 걸어다니지 않았다. 금요일이나 토요일에는 호숫가에서 들려오는 소리가 뚜렷하게 급증한다는 것을 잘 알기에 그날은 절대로 습격하지 않았다.

거듭되는 딜레마는 '달 문제'였다. 한동안은 달이 찼을 때 나가기로 했다. 그래야 달을 광원으로 쓸 수 있어서 손전등이 거의 필요 없을 테니까. 하지만 시간이 흐른 뒤 경찰이 수색을 강화한 것 같다는 의심이 든데다 숲 지리를 거의 다 외우기도 해서 달이 아예 없는 날로 전환했다. 그는 어둠의 장막을 더 선호하게 되었다. 나이트는 수법을 달리하는 것을 좋아했다. 심지어 방법에 변화를 주는 횟수도 달리했다. 자신만의 고유한 패턴을 만들고 싶어하지 않았다. 하지만 실제로는 습격에 착수하기 전에 으레 하는 습관이 생겼다. 조금이라도 눈에 띌 가능성을 줄이기 위해서 나가기 직전에 면도를 하거나 턱수염을 깔끔하게 다듬고 깨끗한 옷을 입고 나섰다. 나이트의 레퍼토리에는 행운의 파인 트리 캠프 주방에 더하여 적어도 100채 — "100이라는 숫자는 작은 숫자일 수도 있죠" — 의 오두막들이 있었는데, 몰래 들어가는 집을 계속해서 이리저리 바꾸었다. 이상적인 목표물은 주말까지 사람은 없고 물건은 꽉 채워진 곳이었다. 대체로 그는 특정 오두막에 이르는 데 필요한 정확한 발걸음 수를 알고 있었다. 일단 목표물을 선택하면 자신의 스타일대로 타잔처럼 껑충껑충 달리고 이리저리 누비며 숲을 빠져나갔다.

"나에게는 산림 기술특히 사냥, 야영 등 산에 대한 노련한 기술과 지식이 있거든요"라면서 나이트는 고상한 용어를 골라 쓰며 인정했다.

이따금 멀리 가야 하거나 프로판 가스나 매트리스를 교체 — 그가 쓰는 매트리스에 가끔 곰팡이가 폈다 — 해야 하면 카누로 이동하는 게 더 수월했다. 카누를 훔친 적은 없었다. 숨기기가 힘들기 때문이다. 만약 훔칠 경우 주인이 경찰에 신고할 게 뻔했다. 빌리는 게 더 현명하다. 호수 주변에는 선택지가 많다. 몇 척은 톱질 모탕나무를 패거나 자를 때 받쳐놓는 나무토막 위에 있거나 거의 사용되지 않았다. 누군가가 카누를 빌려갔다가 흠집 하나 없이 그대로 돌려준 것 같다는 의심이 들어도 경찰에 신고할 사람은 거의 없다.

나이트는 두 호수의 어느 곳에 있는 집이건 갈 수 있었다.

"몇 시간 동안 노를 젓는 일은 아무것도 아니라고 생각했어요. 성공하기 위해서 필요하다면 뭐든지 할 수 있었어요."

호수에 물결이 일렁이면 배를 안정적으로 유지하기 위해 앞에 돌을 몇 개 놓아두었다. 그는 보통 물가에 바짝 붙어서 나무들에 가려지도록, 물의 그림자 속에 숨어서 이동했다. 가끔 폭풍우가 몰아치는 밤에는 호수 한가운데를 가로질러서 노를 저었다. 비가 후려치는 어둠 속에서 홀로.

찜해둔 오두막에 도착하면 진입로에 차가 없는지, 집 안에 인기척이 있는지 확인했다. 모두 당연한 일이었다. 하지만 그것만으로는 충분하지 않았다. 절도는 실수가 용납될 여지가 없는 위험한 일이자 중대한 위법 행위다. 한 번만 실수해도 바깥세상은 그를 와락 붙잡아서 원래 자리로 되돌려놓을 것이다. 그는 어둠 속에서 쭈그리고 앉아 기다렸다.

두 시간, 세 시간, 네 시간, 그리고 더. 근처에 아무도 없다는 것을, 지켜보는 사람이 없다는 것을, 경찰에 신고할 사람이 없다는 것을 확실히 해둬야 했다. 어려운 일은 아니었다. 참는 것은 그의 특기였다.

"나는 어둠 속에 있는 것을 즐겨요. 위장은 내 본능이죠. 가장 좋아하는 색깔은 내가 섞여들 수 있는 색이에요. 존 디어John Deere: 미국의 농기계 제조업체로 녹색과 노란색을 테마로 한 사슴 로고가 특징 녹색보다 더 어두운 암녹색 색조를 제일 좋아합니다."

그는 연중 내내 사람이 사는 집에 들어가는 위험을 감수한 적은 한 번도 없었다. 변수가 너무 많기 때문이다. 그리고 시간을 가늠할 수 있도록 항상 시계를 차고 다녔다. 마치 뱀파이어처럼 해가 뜨면 밖에 있고 싶어하지 않았다.

때때로, 특히 초반에는 몇몇 오두막의 문이 잠겨 있지 않았다. 이런 집들이 들어가기가 가장 쉬웠지만, 곧 다른 집들, 나중에는 파인 트리 캠프의 냉동고가 거저 먹는 먹잇감이 되었다. 나이트는 이런 곳들의 열쇠를 갖고 있었는데 맨 처음 몰래 들어갔을 때 찾아낸 것이었다. 크게 쩔렁거리는 소리를 내면서 열쇠고리를 들고 돌아다니는 대신 각각의 열쇠를 해당 장소에, 일반적으로는 별 특징 없는 평범한 돌 밑에 숨겨두었다. 이렇게 숨겨둔 열쇠가 수십 개였지만 위치를 잊은 적은 한 번도 없었다.

몇몇 집에선 쇼핑 목록을 적도록 펜과 종이를 놔두고 가고, 어떤 집들은 책을 담은 가방을 문 손잡이에 매달아놓은 것을 나이트도 알았다. 하지만 그는 함정이나 속임수일까봐, 단순한 식료품 목록일 뿐이라 해도 어떤 종류의 서신 왕래가 시작되는 것이 두려웠다.

그래서 하나도 손대지 않고 그냥 놔두었고, 그러자 그 유행도 점차 사라져버렸다.

대부분의 무단 침입에서 나이트는 창문이나 문에 달린 자물쇠와 씨름했다. 그는 늘 자신의 자물쇠 제거 도구 세트를 들고 다녔다. 운동용 가방 안에 드라이버, 플랫바, 줄을 여럿 챙겨 넣어 가지고 다녔다. 올바른 도구를 빠르고 완벽하게 이리저리 약간 움직이기만 하면 아주 강화된 볼트를 제외하고는 모든 자물쇠를 격파할 수 있었다. 근육을 쓰는 일이라기보다 후디니 Harry Houdini: 탈출 마술로 유명한 마술사 가 하던 일에 더 가까웠다. 문 자물쇠가 아주 복잡하고 정교할 때는 창문을 통해 들어갔다. 유리를 박살내거나 문을 발로 차서 넘어뜨리려는 생각은 나이트의 간담을 서늘케 하는 야만인의 영역에 속하는 짓이었다. 다 훔친 다음에는 보통 창문의 걸쇠를 원래대로 해놓고, 가능하다면 나오면서 손잡이를 잠글 수 있게 되어 있는지 확인하면서 현관문으로 빠져나갔다. 절대로 도난에 취약한 상태로 두고 떠나지 않았다.

노스 폰드의 주민들이 돈을 들여 보안을 개선하자 나이트도 그에 맞춰서 전략을 수정했다. 그는 보수를 받고 일한 유일한 직업을 통해서 보안 장치에 대해 잘 알게 되었고, 그 지식을 도둑질을 계속하는 데 사용했다. 가끔 시스템을 못 쓰게 만들거나 감시 카메라의 메모리 카드를 제거하기도 했다. 감시 카메라가 더 붙잡히기 전까지 세계 최고 연승 기록인 1,000번의 무단 침입을 달성하려면 정확성, 참을성, 대담성, 그리고 운이 필요하다. 사람들에 대한 구체적이고 세부적인 이해도 요구된다. 나이트는 오직 자급자족하기 위해서 현대 세계에서 도망쳤다.

작아지고 은닉하기 쉬워지기 전까지는.

경찰과 일반 시민들이 그를 붙잡으려고 수십 번 시도했지만 다 피했다. 한번은 휴스 경사가 주 경찰관들이 포함된 수색대의 운전사 노릇을 한 적이 있었다. 다들 휴스 경사의 사륜구동 트럭 뒷자리에 비좁게 끼어 앉았다. 바위투성이인 울퉁불퉁한 숲길을 달리다가 자주 차를 세우고 걸어다니면서 수사를 했다. 휴스 경사는 "찾고 또 찾았지만 실제로 은둔자나 그의 야영지를 발견하지는 못했어요"라고 말했다. 총을 들고 숨어서 기다리면서 열두 번도 더 되는 밤을 보낸 남자를 비롯해 자경단도 있었다. 하지만 나이트는 이들의 인기척을 느꼈거나 운이 좀 좋았다.

범죄 현장이 너무나 깨끗해서 경찰도 존경심을 내보일 정도였다. 휴스 경사는 "집에 몰래 들어오는 기술의 정도가 모든 사람이 어렴풋이 상상할 수 있는 수준 이상이었어요. 탐방, 정찰, 자물쇠를 다루는 재능, 눈에 띄지 않고 드나드는 능력 말이죠"라고 말했다. 한 경찰관이 정리한 「절도 보고서」를 보면 범죄의 '유별난 깔끔함'이 분명히 언급되어 있다. 많은 경찰관은 은둔자가 '선수'라고 생각했다. 마치 자신의 능력을 과시하기 위해 자물쇠를 비틀어 열고선 물건은 조금만 훔쳐가는 이상한 게임을 하고 있는 듯 보였다.

나이트는 자물쇠를 열고 집으로 들어가는 순간 언제나 수치심의 뜨거운 열기를 느꼈다고 말했다.

"매번 나쁜 짓을 하고 있다는 것을 크게 의식했어요. 어떤 즐거움도 느끼지 못했어요. 전혀요."

집을 싹쓸이할 때는 맨 처음 항상 필요한 배터리나 다른 유용한 물품을 찾으면서 부엌부터 공략하며 과감하게 움직였다. 불은 절대로 켜지 않았다. 불빛이 필요하면 목걸이에 달아놓은 작은 손전등만 사용했다. 목에 매달려 달랑거리는 불빛은 숲에서 움직일 때도 얼굴은 계속 어둡게 한 상태에서 오로지 땅만 비추었다. 나이트는 헤드램프를 아주 싫어했다. 술집 간판처럼 환한 불빛을 사방에 흩뿌리기 때문이다.

절도를 하는 동안에는 마음 편한 순간이 한순간도 없었다.

"아드레날린이 솟구치고 심장 박동이 치솟아요. 혈압도 높아지고요. 훔칠 때 늘 무서웠어요. 늘. 가능한 한 빨리 끝내고 싶었죠." 습격하는 동안 유일하게 잠시 멈추는 시기는 날이 추울 때였다. 뭔가를 녹여야 했다. 고기가 얼어 있으면 급하게 전자레인지에 넣고 돌렸다.

오두막 안에서 할 일을 끝내면 습관적으로 가스 그릴을 확인했다. 프로판 가스통이 꽉 차 있는지 보기 위해서다. 만약 가스가 꽉 차 있으면, 그리고 근처에 여분의 빈 가스통이 있으면 가득 찬 통을 빈 통으로 교체했다. 그릴에 손대지 않은 것처럼 보이게 만들기 위해서다. 나이트는 언제나 이것이 집주인이 보기에 도둑이

들었다는 명백한 증거가 없도록 만드는 최선의 방법이라고 믿었다. 그런 다음 만약 빌린 카누를 타고 왔다면 모든 물건을 카누에 싣고 자신의 야영지에서 가장 가까운 호숫가로 노를 저어긴 뒤 짐을 부렸다. 그는 카누를 가져왔던 장소에 다시 갖다놓고선 사용하지 않은 것처럼 보이도록 배 위에 솔잎을 뿌렸다. 그러고 나서 전리품을 겨우겨우 힘들게 끌고 자시를 통과해 코끼리 바위 사이를 지나 야영지까지 갔다.

보통 그때쯤이면 동이 트기 시작했다. 마지막 물건까지 야영지 안으로 나르고 나서야 마침내 안심할 수 있었다.

"내 앞에 평화가 길게 뻗어 있죠. 아뇨, 평화가 아니에요. 그 단어는 너무 별로네요. 평온함이 길게 뻗어 있어요."

한 번 습격할 때마다 2주가량 버틸 만큼의 물품들을 가져왔다. 숲속 자기 방 안에 또다시 편하게 자리를 잡고 앉으면 ― '안전한 나의 장소로 돌아오면, 그것도 성공해서' ― 그는 자신의 처지에서 누릴 수 있는 기쁨을 경험할 수 있었다.

지하로부터의
수기

나이트는 흙바닥에서 살았지만 당신보다 더 깨끗했다. 훨씬
더 깨끗했다. 겉으로 보이는 게 그럴 뿐 솔잎과 진흙은 사람을
더럽게 만들지 않는다. 문제가 되는 배설물, 나쁜 박테리아, 사악한
바이러스는 일반적으로 기침, 재채기, 악수, 키스를 통해 전달된다.
때로는 우리의 건강이 사교성의 대가가 되기도 한다. 나이트는
스스로 인간으로부터 격리되어 생물학적 위험을 피했다. 그는
경이로울 정도로 건강한 상태를 유지했다. 가끔 심하게 고통 받기도
했지만 한 번도 의학적 응급 상황에 처하거나 심각한 질병, 나쁜
사고, 심지어 감기에 걸린 적도 없었다고 주장했다.

특히 초반에는 여름 내내 건강하고 원기가 왕성했다.

"당신이 20대 시절의 나를 봤어야 하는데. 내가 밟고 걸어다니는 땅을 내가 지배했어요. 그 땅은 나의 것이었죠." 나이트는 뉘우치는 겉모습 밑으로 흐르는 의기양양한 마음을 드러내며 말했다.

"내 거라고 주장하지 못할 이유가 어디 있겠어요? 거긴 아무도 없는데. 내가 통제했어요. 내가 원하는 만큼 통제했어요. 나는 숲의 주인이었습니다."

그 지역에는 덩굴옻나무가 곳곳에서 자란다. 널리 퍼져 있는 덩굴옻나무 덕분에 사람들이 그의 야영지를 찾아낼 수 없었다. 나이트는 짧은 문장 —"잎이 세 개면 그냥 둬라"— 을 머릿속으로 계속 되새기면서 덩굴옻나무가 자라는 위치를 아주 능숙하게 외워두었다. 심지어 밤에도 덩굴옻나무에 살짝 스치는 일조차 없었다. 그는 한 번도 피해를 입은 적이 없다고 했다.

부분적인 마비를 초래할 수 있는, 진드기가 물어서 옮기는 세균성 질환인 라임병은 메인 주 중부에서 고질적인 풍토병이다. 하지만 나이트는 이 또한 모면했다. 한동안 걱정을 곱씹던 그는 깨달았다.

"내가 할 수 있는 게 아무것도 없으니 그만 생각하기로 했죠."

자연의 변덕에 복종하면서 숲에서 사는 일은 엄청난 자율성을 부여하지만 실제로 통제할 수 있는 건 많지 않다. 처음에 나이트는 모든 것을 걱정했다. 눈보라에 파묻힐지도 모르고, 도보 여행자들의 눈에 띌 수도, 경찰에 붙잡힐 수도 있었다. 하지만 그는 서서히, 차례차례 대부분의 걱정에서 벗어났다.

하지만 전부 다 벗어났던 건 아니다. 나이트는 너무 느긋하고 편안하게 있는 것 또한 위험하다고 생각했다. 적당한 걱정은 유용하고, 어쩌면 생명을 구할 수도 있다.

"발전적인 생각을 하는 데에만 마음을 쓰기로 했어요. 걱정은 생존과 계획을 빨리 세우라는 추가 신호이거든요. 나는 계획을 세워야만 했어요."

모든 절도 작전의 마지막 단계에서 그는 일시적으로 걱정에서 놓여났다. 다진 쇠고기에서 트윙키속에 흰 크림이 들어 있는 노란 케이크 과자까지 음식을 먹는 순서는 부패 속도에 따라 결정되었다. 밀가루와 쇼트닝 정도만 남아 있을 땐 물을 넣고 다 같이 섞어서 비스킷을 만들었다. 직접 만든 음식이나 포장을 벗긴 식품은 절대 훔치지 않았다. 누군가가 독살할지도 모른다는 두려움 때문이었다. 그래서 그가 가져오는 것들은 전부 상자나 캔에 밀봉된 상태였다. 나이트는 용기를 깨끗하게 긁어서 작은 부스러기까지 다 먹은 뒤 포장지와 상자를 야영지 경계에 있는, 바위 두 개 사이를 채운 쓰레기장에 쌓아두었다.

쓰레기장은 9제곱미터가량 되는 공간 여기저기에 산재했다. 한 구획은 프로판 가스통, 낡은 매트리스, 침낭, 책 같은 물품 전용 쓰레기장이고, 또 다른 구획은 식품 용기 전용 쓰레기장이었다. 음식 쓰레기장에서조차 악취가 전혀 나지 않았다. 나이트는 퇴비를 만드는 데 도움이 되도록 쓰레기 위에 흙과 나뭇잎을 덮었다. 덕분에 냄새가 제거되었다. 하지만 대부분의 포장지는 분해되는 데 시간이 오래 걸리는 코팅된 마분지나 플라스틱이었다. 머리 위 나뭇가지에서 개똥지빠귀들이 재잘거리는 가운데 쓰레기장을 파보았다. 많은 상자들의 색깔이 여전히 화려했다. 최상급 표현, 감탄 부호, 로코코 양식의 활자가 흙에서 불쑥불쑥 튀어나왔다.

쓰레기장에 묻힌 고고학적 기록을 보니 나이트의 유일한 건강 문제가 치아였던 이유를 알 수 있었다. 그는 규칙적으로 양치질을 하고 치약을 훔쳤지만 치과에는 가지 않았다. 이가 썩기 시작했다. 설탕이 든 가공식품을 좋아하는 10대 입맛을 벗어나지 못한 게 문제였다. "내가 한 것을 두고 '요리'라는 단어를 쓰는 건 지나치게 관대한 표현이에요"라고 그는 말했다.

주식은 마카로니 앤드 치즈였다. 마카로니 앤드 치즈 상자 수십 개가 빈 양념병 몇 개 — 후추, 갈릭파우더, 핫소스, 블랙시즈닝 — 와 함께 바위 사이에 묻혀 있었다. 종종 오두막에 괜찮은 양념 선반이 있으면 새 양념병을 집어 와서 마카로니 앤드 치즈에 넣어보곤 했다.

쓰레기장에는 납작해진 체더치즈 맛 골드피시Goldfish 크래커

30온스850그램 용기, 마시멜로 플러프Marshmallow Fluff 5파운드2킬로그램짜리 통, 드레이크스Drake's 데빌 도그스Devil Dogs: 케이크 과자 16개입 상자도 있었다. 통밀 크래커, 테이터 톳츠tater tots: 작은 큐브 형태의 해시브라운 감자튀김, 베이크드 빈스, 갈아놓은 치즈, 핫도그, 메이플 시럽, 초콜릿 바, 쿠키 반죽 포장지도 있었다. 베티 크로커Betty Crocker 스캘롭트 감자Scalloped Potatoes 와 타이슨Tyson 치킨스트립, 컨트리 타임Country Time 레모네이드와 마운틴 듀, 엘 몬터레이El Monterey 매운 할라페뇨와 치즈 치미창가여러 재료를 토르티야에 싸서 기름에 튀긴 요리도.

이 모든 것이 손으로 파낸 부엌 싱크대만 한 구멍 하나에서 나왔다. 나이트는 오직 자급자족하기 위해서 현대 세계에서 도망쳤다. 그는 정확히 말하면 자신이 선택한 음식은 아니라고 지적했다. 노스 폰드 오두막 주인들이 선택한 음식을 나중에 훔친 것이다. 나이트는 실제로 1년에 평균 15달러 정도 되는 약간의 돈도 훔쳤고—그는 이 돈을 '보완 시스템'이라고 불렀다—스위트 드림스Sweet Dreams 편의점·델리에서 걸어서 한 시간 거리에 살았지만 절대로 그곳에 가지 않았다. 마지막으로 식당에서 혹은 식탁에 앉아서 음식을 먹은 것은 장거리 자동차 여행 중에 들렀던 어느 패스트푸드점에서였다.

그는 냉동 라자냐, 캔에 든 라비올리, 그리고 사우전드 아일랜드 드레싱을 훔쳤다. 손으로 어깨를 잡아 팔을 접은 뒤 모로

누워 쓰레기장을 파보면 더 많은 것들이 계속 나온다. 치토스,
브라트부르스트bratwurst: 구운 독일식 소시지, 푸딩, 피클. 전쟁을 벌여도
될 정도로 깊숙한 참호를 파내도 ─ 크리스털 라이트Crystal Light, 쿨
휩Cool Whip, 초크 풀 오너츠Chock full o'Nuts, 코카콜라 ─ 여전히
바닥이 보이지 않았다.

결론적으로 나이트는 미식가가 아니었다. 뭘 먹든 신경 쓰지 않았다.

"살아남기 위해서 실행한 규율은 특정 음식을 갈망하지 않는
것이었어요. 그저 먹을 수 있기만 하면 됐습니다." 식사 준비에 들인
시간은 고작 몇 분이었다. 보통 습격과 습격 사이에는 야영지를
떠나지 않고 많은 시간을 잡다한 일과 캠프의 유지관리, 위생,
오락으로 채우며 2주를 보냈다.

오락의 주된 형태는 독서였다. 오두막을 떠나기 전에 제일
마지막으로 시간을 할애하는 일은 대체로 책꽂이와 침실 탁자를
훑어보는 것이었다. 책 속의 삶은 늘 나이트를 따뜻하게 맞아주는
느낌이 들었다. 실제 인간들이 상호작용하는 세계는 너무 복잡한
반면 책은 어떤 요구를 하지도, 부담을 주지도 않고, 압박도 하지
않았다. 반면 사람 사이의 대화는 테니스 경기처럼 빠르고 예상치
못한 방향으로 진행될 수 있다. 미묘한 시각적·언어적 신호가
끊임없이 이어지고, 빈정거림, 비꼼, 보디랭귀지, 말투가 끼어든다.
때로는 모든 사람이 충돌하기 위해 사회적으로 어색한 자를 희생양

삼고자 더듬거리며 찾아다닌다. 이것이 인간사의 일부다.

나이트에게는 이 모든 것이 불가능하게 느껴졌다. 그가 맺은 가장 가까운 관계는 문자언어와의 관계였을지도 모른다. 실제로 인간적인 만남이 될 수 있었다. 도둑질 습격 사이에 펼쳐진 나날들에는 책 속으로 굴러들어갈 수 있었다. 무아지경 상태가 되면 아무런 방해도 받지 않고 기분 좋을 만큼 오랫동안 책 세상을 떠다닐 수 있었다.

오두막에서 제공한 독서 목록은 대개 실망스러웠다. 나이트는 책에 관해서는 정말로 구체적인 열망과 갈망이 있었다. 어떤 면에서는 읽을거리가 먹을거리보다 더 중요했다. 활자에 굶주려 있었지만, 침실 탁자가 제공하는 것은 수준이 높든 낮든 닥치는 대로 먹으며 근근이 버텼다.

그는 셰익스피어, 특히 배신과 폭력에 관한 장황한 이야기인 『율리우스 카이사르』를 좋아했다. 에밀리 디킨슨이 자신과 비슷한 생각을 가진 사람이라는 걸 감지하고는 그녀의 시에 경탄했다. 인생의 마지막 17년 동안 디킨슨은 매사추세츠 주에 있는 자신의 집을 거의 떠나지 않았고, 손님들과도 반쯤 닫힌 문을 통해서만 이야기했다. 디킨슨은 "아무 말도 하지 않는 것이 때로는 가장 많은 말을 하는 것이다"라는 글을 남겼다.

나이트는 1892년 로클랜드라는 해안 마을에서 태어난, 자기처럼 메인 주 토박이인 에드나 세인트 빈센트 밀레이가 쓴 시를 더 구할 수 있었으면 했다. 그는 밀레이의 가장 유명한 시구절 ─ "나의 초는 양쪽 끝에서 타들어간다/ 날이 밝기도 전에 초는 이미 다 타버리리라"「첫 번째 무화과First Fig」라는 시의 일부 ─ 을 인용한 뒤 이렇게 덧붙였다. "몇 년간 야영지에서 양초를 만들어보기도 했어요. 훔칠 만한 물건은 아니니까요."

제일 좋아하는 책 한 권을 꼭 고르라고 한다면 그는 아마 윌리엄 샤이러William Shirer 의 『제3제국의 흥망』을 꼽을 것이다.

"간결하고 축약되어 있어요." 나이트가 말했다. 1,200쪽이지만 빠르게 전개되는 책이다.

"여느 소설과 마찬가지로 감명 깊고요." 그는 자신이 본 전사戰史에 관한 책은 모조리 다 훔쳤다.

『율리시스』도 훔치긴 했지만 아마 완독하지는 못한 듯하다.

"그 책은 요점이 뭔가요? 조이스가 농담 비슷한 걸 했다는 의심이 들어요. 사람들이 그 책에 원래 있는 것보다 지나치게 더 많은 의미를 부여해도 그냥 계속 입 다물고 있었잖아요. 사이비 지식인은 가장 좋아하는 책으로 『율리시스』를 들먹이길 아주 좋아하죠. 나는 협박에 못 이겨 겁을 집어먹고 그 책을 완독하는 짓을 지성적으로 거부했어요."

나이트의 소로에 대한 무시는 바닥이 안 보였지만—"자연에 대한 깊은 통찰력이라곤 눈곱만큼도 없어요"—에머슨은 받아들일 만한 수준이었다. 에머슨은 "다른 사람을 아주 적은 양씩 받아들여야 한다. 자기 자신만이 평화를 가져다줄 수 있다"고 했다. 나이트는 『도덕경』을 읽으면서 뿌리 깊은 관련성을 느꼈다. 『도덕경』에는 "잘 걷는 것은 어떠한 흔적도 남기지 않는 것이다"라는 구절이 나온다.

로버트 프로스트는 비난받았고—"그의 명성이 희미해지기 시작해서 기뻐요"—두루마리 휴지가 똑 떨어지면 가끔 존 그리샴의 소설책을 찢어 썼다고 했다. 잭 케루악도 싫어한다고 했지만 그건 그다지 사실이 아니었다.

"나는 케루악을 좋아하는 사람들을 좋아하지 않아요"라고 나이트는 분명히 말했다.

나이트는 휴대용 라디오와 이어폰을 훔쳤다. 매일 또 다른 형태의 인간 존재인, 전파를 통해 흘러나오는 목소리에 주파수를 맞추었다. 한동안 그는 라디오 토론 프로그램에 빠졌다. 러시 림보Rush Limbaugh: 미국의 보수주의 방송인이자 정치평론가가 나오는 방송을 많이 들었다.

"그 사람을 좋아했다는 게 아니에요. 그 사람이 하는 말을 들었다는 거죠." 나이트의 정치 성향은 "보수주의자이지만 공화당원은 아니었다." 그는 공연히 이런 말을 덧붙였다.

"나는 일종의 고립주의자예요."

나중에는 클래식 음악에 빠지게 되었다. 브람스와 차이콥스키는
좋지만 바흐는 아니었다.

"바흐는 지나치게 순수해요." 그가 말했다. 더없는 행복은
차이콥스키의 「스페이드의 여왕」이었다. 하지만 사그라지지 않는
영원한 열정은 클래식 록이었다. 더 후the Who, AC/DC, 주다스
프리스트, 레드 제플린, 딥 퍼플, 그리고 무엇보다도 레너드
스키너드. 세상 모든 것 가운데 나이트로부터 레너드 스키너드보다
더 큰 찬사를 받은 것은 없었다.

"사람들은 1,000년 뒤에도 레너드 스키너드의 노래를 연주하고 있을
거예요." 선언하듯 그가 말했다.

한번은 5인치짜리 파나소닉 흑백텔레비전을 훔쳤다. 자동차와
배 배터리가 그토록 많이 필요했던 이유였다. 바로 텔레비전을
작동시키기 위해서. 나이트는 전선을 이용해 배터리들을 직렬과
병렬로 연결하는 데 능숙했다. 안테나도 떼어 와서 우듬지의 높다란
곳에 숨겼다.

나이트는 PBS에서 방송되는 프로그램들은 하나같이 "학사학위가
있는 진보적인 베이비부머 세대들을 위해 공들여 만들어졌다"고

했다. 그런데 숲에서 지내는 동안 그가 본 것 중에 최고는 PBS 프로그램인 켄 번스Ken Burns 의 다큐멘터리 〈남북전쟁〉이었다. 다큐멘터리의 여러 부분을 그대로 다시 인용할 수 있을 정도였다.

"지금도 설리번 벌루Sullivan Ballou 가 아내에게 보낸「편지」를 기억해요. 나를 울게 한「편지」였어요."

북군 소령이었던 벌루는 1861년 7월 14일 아내 세라에게「편지」를 썼지만 그「편지」가 전해지기도 전에 제1차 불 런 전투The First Battle of Bull Run 에서 전사했다. 그「편지」에서 벌루는 아이들에 대한 '무한한 사랑'에 대해 이야기하고 '오직 전능하신 신만이 끊을 수 있는 아주 튼튼한 밧줄로' 자신의 심장과 아내의 심장이 연결되어 있다고 했다. 인간 사이의 연결성에 대한 이 표현이 나이트를 눈물짓게 만들었다. 비록 그는 끝내 스스로 그런 연결을 찾지 못했지만.

나이트는 세계에서 벌어지는 사건과 정치에 대해 잘 알면서도 반응을 거의 보이지 않았다. 모든 일이 저 멀리 동떨어진 곳에서 일어나고 있는 듯했다. 그는 2001년 9월 11일 이후 배터리를 모조리 태워버린 뒤 다시는 텔레비전을 보지 않았다.

"어찌 됐든 자동차 배터리는 너무 무겁고 훔치기도 힘드니까요." 그가 말했다. 갖고 있던 배터리들은 용도를 바꿔서 받침줄을

고정시키는 추로 사용했다. 텔레비전 오디오 신호를 수신하는
라디오를 훔친 다음부터는 라디오로 텔레비전 방송을 듣는
방식으로 전환했다. 나이트는 이를 '마음의 극장'이라고 불렀다.
〈사인필드Seinfeld〉〈내 사랑 레이먼드Everybody Loves Raymond〉는
라디오로 듣는 텔레비전 방송 중에서 그가 제일 좋아한
프로그램이었다.

"나는 진짜 유머감각이 있어요." 나이트가 말했다.

"그저 농담을 싫어할 뿐이에요. 프로이트는 세상에 농담 같은 건
없다고 했어요. 농담은 숨겨진 적대감의 표현이라고요."

그가 좋아한 코미디언들은 막스 형제Marx Brothers, 스리
스투지스Three Stooges, 조지 칼린George Carlin이었다. 극장에서
마지막으로 본 영화는 1984년 코미디영화 「고스트 버스터즈」였다.

애써 스포츠 방송을 들으려고 한 적은 없었다. 스포츠는 지루했다.
모조리 다! 뉴스는 오거스타 외곽에 있는 퓨어록Pure Rock 산의
WTOS에서 정각마다 5분간 전하는 최신 소식을 들었다. 그는 가끔
퀘벡 외곽의 프랑스어 뉴스 방송국이 진행하는 뉴스도 들었다고
했다. 프랑스어로 말은 못 해도 대부분 알아들을 수는 있었다.

나이트는 휴대용 게임기를 좋아했다. 게임기를 훔칠 때의 원칙은
구식처럼 보이는 게임만 가져온다는 것이었다. 아이들의 새

게임기는 손대고 싶지 않았다. 어쨌든 그는 몇 년 동안 게임기를
훔쳤다. 포켓몬, 테트리스, 디그더그Dig Dug를 즐겼다.

"생각과 전략을 요하는 게임을 좋아해요. 총격전이 많은 컴퓨터
게임, 머리를 쓸 필요가 없는 반복 운동은 사절입니다."

전자기기로 하는 스도쿠도 아주 좋았고, 잡지에 실린 십자말풀이도
반가운 도전이었다. 하지만 혼자서 트럼프를 하기 위해 카드 한 벌을
가져오는 일은 없었고, 체스도 싫어했다.

"체스는 너무 2차원적이고, 한정적인 게임이에요."

그는 어떤 형태로든 예술 활동을 하지 않았고 — "나는 그런 유형의
사람이 아니에요" — 자신의 야영지를 떠나서 밤을 보낸 적도 없었다.

"나는 여행에 대한 욕구가 전혀 없어요. 책을 읽죠. 그게 내가 하는
여행의 전부입니다."

메인 주의 유명한 해안 지대조차 잠깐이라도 가본 적이 없었다. 소리
내어 혼잣말도 하지 않았다고 한다. 한 마디도!

"아, 전형적인 은둔자의 행동처럼 말이죠? 참나! 아니에요, 절대로."

일기를 쓸 생각은 전혀 없었다. 절대 누구라도 자신의 사적인 생각을
읽게 할 마음은 없었으므로 내밀한 생각을 글로 옮기는 위험은
감수하지 않았다.

"차라리 내 무덤까지 가져갈 겁니다." 그가 말했다. 어찌 됐든 일기가 솔직한 적이 있었나? 나이트는 "일기는 단 하나의 거짓말을 덮으려고 수많은 진실을 말하거나, 단 하나의 진실을 덮으려고 수많은 거짓말을 하거나, 둘 중 하나예요"라고 말했다.

원한을 품는 나이트의 능력은 인상적이었다. 「내셔널 지오그래픽」이 텐트 밑에 많이 묻혀 있었지만 그는 그 잡지를 경멸했다.

"훔치기도 싫었어요. 절실할 때 처다보기만 했어요. 정말이지 땅에 묻기에만 좋을 뿐이에요. 광택지는 오래가잖아요."

「내셔널 지오그래픽」에 대한 그의 혐오는 어린 시절로 거슬러 올라간다. 고등학생 때 나이트는 「내셔널 지오그래픽」을 읽다가 길가에 서서 울고 있는 페루의 어린 양치기 사진을 우연히 보게 되었다. 양치기 뒤로 차에 치여 죽은 양 몇 마리가 있었다. 소년이 몰고 가던 양이었다. 나중에 역대 최고의 「내셔널 지오그래픽」 인물 사진들을 담은 책에 다시 실리기도 한 사진이었다.

그 사진은 나이트를 몹시 화나게 만들었다.

"그들은 소년의 굴욕이 담긴 사진을 내놨어요. 그 아이는 자신에게 양 떼를 맡긴 가족들을 저버렸어요. 모든 사람이 어린 소년의 좌절을 볼 수 있다는 건 역겨운 일이에요."

30년이 지난 지금도 여전히 그 사진에 대해 격분하는 나이트는 수치심의 상흔에 몹시 강렬하게 동화된 남자였다. 숲으로 도망치기 전에 뭔가 수치스러운 일을 저질렀던 걸까? 그는 아니라고 딱 잘라 말했다.

나이트는 각종 학위는 있으면서 자동차 오일은 교체할 줄 모르는 사람들, 즉 무력한 지식인이 득시글대는 대도시에 강한 혐오감을 느꼈다. 하지만 시골 지역 역시 발할라 유럽 신화에 나오는 낙원 같은 궁전는 아니라고 덧붙였다. 그는 "시골을 미화해선 안 됩니다"라면서 『공산당 선언』 제1장에 나오는 '농촌생활의 백치상태'를 벗어나는 것에 대한 구절을 단숨에 툭 꺼냈다.

그는 「플레이보이」지를 구독하는 오두막 두 곳이 끌렸다는 점을 솔직하게 인정했다. 궁금했다. 사라질 당시 그는 고작 스무 살이었다. 데이트를 하러 나가본 적도 없었다. 나이트는 사랑을 찾는 것이 낚시 같은 거라고 상상했다.

"일단 숲에 살게 되자 접촉이 전혀 없었어요. 내가 물 미끼를 단 낚싯바늘이 하나도 없었죠. 나는 잡히지 않은 커다란 물고기예요."

나이트가 절대로 쓰레기장에 묻거나 플라스틱 상자 안에 집어넣지 않은 한 권의 책 — 텐트 안에서 그 책을 계속 곁에 뒀다 — 은 『아주 특별한 사람들 Very Special People』이었다. 엘리펀트 맨, 톰 섬 장군, 개 얼굴 소년, 샴쌍둥이 창과 엥, 그리고 사이드쇼 서커스 등에서 손님을

끌기 위해 따로 보여주는 소규모 공연 공연자 수백 명 등 특이한 인물에
대한 약전略傳 모음집이다. 나이트는 스스로 적어도 자신의 내면은
기형적인 서커스 괴물 같다고 느낄 때가 많았다.

『아주 특별한 사람들』「서문」에는 이런 부분이 나온다.

"특이한 인간으로 태어나면 유아기 때부터 날마다 자신이 다른
사람들과 다르다는 사실을 알게 된다."

「서문」은 계속해서 점점 나이가 들면 상황이 더 나빠지기 쉽다고
이야기한다. 이 책에서는 "정신이나 육체가 여느 사람들과
다른 사람에게 가해지는 형벌을 피하기 위해 특별한 사람들은
세상으로부터 숨어버릴 수도 있다"고 조언한다.

나이트는 특히 한 소설 작품이 작가가 시간을 뚫고 와서 그에게 직접
말하는 것 같은 흔치 않은 불편한 기분을 내부에서 촉발시켰다고
했다. 바로 도스토옙스키의 『지하로부터의 수기』였다. 나이트는 20년
가까이 다른 모든 이들로부터 떨어져서 사는 분노하고 염세적인
화자를 언급하면서 "주인공에게서 나를 봤어요"라고 말했다. 소설의
첫 문장은 이렇다.

"나는 병자다. 악질적인 인간이다. 매력이라곤 없는 사람이다."

나이트도 전혀 뒤지지 않을 정도로 자기혐오를 표출하긴 했지만,
간헐적으로 내비치는 약간의 우월감과 강렬한 자부심으로

상쇄되었다. 이름이 밝혀지지 않은 지하의 화자 또한 그러하다.
소설의 마지막 장에서 화자는 모든 겸손함을 내려놓고 자기가 느낀
바를 이야기한다.

"나는 단지 내 인생에서 당신이 감히 절반도 실행할 엄두도 못 낸
것을 극단까지 밀고 나갔다. 더구나 당신은 당신의 비겁함을 분별로
받아들였으며 자신을 기만함으로써 위안을 찾았다. 그러니 아마도
결국 당신보다 내가 더 살아 있다고 할 수 있을 것이다."

나이트의 야영지는 뇌 기능을 최대한 끌어올리는 이상적인 환경이었을 수 있다. 조용한 곳에서 사는 것과 야단법석의 한가운데서 생활하는 것 사이의 차이점을 검토한 연구들은 하나같이 동일한 결론에 이르렀다. 바로 소음과, 집중력을 방해하는 것은 유독하다는 것!

17

계절이
들려주는 소리

사실 나이트가 대부분의 자유 시간을 독서를 하거나 라디오를
들으면서 보낸 건 아니었다. 대개는 아무것도 하지 않았다. 양동이나
접이식 의자에 앉아 조용히 사색에 잠겼다. 성가도, 주문도,
결가부좌도 없었다.

"몽상에 빠지는 거죠." 그는 이렇게 표현했다.

"명상. 여러 가지에 관해 생각하는 것. 내가 생각하고 싶은 건 뭐든지
생각하는 것."

한 번도 지루했던 적이 없었다. 심지어 지루함의 개념을
이해하는지도 확신할 수 없다고 했다. 지루함은 항상 뭔가를 하고

있어야만 한다고 느끼는 사람들에게나 적용되는 개념이었다.
그리고 그가 관찰한 바에 따르면 대부분의 사람이 그러했다. 고대
중국의 은둔자들은 무위無爲, 즉 '하지 않는 것'이 인생의 핵심적인
부분이라는 사실을 이해했다. 나이트는 더 이상 아무것도 아닌 것이
세상에는 충분치 않다고 믿었다.

나이트의 무無에는 또 다른 요소가 있었다. 그의 말에 따르면 '자연을
지켜보는 것'이었다. 하지만 그는 이 표현을 썩 만족스러워하지
않았다.

"너무 동화처럼, 사소한 오락거리처럼 들리니까요." 자연은
잔혹하다고 나이트는 분명히 말했다. 약한 자는 살아남지 못하고
강한 자 역시 마찬가지다. 인생은 모두가 지고 마는 인정사정없는
끝없는 싸움이다.

숲속 빈터에서는 사방 가시거리가 짧아서 보이는 것보다 들리는
것이 훨씬 더 많았다. 시간이 지나면서 나이트의 청력은 점점 더
예민해졌다. 계절별로 사운드트랙이 있었다. 봄은 야생 칠면조
소리 ─ 날카롭게 외치듯 우는 암컷, 골골 고르룩고르룩 우는
수컷 ─ 와 개구리가 재잘거리는 소리를 들려줬다.

"귀뚜라미로 오해할 수도 있는데 개구리예요."

여름은 아침과 저녁 공연에 명금 합창단을 초대했다. 호수에서

모터보트가 웅웅 윙윙거리는 소리는 사람들이 노니는 전형적인
소리였다.

가을에는 목도리뇌조가 짝을 유혹하기 위해 날개를 치면서 내는
북소리 비슷한 것이 찾아왔다. 사슴은 마치 '콘플레이크 위를 걷는
것'처럼 마른 낙엽을 밟으며 움직였다. 겨울에는 볼링공이 레인을
굴러가는 소리처럼 얼음이 갈라지는 길고 깊은 우르릉 소리가
호수를 가로지르며 울려 퍼졌다.

폭풍우는 모든 소리를 완전히 덮어버렸다. 사나흘이 지나면
바람소리가 귀에 익숙해진다. 그러다가 바람소리가 딱 멈추면서
낯선 정적이 찾아온다. 비가 격렬하게 쏟아지고, 맹렬하게 하늘을
쪼개는 벼락이 떨어지고, 정말 가까이에서 번개가 치면 무서웠다고
나이트는 인정했다.

"비 오는 날씨를 좋아하지만 내 안에는 뇌우를 싫어하는 소년이 아직
살아 있어요."

어느 해에는 사슴을 많이 보았고, 또 어느 해에는 한 마리도 보지
못했다. 무스는 가끔. 한 번은 퓨마의 뒷모습. 곰은 한 번도 못 봤다.
토끼는 많거나 적은, 호황-불황 주기가 있었다. 쥐는 대담했다.
누워 있으면 텐트 안으로 들어와 그의 부츠 위로 기어 올라왔다.
반려동물을 키울 생각은 결코 하지 않았다.

"음식을 갖고 경쟁하다가 키우던 반려동물을 잡아먹어야 하는
상황을 만들 수는 없었어요."

가장 가까운 벗은 버섯이었을지도 모른다. 나이트의 숲에는 도처에
버섯이 있다. 그런데 이 특별한 버섯, 버섯 선반은 야영지에서 가장
큰 헴록 몸통의 무릎 높이 위치에 툭 튀어나와 있었다. 그는 버섯
머리가 시계 숫자판보다 크지 않을 때부터 그 버섯을 관찰하기
시작했다. 버섯은 겨울 내내 산타 모자처럼 눈을 뒤집어쓴 채
서두르는 법 없이 자랐다. 수십 년이 흐르면서 검은색과 회색
줄무늬가 생긴 그 버섯은 편평한 정찬용 접시만큼 커졌다.

그 버섯은 나이트에게 의미 있는 존재였다. 체포된 뒤 나이트가
했던 몇 가지 걱정 가운데 하나는 경찰들이 야영지를 쿵쿵거리며
돌아다니다가 그 버섯을 뭉개지나 않을까 하는 것이었다. 버섯이
아직 그대로 있다는 사실을 알고 그는 기뻐했다.

심지어 따뜻한 시기에도 나이트는 낮 동안 야영지를 거의 떠나지
않았지만, 매년 여름 끝 무렵만큼은 예외였다. 오두막 주인들이
떠나고 모기가 수그러들 쯤이면 나이트는 짧은 도보 여행을
시작했다. 그가 가보길 좋아한 숲이 두 군데 있었는데, 천연 젠禪
스타일의 정원으로 미학적인 즐거움을 주는 장소였다. 하나는
나무껍질이 종이 같은 흰 자작나무들이 유령처럼 드문드문 산재한
숲, 또 하나는 산들바람을 부르는 사시나무들이 옹기종기 모여

있는 숲이었다. 그는 아주 작은 해변 같은 느낌이 드는 노스 폰드 호숫가를 따라 모래톱 몇 군데를 얼마간 지나갔다.

"때로는 늦게까지 안 잘 때도 있었어요." 그가 말했다.

"말도 안 되는 AM 라디오 토크쇼를 들었죠. 그러고는 동이 트기 전에 높은 빈터까지 걸어 올라가서 계곡에 운집한 땅안개를 지켜봤어요."

단풍은 다툼의 여지없이 아름답다. 초콜릿만큼이나 좋아하기 쉽다. 하지만 나이트는 잎이 다 떨어졌을 때야말로 숲이 가장 사랑스럽다고 느꼈다. 그는 헐벗은 가지의 해골 같은 모습을 좋아했다.

"나는 빅토리아 시대 문학을 너무 많이 읽었어요. 오래된 책들, 안에 장서표가 있는 헌책들 말이에요. 장서표에는 항상 상실감이나 다가오는 공포를 전달하기 위해 집어넣은 벌거벗은 나무들이 들어 있죠."

나이트는 절대로 생일이나 크리스마스, 인간이 만든 공휴일을 기념하지 않았다. 라디오에서 듣지 않으면 정확한 날짜를 몰랐다. 그는 하늘에 걸린 커튼이 바람에 부풀어 오르는 것 같은 분홍색과 녹색 북극광오로라을 주기적으로 목격했다. 만약 뉴스에 월식 소식이 나오면 널따란 초원으로 가서 지켜봤다. 추분, 춘분은 물론이고 동지와 하지를 밤과 낮의 흐름으로 감지할 수 있었다. 그때마다 나이트는 특별한 축제 행사 같은 건 전혀 없이 절기를 기념했다. "나는 노래를 부르지도, 춤을 추지도, 제물을 바치지도 않았어요."

나이트는 7월 4일 미국의 독립기념일 즈음을 특별히 좋아했다. 불꽃놀이를 지켜보지는 않았지만 대신 자신만의 쇼를 즐겼다. "반딧불이가 절정인 철이죠. 이상적으로 적절한 것 같았어요. 존 애덤스도 찬성하리라고 생각했지요. 7월 4일에 불꽃놀이를 제안한 게 존 애덤스 아니었나요?"

기억력이 아주 생생하지는 않다고 주장하긴 했지만 나이트는 자신이 읽거나 봤던 것은 곧바로 기억해낼 수 있는 듯했다. 그냥 모든 걸 다 기억했다.

"애덤스와 제퍼슨은 둘 다 1826년 7월 4일에 세상을 떠났어요." 그는 현대 사회가 정보의 홍수와 거센 소음의 폭풍으로 사람들을 바보로 만들고 있는 건 아닌지 의문을 품었다.

"나는 데이터에 압도당하지 않았어요." 그가 말했다.

"상당히 엄격한 다이어트를 했어요, 문자 그대로 그리고 비유적으로도."

니콜라스 카 Nicholas Carr 는 뇌과학과 화면을 보는 시간에 관한 책 『생각하지 않는 사람들』에서 인터넷이 인간의 '집중과 사색 능력'을 꾸준히 지속적으로 조금씩 갉아먹는다고 했다.

전 세계적으로 실행된 열 건이 넘는 연구들에 따르면 나이트의
야영지 ─ 고요함의 천연 오아시스 ─ 는 뇌 기능을 최대한
끌어올리는 이상적인 환경이었을 수 있다. 조용한 곳에서 사는
것과 야단법석의 한가운데서 생활하는 것 사이의 차이점을 검토한
연구들은 하나같이 동일한 결론에 이르렀다. 바로 소음과, 집중력을
방해하는 것은 유독하다는 것!

인간이 통제할 수 없는 환경 소음의 주된 문제는 그것을 무시할
수 없다는 점이다. 인간의 몸은 소음에 반응하게끔 만들어졌다.
음파는 사슬처럼 이어진 아주 작은 뼈들 ─ 가운데귀中耳 라는
오래된 철물점에 있는 망치뼈, 모루뼈, 등자뼈 ─ 을 진동시킨다.
이러한 물리적 진동은 전기 신호로 전환되어 곧장 뇌의 청각피질로
쏟아진다.

몸은 즉각 반응한다. 심지어 자는 동안에도. 도시에 사는 사람들은
만성적으로 높은 스트레스 호르몬 수준을 경험한다. 스트레스
호르몬, 특히 코르티솔은 혈압을 올려 심장병과 세포 손상을
유발한다. 소음은 몸에 해를 주고 뇌를 부글부글 끓게 만든다.
'noise 소음'라는 단어는 라틴어 nausea 구역질, 싫증, 혐오에서 비롯된
말이다.

상황을 바꾸기 위해서 아주 조용한 곳에 있거나 혼자 있을 필요는
없다. 하지만 실제로 진정시키는 환경 조건을 찾아내야 하고 자주
그렇게 해야 한다. 일본 지바대학교의 연구자들이 발견한 바에
따르면 숲에서 매일 15분씩 걸으면 코르티솔이 현저하게 감소했다.
혈압과 심박동수도 약간 떨어졌다. 생리학자들은 사람의 몸은
조용한 자연 환경에서 편안하게 이완되는데, 이는 인간이 그런
자연에서 진화했기 때문이라고 본다. 즉 인간의 감각은 초원과
숲에서 발달했으며 아직도 그러한 환경에 맞춰서 조정하게끔 되어
있다는 것이다.

듀크대학교의 재생생물학자 임케 키르슈테Imke Kirste가 쥐를
가지고 연구한 바에 따르면, 하루에 두 시간 완전한 침묵이 기억
형성과 관련된 뇌 부위인 해마의 세포 생성을 촉진했다. 미국,
영국, 네덜란드, 캐나다에서 인간을 대상으로 실시한 연구 결과에
따르면 조용한 시골에서 시간을 보낸 피실험자들은 더 차분하고, 더
직관력이 있으며, 덜 우울하고 덜 불안했다. 인지 능력이 향상되고
기억력도 더 강화되었다. 다시 말해 고요한 자연 속에 있는 시간이
사람을 더 똑똑하게 만든다.

나이트의 경우 고요함의 진수는 거의 모든 오두막에 사람이 없는
무더운 늦여름 주 중이었다. 이런 일은 1년에 한 번 정도 있었다.
밤이 깊어지면 야영지를 떠나 걸었다. 별안간 숲이 끝나고 호수의

나이트는 자국을 남기지 않는 데 강박적일 정도로 집착했다. 봄이 와서 날이 풀릴 때까지 그는 숲속 빈터에서 거의 벗어나지 않았다. 겨울 내내 야영지를 절대로 떠나지 않았다. 나이트는 야영지 근처에 '상부 은닉처'라는 것을 만들어뒀다. 잔가지와 나뭇잎으로 하도 위장을 잘해놔서 바로 위를 걸어도 절대로 알 수 없게끔 해두었다. 고립을 위한 그의 헌신은 절대적이었다.

물이 앞에서 천천히 흔들릴 때까지. 그는 훌훌 옷을 벗고 물속으로 미끄러지듯 들어갔다. 온종일 태양열에 달궈진 터라 호수 윗물은 따뜻한 목욕물 같았다.

"물속에서 몸을 뻗고 누워 별을 바라봤어요."

18

최악의 겨울이
닥쳤을 때

나이트가 훔치지 않은 유일한 책은 그가 가장 자주 봤던 책이었다. "『성경』은 필요 없었어요." 그가 말했다. 개신교도 집안이고 『성경』은 한 부분도 빠짐없이 읽었지만 어릴 때 교회에 가지는 않았다.

"신앙생활을 하지 않습니다. 신념체계를 주장할 수 없어요. 이 점에서 나는 일신론자보다는 다신론자에 더 가깝다고 할 수 있겠네요. 다양한 상황에 다양한 신들이 있다고 믿습니다. 이런 신들을 지칭하는 이름은 없어요. 모든 신 가운데 하나의 큰 신의 존재를 특별히 믿지 않습니다."

대신 한 사상 학파에 입문했다. 나이트는 소크라테스 사상을 이어받은 것으로, 기원전 3세기에 등장한 그리스 철학인 스토아 철학을 실천했다. 스토아 철학자들은 자제력과 자연과의 조화로운 생활이 고결하고 덕이 있는 삶을 이루고, 불평하지 말고 어려움을 견뎌야 한다고 생각했다. 정열은 이성에 종속되어야만 한다. 감정은 잘못된 방향으로 이끌기 때문이다.

"숲에서는 불평할 사람이 아무도 없으니 나는 불평하지 않았어요." 나이트가 말했다.

신神의 부재 상태에서 나이트는 소크라테스를 숭배했던 것으로 보인다. 기원전 469년에 태어난 이 철학자는 은둔자는 아니었지만 그러한 생활 방식을 옹호했다. 소크라테스는 자신에게 가장 가치 있는 소유물이 자신의 여가라고 결론 내렸을지도 모른다.

"분주한 삶의 황량함을 조심하라"는 흔히 그가 한 말로 소개되는 인용문이다. 소크라테스는 어디든 맨발로 걸어다녔고 가장 질이 안 좋은 고기만 먹었다. 아무것도 그를 괴롭히지 않는 듯했다. 소크라테스는 독미나리즙을 마시고 죽는 사형 선고를 받았다. 불경죄와 이단적인 가르침이 이유였다. 소크라테스는 모든 욕망을 실현시킴으로써가 아니라 욕망을 없앰으로써 자유로워진다고 가르쳤던 것으로 보인다.

나이트는 숲에서 생명을 위협하는 시련에 직면했을 때 감정을 표현하는 대신 스토아 철학에서 말하는 감정에 좌우되지 않는 평정심을 유지하기로 선택했다. 그는 어떤 순간에도 신에게 기도하지 않았다고 강조했다. 딱 한 번을 제외하고. 메인 주에 최악의 겨울이 닥쳤을 때 모든 규칙이 중단되었다.

"일단 영하 20도 밑으로 내려가면 의미 없는 생각은 하지 않게 됩니다. 참호 안에는 무신론자가 없는 것처럼 말이죠. 영하 20도에서도 마찬가지예요. 그때야말로 진짜 종교를 갖게 됩니다. 진심으로 기도하게 돼요. 온기를 달라고 기도하죠."

나이트의 생존 전략은 오로지 겨울에 집중되었다. 매년 겨울마다 오두막들이 식료품 저장실에 음식물을 남겨둔 채로 문을 닫으면 나이트는 강화된 밤샘 습격에 연속 착수했다.

"가장 바쁜 시기예요. 수확기죠. 일반적으로 범죄와는 전혀 관련 없는 아주 오래된 본능입니다."

첫 번째 목표는 살을 찌우는 것이었다. 생사가 달린 필요불가결한 일이었다. 쥐에서 무스까지 숲에 사는 모든 포유동물 역시 이와 똑같은 기본 계획을 세운다. 나이트는 설탕과 술을 잔뜩 먹었다. 몸무게를 늘리는 가장 빠른 방법이기 때문이다. 술 취한 기분을 좋아하기도 했다. 스스로 인정했듯이 그가 훔친 술병들은 한 번도 술집 바에 앉아본 경험이 없는 한 남성을 상징했다. 앨런스 Allen's

커피 맛 브랜디, 시그램Seagram 이스케이프스 스트로베리 다이키리,
패럿 베이Parrot Bay 코코넛 럼, 그리고 휘프트 초콜릿 밸리
바인스인가 뭔가 하는 게 있었는데, 그것은 초콜릿, 휘프트크림,
레드와인을 섞어서 액화시킨 술이었다.

플라스틱 상자에는 잘 부패하지 않는 보존 식품을 채워 넣었고,
따뜻한 옷과 침낭도 챙겨갔다. 노스 폰드와 리틀 노스 폰드를 빙
돌면서 도처에 있는 바비큐 그릴에 연결된, 배가 불룩한 흰색 프로판
가스통도 힘들게 끌고 와서 비축해두었다. 가스통은 필수였다.
요리 차가운 음식도 영양분을 공급한다 나 열기 텐트 안에서 가스를 연소시키면
목숨을 잃을 정도의 일산화탄소가 발생할 수 있다의 필요성 때문이 아니라
눈을 녹여서 식수를 만들기 위해서. 눈을 녹이는 것은 연료가
집중적으로 들어가는 작업이기에 겨울마다 가스통 열 개가 필요했던
것이다. 다 쓴 가스통은 야영지 근처에 묻었다. 빈 가스통을 돌려주는
일은 절대로 없었다.

물자 비축 과정은 날씨와 벌이는 싸움이었다. 보통 11월에 상당한
양의 첫눈이 내리면 모든 작전이 중단되었다. 흔적 없이 눈 위를
움직이는 건 불가능하다. 나이트는 자국을 남기지 않는 데 강박적일
정도로 집착했다. 4월에 봄이 와서 날이 풀릴 때까지 여섯 달 동안
그는 숲속 빈터에서 거의 벗어나지 않았다. 겨울 내내 야영지를
절대로 떠나지 않았다.

추위와 싸우기 위해 나이트는 겨울 길이 — 2.5센티미터가량 — 로 수염을 다듬었다. 얼굴을 보호할 정도로 두껍지만, 얼음이 생기는 것을 막을 정도로 짧게. 여름에는 대체로 시원하게 있으려고 훔친 면도 크림을 사용해서 깔끔하게 면도한 상태를 유지했다. 다만 모기 철이 절정일 때는 예외였다. 그때는 털이 많고 꾀죄죄한 것이 천연 방충제 역할을 했다. 메인 주 중부에는 흑파리가 득시글거려서 숨을 들이쉴 수가 없다. 팔뚝을 찰싹찰싹 때리면 손가락에 피가 묻어 끈적끈적해진다. 대다수 노스 폰드 지역민은 가장 혹독한 한파 때보다 곤충이 극성일 때가 더 지내기 힘들다는 사실을 알게 된다.

나이트는 일단 벌레들이 가라앉으면 다시 면도를 했다가 바람이 거센 늦가을이 오면 수염을 길렀다. 얼굴의 털은 바람을 막아주는 훌륭한 보호막이 되었다. 머리모양은 단순하게 유지했다. 1년에 몇 번 가위와 일회용 면도기로 머리를 빡빡 밀었다. 숲에서 사는 동안 나이트는 털이 많고 머리가 헝클어진 전형적인 은둔자의 모습으로 있었던 적이 결코 없었다. 그는 감옥에 있는 동안에만, 그러니까 더 이상 은둔자가 아니었을 때 딱 은둔자처럼 보이기 시작했다. 스스로 생각해낸 짓궂은 장난이었다.

나이트가 추운 계절에는 그저 잠만 잤을 거라고, 그러니까 겨울잠을 잤으리라고 자연스럽게 추정할 수도 있다. 하지만 틀렸다.

"겨울에 너무 오래 자면 위험해요." 그가 말했다. 얼마나 추운지

정확하게 아는 것이 극히 중요했다. 뇌가 필요로 했다. 그는 야영지에
항상 온도계 세 개를 두었다. 수은 온도계 한 개, 디지털 온도계
한 개, 스프링식 온도계 한 개. 온도계 하나만을 믿지 못했고, 세
온도계의 일치된 의견을 더 선호했다.

몹시 추운 날씨가 덮치면 저녁 7시 30분에 잠자리에 들었다.
침낭을 여러 개 층층이 겹친 뒤 그 안에 쏙 들어가서 몸을 보호했다.
침낭이 스르륵 풀리는 것을 방지하기 위해 발치에 있는 고정 끈을
단단히 죄었다. 소변을 봐야 할 때 침구를 열고 풀고 하는 게 여간
거추장스러운 게 아니라서 제대로 된 뚜껑이 있는 입구가 넓은 병을
사용했다. 하지만 발은 무슨 수를 써도 따뜻하게 유지할 수 없었다.

"두꺼운 양말. 양말 여러 겹. 부츠 깔창. 얇은 양말은 벙어리장갑의
원리를 이용해서 발을 하나로 만드는 게 더 낫다는 생각으로
해봤어요. 하지만 완벽한 해결책은 결코 찾지 못했죠."

그래도 동상으로 발가락이나 손가락을 잃는 일은 없었다. 일단
침대에서 여섯 시간 반을 잔 뒤 새벽 2시에 일어났다.

나이트는 이런 식으로 극단적인 추위 속에서 깨어 있었다. 극한의
기온에서는 얼마나 꽁꽁 잘 싸매고 있느냐는 중요하지 않다. 침대에
그보다 오랫동안 그대로 있으면 체온 때문에 발생한 수증기가
응결되면서 침낭을 얼려버릴 수 있다. 심부체온이 곤두박질치고

극도로 한기가 든다. 기면 상태에서 손과 발에서 시작된 마비 증세가 침략군처럼 살금살금 심장까지 진군할 것이다.

"만약에 그런 추위 속에서 애써 잠들었다간 절대로 못 깨어날 수도 있어요."

새벽 2시에 일어나 제일 먼저 하는 일은 스토브에 불을 때서 눈을 녹이기 시작하는 것이다. 피가 돌게 하려고 그는 야영지 둘레를 걸었다.

"텐트 밖으로 나가서 왼쪽으로 돌아요. 열다섯 걸음. 또 왼쪽으로 돌아요. 여덟 걸음. 겨울 화장실로 가서 볼일을 봐요. 뒤로 스무 걸음. 커다란 삼각형을 그려요. 다시 돌아요. 또 돕니다. 나는 서성거리기를 좋아해요." 그는 습기를 빨아들인 침낭을 환기시켰다.

사반세기 동안 혹독하게 추운 밤마다 이렇게 했다. 눈이 오면 삽으로 눈을 밀어서 야영지 주변으로 치웠는데, 이것이 쌓이면서 꽁꽁 언 거대한 언덕이 되어 벽처럼 그를 둘러쌀 정도였다.

발은 결코 완전히 녹지 않았던 것 같은데, 깨끗한 양말이 있으면 실제로 문제가 되지는 않았다. 따뜻한 것보다는 마른 상태로 있는 게 더 중요하다. 동이 틀 무렵이면 하루치 물을 비축할 수 있었다. 이불 속으로 도로 기어들어가고 싶은 마음이 아무리 굴뚝같아도 이겨냈다. 완벽한 자제력을 발휘했다. 그의 사전에 낮잠이란 없었다.

활기를 되찾게 해주는 깊은 잠을 망치기 때문이다.

겨울에는 가끔 불안하게 노출된 기분이 들기도 했다. 근처에
사람들은 거의 없었지만 나뭇잎이 다 떨어져서 야영지가 눈에 띌
가능성이 높아졌다. 나이트에게는 경보 장치가 있었다. 자신을
제외하곤 소리 소문 없이 걸어올 수 있는 사람은 아무도 없었다.
사람이 접근하면 늘 경고음이 울리게 되어 있었다. 도주 계획도
세워두었다. 누군가가 가까이 오면 더 깊은 숲속으로 들어가서 대치
상황을 피할 생각이었다.

나이트는 야영지 근처에 '상부 은닉처'라는 것을 만들어뒀다. 양철
쓰레기통 두 개, 플라스틱 상자 한 개를 땅에 묻어놓은 곳인데,
잔가지와 나뭇잎으로 하도 위장을 잘해놔서 바로 위를 걸어도
절대로 알 수 없게끔 해두었다. 안에는 누군가가 야영지를 발견하면
즉시 그곳을 버리고 새로 시작할 수 있을 만큼의 캠핑 장비와
겨울옷이 들어 있었다. 고립을 위한 그의 헌신은 절대적이었다.

지옥,
그것은 타인이다

나이트는 정신이상자로 보이는 것에 예민했다.

"나한테 미치광이라는 생각이 따라붙었어요." 그도 인정했다.

"내가 특이한 생활 방식을 선택했다는 건 잘 압니다. 하지만
'미치광이' 꼬리표는 신경 쓰여요. 짜증나요. 대응할 수 없게
만드니까요." 누군가가 당신이 미쳤는지 물어보면 네 혹은 아니오,
둘 중 하나로 대답할 수 있을 텐데, 만일 '네'라고 하면 당신은
미친 사람이 되는 거고, '아니오'라고 하면 진짜 미쳤다는 것을
두려워해서 방어하는 것처럼 들릴 거라고 나이트는 한탄했다.
적절한 대답은 없었다.

오히려 나이트는 장대한 스토아 철학의 전통 안에서 미친 사람과 정반대인 사람 ─ 전적으로 두뇌가 명석하고 이성적인 사람 ─ 이라고 자처했다. 그는 야영지에 묻힌 잡지 묶음들이 어떤 지역 주민들의 눈에는 별난 습관처럼 보인다는 사실을 알고 불같이 화를 냈다. 나이트는 숲에서 했던 모든 일에는 이유가 있다고 했다.

"사람들은 그 이유를 이해하지 못해요. 오로지 정신이상과 황당무계함만을 봐요. 나한테는 전략, 장기 계획이 있었어요. 사람들은 이해하지 못합니다. 내가 이유를 설명하지 않았으니까요."

그 잡지 묶음들은 실용적인 목적에서 읽을거리를 마룻장으로 재활용한 것이었다.

나이트는 자신이 세상에 얼마 안 남은 제정신인 사람들 가운데 한 명이라고 믿은 듯하다. 그는 돈을 받는 대가로 온종일 좁은 방 안의 컴퓨터 앞에 앉아 인생의 전성기를 보내는 것은 용인되지만, 숲속 텐트 안에서 느긋하게 쉬는 것은 정신적으로 장애가 있다고 보는 생각에 당혹스러워했다. 나무를 관찰하는 것은 게으르고 나태하지만, 나무를 베어버리는 것은 진취적이었다. 나이트는 살기 위해서 뭘 했나? 그는 살기 위해서 살았다.

나이트는 자신의 도피가 현대사회에 대한 비판으로 해석되어서는 안 된다고 주장했다.

"의식적으로 사회나 나 자신을 판단하지 않았어요. 그저 다른 길을 택했을 뿐입니다."

하지만 그는 숲속 높은 곳에 있는 자신의 안전지대에서 세상을 볼 만큼 봤다. 사람들이 아무 생각 없이 지구를 독살하면서 사들인 물건의 양을 보면서 혐오감을 느꼈다. 모두가 10억 하고도 1개의 작은 화면으로 '알록달록한 솜털 같은 시시하고 가벼운 오락물'을 보며 무심한 상태로 최면에 걸려 있었다. 나이트는 현대적 삶을 관찰했고 그 따분함과 시시함에 깜짝깜짝 놀랐다.

카를 융은 오직 내향적인 사람만이 '인간의 불가해한 어리석음'을 알 수 있으리라고 봤다. 니체는 "군중이 있는 곳은 어디든 악취라는 공통분모가 있다"고 했다. 나이트의 가장 친한 친구 소로는 아무리 좋은 의도에서 출발한 사회라 해도 모든 사회는 시민들을 왜곡한다고 믿었다. 사르트르는 이런 글을 남겼다.

"지옥, 그것은 타인이다."

어쩌면 '왜 사회를 떠났는지가 아니라, 왜 사회에 머무르고 싶어하는지가 중요한 질문일 수 있다'고 나이트는 넌지시 자신의 의중을 내비쳤다. 한 은둔자는 공자에게 "온 세상이 불어난 급류처럼 무모하게 내달리고 있으니 세상에서 완전히 달아나는 자들을 따르는 게 더 낫지 않겠습니까?"라고 이야기하기도 했다. 인도 작가 지두

크리슈나무르티가 얘기한 "극심하게 병든 사회에 잘 적응하기 위한 건강 척도는 없다"는 말은 지금도 인용되고 있다.

은둔자와 관련된 것이 총망라된 디지털 정보의 보고인 웹 사이트 '허미터리 Hermitary: 수도원에 붙어 있는 암자 또는 수도실 '에는 오로지 필명인 이니셜 S.만 쓰는 현대의 고독 추구자 — 그는 자기 자신을 집 없는 부랑자라고 표현했다 — 가 쓴 일련의 에세이들이 올라와 있다. 그는 "인간 사회는 부도덕하고 폭력적인 난장판이 되었다"고 했다. 범죄, 부패, 질병, 환경의 질적 저하가 끝도 없이 반복되고 있다. 소비에 대한 해답은 언제나 더 많은 소비다. 사회에는 인간과 자연 사이에서 균형을 찾는 기제가 결여되어 있다. 근원적으로 우리 인간은 진실로 그저 짐승일 뿐이다. S.의 결론은 냉혹하다.

"사회 안에서 살고 사회에 참여하는 것은 정말로 미친 짓이고, 더불어 범죄다."

S.가 쓴 글에 따르면 모든 타인으로부터 영구적으로 벗어난 상태인 은둔자가 아니라면 모든 사람에게는 지구를 파괴한 죄가 어느 정도 있다.

체포된 뒤 나이트의 정신 건강을 감정하기 위해 메인 주 소속 법정심리학자들이 조사를 진행했다. 법원 기록에 따르면 메인 주는 나이트가 '완전한 권능'을 갖고 있는 것으로 간주하면서도 세 가지 진단, 즉 아스퍼거장애, 우울증, 분열성인격장애 가능성이 있다는 진단을 내렸다.

아스퍼거장애는 놀랄 일도 아니다. 보비 피셔부터 빌 게이츠까지 한동안 똑똑하고 수줍음 많은 괴짜들에게 억지로 성급하고 경솔하게 이 꼬리표를 붙였고, 아이작 뉴턴, 에드거 앨런 포, 미켈란젤로, 버지니아 울프를 비롯한 많은 이들 역시 그럴듯하게 이 범주에 새로 들어가게 되었다. 뉴턴은 우정을 쌓는 데 큰 어려움을 겪었고, 계속 독신으로 지낸 듯하다. 포의 시 「나 홀로Alone」에는 "내가 사랑한 모든 것은―나 홀로 사랑했다"는 구절이 나온다. 미켈란젤로는 "나는 친구가 없다. 바라지도 않는다"는 글을 남겼다고 한다. 울프는 스스로 목숨을 끊었다.

과거 자폐증의 하위 유형으로 간주되었던 아스퍼거장애는 1940년대에 자폐증을 발견하고 설명한 선구자인 오스트리아의 소아과의사 한스 아스퍼거Hans Asperger의 이름을 따서 명명된 증상이다. 신경학자이자 작가인 올리버 색스에 따르면, 초기의 다른 연구자들과 달리 아스퍼거는 자폐증이 있는 사람에게는 이로운 재능, 특히 그가 '사고의 특별한 독창성'이라고 지칭한 재능이 있을 수 있다고 봤다. '사고의 특별한 독창성'이 있는 이들은 대개 아름답고 순수하고, 문화나 분별에 의해 걸러지지 않으며, 극도로 관습에 얽매이지 않은 생각들을 부여잡는 것을 두려워하지 않는다.

색스가 관찰한 바에 따르면 자폐증이 있는 사람들은 거의 다 혼자 있을 때 가장 행복해 보였다. 'autism 자폐'이라는 단어는 '자기 self'를 뜻하는 그리스어 'autos'에서 가져온 말이다.

호주에 사는 심리학자이자 아스퍼거 전문가인 토니 애트우드 Tony Attwood는 "아스퍼거 증후군의 치료는 아주 간단하다"고 했다. 해결책은 바로 혼자 있게 내버려두는 것.

"혼자 있으면 사회적 기능 손상이 없다. 혼자 있으면 의사소통 문제가 없다. 고독 속에 모든 진단기준이 녹아 없어진다."

공식적으로 아스퍼거장애는 더 이상 진단 범주로 존재하지 않는다. 일관성 없이 모순되게 적용되어온 진단은 「정신장애 진단 및 통계편람 Diagnostic and Statistical Manual of Mental Disorders」의 제5차 개정판 DSM-5 에서 명확한 기준에 따라 대체되었다. 아스퍼거는 이제 자폐 범주성 장애 autism spectrum disorder, ASD 라는 포괄적 용어로 분류된다.

나이트가 정말로 실제 ASD인지 아닌지는 불분명하다. 자폐 전문가와 임상심리학자 여섯 명이 나이트의 사연을 검토했다. 이들은 환자를 만나지 않고 정확한 진단을 내리는 건 불가능하다고 한목소리로 말하면서도 견해를 밝히는 데는 합의했다. 클리블랜드 클리닉 자폐센터의 센터장 토머스 W. 프레이저 Thomas W. Frazier 는 나이트가 특히 눈을 맞추지 못하는 것, 감각이 과민한 것, 친구가 없는 것을 볼 때 자폐 특성이 있는 게 '상당히 분명'하다고 봤다. 자폐증에는 유전적인 요소가 있는데, 매우 개인적이고 조용한 나이트의 집안이 '포괄적 자폐 표현형'이라고 알려진 유전자를 보유하고 있을 가능성도 있었다.

자폐 범주에 속한 아들이 있는 남아프리카의 신경과학자 헨리 마크램Henry Markram은 자신이 만든 '강렬한 세계intense world' 이론으로 자폐를 설명한다. 즉 대부분의 사람은 자연스럽게 무시하는 움직임, 소리, 빛이 자폐증이 있는 사람에게는 끝없는 공격처럼 다가오고, 삶이 정신이 하나도 없는 타임스 스퀘어를 영구적으로 방문하는 것처럼 느껴진다. 자폐증이 있는 사람은 자신의 감정뿐만 아니라 다른 사람들의 감정에도 압도되어 지나치게 많이 받아들이고 지나치게 빨리 알게 된다. 사람의 얼굴을 쳐다보는 것은 섬광전구순간적으로 강한 섬광을 내며 터지는, 사진 촬영에 쓰는 특수 전구를 응시하는 것과 같다. 침대 스프링에서 나는 끼익 소리도 손톱으로 칠판을 긁는 소리처럼 들릴 수 있다. 마크램은 안정된 상태를 유지하려면 세부사항과 반복에 철저히 집중하는 능력을 키워서 인생을 되도록 있는 힘껏 통제해야 한다고 봤다.

올리버 색스는 자폐증이 있는 사람들은 보통 '감각의 무제한 집중포화'에 적응하기 위해 고요하고 질서정연한 자기만의 세계를 창조할 수밖에 없다고 했다. 어떤 이들은 이러한 세계를 귀와 귀 사이머리, 뇌에 만들었지만, 나이트는 숲 한가운데에 건설했다.

그럼에도 불구하고 샌디에이고에 있는 자폐연구협회 회장인 스티븐 M. 에델슨Stephen M. Edelson이 보기에 나이트의 행동은 자폐처럼 보이긴 하지만 자폐 범주성 장애 수준까지는 아니었다. 에델슨은 나이트를 만나본다면 노련하고 경험이 풍부한 의사들 중에 그를 자폐 환자라고 여길 사람은 거의 없을 거라고 생각했다. 그토록 오랫동안 치료나 처치를 받지 않고 온전히 혼자 살아남기 위해 계획을 세우고 인생을 조정한 나이트의 능력은 지극히 자폐 환자답지 않다.

뉴욕에 있는 웨일 코넬의과대학 심리학 교수인 캐서린 로드Catherine Lord는 자신이 만나본 자폐 증상이 있는 성인 또는 어린이는 대부분 인생에서 가까이 있고 싶은 누군가가 있었다고 말했다. 자폐 증상이 있는 사람들 대다수는 접촉과 포용을 갈망하지만 적절한 때를 모를 뿐이다. 뉴욕에서 개인 진료소를 운영하는 임상심리학자 피터 데리Peter Deri는 "그가 가지고 있는 모든 자폐적 특성에도 불구하고 반대되는 특성이 있다. 자폐가 있는 사람은 훔치지 않는다. 이들은 범죄자가 아니다"라고 말했다. 나이트에게는 ASD인 사람들이 전형적으로 보이는 반복적인 움직임이나 되풀이되는 발화 패턴이 전혀 보이지 않는다.

나이트를 조사한 메인 주의 심리학자가 내놓은 또 다른 견해는 분열성인격장애였다. 조현병調絃病 과는 다르다. 조현병이 있는 사람은 현실과의 접촉이 끊기고 일반적으로 환각과 망상을 경험하는 특징이 있다. 친밀한 관계를 맺거나 논리적인 사고를 하는 경향이 거의 없다는 점에서 분열성인격과 자폐는 비슷하다. 하지만 보통 자폐가 있는 경우에는 친구를 원하면서도 사회적 상호작용을 무척 힘들어한다. 반면 분열성인격장애가 있는 사람은 혼자 있는 것을 더 선호한다. 이들은 다른 사람들과 함께 있는 것에 일반적인 관심이 전혀 없다. 심지어 성적으로도. 사회 규칙을 알면서도 따르지 않기로 결정하고, 다른 모든 이들에게 무관심하다. 하버드대학교 임상심리학 과정 학장인 질 홀리Jill Hooley는 나이트의 행동이 분열성인격장애의 여러 특성 가운데 많은 부분과 일치한다고 보았다.

나이트가 분열성인격장애로 진단받을 수 있는 동시에 진단받을 수 없는 이유를 뒷받침하는 훌륭한 논증들이 있다. 그는 분열성인격장애가 있는 사람처럼 타인에게 무관심하지만, 다른 사람들과 자연스럽게 교류하지 못하는 것, 감각의 변화에 과민한 것은 전형적인 자폐 증상으로 보인다. 피터 데리는 "나이트에게 꼬리표를 달고 싶은 유혹이 매우 크다. 그는 우울한가? 조현병인가? 조울증? 아스퍼거 특성들이 있나?"라고 물었다.

어쩌면 두뇌 이상 — 소뇌의 편도체 손상, 옥시토신 부족, 엔도르핀 나이트는 자신이 세상에 얼마 안 남은 제정신인 사람들 가운데 한 명이라고 믿은 듯하다. 그는 돈을 받은 대가로 온종일 좁은 방 안에서 컴퓨터 앞에 앉아 인생의 전성기를 보내는 것은 용인되지만, 숲속 텐트 안에서 느긋하게 쉬는 것은 정신적으로 장애가 있다고 보는 생각에 당혹스러워했다. 자신의 도피가 현대사회에 대한 비판으로 해석되어서는 안 된다고 주장했다.

불균형 — 이 있을 수도 있다. 스티븐 M. 에델슨은 항복하며 손을 들기 전에 몇 가지 증후군을 늘어놓으며 이렇게 비꼬았다.

"나는 그에게 은둔자라는 진단을 내리겠어요."

데리는 "아무것도 완벽하게 이해되지 않는다"고 했다.

"이 남자에게서 보이는 복잡한 특징들은 너무 헷갈려서 어떤 진단이든 내릴 수 있을 텐데, 그런 식으로 하면 틀림없이 과장되는 부분이 있을 것이다. 매우 예외적인 경우다. 나이트는 로르샤흐 검사지10장의 원 도판 잉크 얼룩을 사용한 인격진단 검사로 투영법의 대표적인 방법 같다. 정말이지 모든 사람이 투영될 수 있는 대상이다."

나이트는 자신의 진단에 대해 거의 관심을 내보이지 않았다. "감옥에서 아스퍼거에 대해서만 알게 됐어요. 그건 여러 행동에 때려붙이는 꼬리표일 뿐이에요."

치료가 이로울 수도 있다는 점은 그도 인정했지만, 어떠한 장애도 자신이 저지른 범죄에 대한 변명이 될 수는 없다고 단호한 태도를 보였다. 그는 약을 전혀 복용하지 않았다고 했다.

"피해자 입장에 서고 싶지 않아요. 내 천성에 맞지 않습니다. 읽어보니 내 진단에 대해 내가 할 수 있는 건 많지 않더군요. 내가 아스퍼거 텔레톤Telethon: 텔레비전과 마라톤의 합성어로 장시간 모금 생방송을 지칭의 연사가 될 것 같진 않네요. 아직도 텔레톤을 하나요? 나는

제리 루이스 Jerry Lewis: 미국의 유명 코미디언이자 배우로 1966년부터 매년 노동절마다 'The Jerry Lewis MDA Labor Day Telethon'이라는 근위축증협회를 위한 텔레비전 모금방송을 진행**가 너무 싫어요.**"

20

문명과
3분 거리

노스 폰드의 오두막 주인들 대다수는 아주 다른 진단을 내렸다.
이들은 나이트가 그냥 도둑이기만 한 게 아니라 사기꾼이기도
하다고 했다.

프레드 킹은 "그는 절대로 진실을 말하고 있지 않아요"라고
분명히 말했다. 킹은 자신의 오두막에서 설탕 그릇sugar bowl을
도둑맞았는데, 그 뒤로 수년 동안 친구들은 그를 슈거볼Sugar Bowl:
미국 뉴올리언스에서 매년 1월 1일에 열리는 초청 대학팀의 미식축구 경기이라고
불렀다.

"욕해도 되나요?" 곧이어 킹은 아주 메인 주 사람답게 걸걸하지만

점잖게 물었다.

"망할 그 사내가 은둔자였을 리 없다고요. 나도 야외활동을 좋아하는
사람이라서 딱 부러지게 사실대로 말하는 것뿐이에요. 절대로
아닙니다. 1,000퍼센트 확신해요. 겨울엔 늘 영하예요. 가족이
도와줬거나 다른 사람이 자기 집에 있도록 해줬을 거예요. 아니면
겨울 내내 빈집에 몰래 들어가서 지냈거나."

나이트가 한 번도 병원 신세를 진 적이 없다는 이야기를 사실로
받아들이기를 거부한 이들도 있었다. 숲에 음식물을 보관하면
필시 라쿤과 코요테를 끌어들여서 그런 동물들이 야영지를 갈가리
찢어놓을 거라고 한 사람들도 있었다. 지역 주민 두 명은 나이트가
정말로 그토록 오랫동안 목소리를 쓰지 않았는데 어떻게 그렇게
말을 잘 할 수 있고, 성대가 여전히 기능하며, 그처럼 많은 어휘를
기억할 수 있는지 물었다. 한 주민은 지적했다. 나이트의 야영지에서
멀지 않은 곳에 나이트 코트Knight Court 라는 길이 있는데, 아마 그의
친척인 나이트가家 사람들이 아주 오랫동안 그곳에 살았을 거라며
그들의 도움을 받은 게 틀림없다고. 게다가 만약 정말로 밖에서
지냈다면 1998년 최악의 얼음폭풍이 닥쳤을 때 분명 얼어 죽었을
것이라고…….

"야영지에서 나온 것에선 죄다 고약한 냄새가 났어요." 경찰이
나이트를 심문하고 야영지를 해체하는 과정을 죽 지켜본 파인 트리

직원 스티브 트레드웰이 말했다.

"하지만 그에게선 산뜻한 냄새가 났어요. 그는 숲에서 살지
않았어요. 그가 한 이야기는 냄새 테스트를 통과하지 못했습니다.
문자 그대로요."

노스 폰드에서 여름을 나는 주민 수십 명은 나이트에 대한 각자의
의견을 내놓았다. 80퍼센트가량은 그가 거짓말을 하고 있다고
주장했다. 압도적인 다수는 나이트에게 직접 물어보는 수밖에
없다고 했다. 그는 정말로 숲속에서 홀로 27년을 보냈을까?

아니면 도움을 받거나, 오두막에서 겨울을 나거나, 하다못해
누군가의 욕실을 사용했을까?

질문을 받은 나이트는 약간 화를 내면서 단호하게 말했다. 도피
생활을 하던 초기에 어떤 집에서 딱 한 번 지냈던 것 외에는
실내에서 잠을 잔 적이 없었다고.

"다른 이의 도움은 전혀 받지 않았어요, 한 번도요."

그는 가족과 연락하고 지내지 않았고, 샤워를 하거나 침대에서
토막잠을 자거나 누군가의 소파에 느긋하게 앉아 있었던 적이
없었다. 1분도. 사반세기 만에 처음으로 화장실을 실제로 사용한
것은 케네벡 카운티 교도소에서였다. 경찰차 뒷자리에 타고
교도소로 호송될 때가 브랫을 버린 뒤로 자동차를 처음 탄 것이었다.

"나는 도둑이에요. 공포심을 조장했죠. 사람들은 화를 낼 권리가 있어요. 하지만 거짓말은 안 했습니다."

나이트가 전적으로 솔직한, 사실상 거짓말을 할 줄 모르는 사람처럼 보였다는 의견을 낸 사람들도 몇몇 있었다. 다이앤 밴스는 주 경찰관으로서 대부분 하는 일이 사람들의 거짓말을 자세히 살펴보는 것이라고 말했다. 그런데 나이트의 경우에는 아무런 의심이 들지 않았다.

"명백히 그를 믿어요." 그녀가 말했다. 휴스 경사도 똑같은 마음이었다.

"그가 내내 밖에서 살았다는 걸 전혀 의심하지 않습니다."

나이트가 숲을 떠나서 저녁을 보낸 적이 있다는 것을 증명하는 확실한 증거 역시 전혀 없었다. 그가 인정한 한 번을 제외하고는. 그의 시인은 그 자체로 정확한 정직함의 표시였다. 나이트는 세균에 노출되지 않았기 때문에 의학적 진료를 받을 필요가 없었다고 했다. 음식물은 플라스틱 상자 안에 넣어 밀봉했고, 거의 항상 야영지에 머물렀다. 대체로 몸집이 큰 동물들은 사람이 있으면 접근하지 않는다.

기나긴 겨울이 지나고 체포될 당시 깨끗한 옷은 딱 한 벌밖에 남아 있지 않았다. 사실 그날은 빨래를 하려고 한 날이었다. 추운 데서도

그는 스펀지 목욕젖은 스펀지로 씻는 간단한 목욕으로 몸을 청결하게
유지했다. 스펀지를 훔칠 수 있는 경우에는 가급적 커다란 노란색
세차용 스펀지를 더 선호했다. 샤워젤과 데오도란트도 자주
챙겨왔다. 말을 아주 잘할 수 있었던 이유는 쓰지 않은 성대가
약해져서 죽지 않기도 했고, 복잡한 문장은 입이 아니라 뇌에서
나오는 것인데, 그의 경우 비록 특이한 방식이긴 해도 뇌가 충분히
잘 작동되었기 때문이다. 나이트가家 사람들이 근처에 사는지는
전혀 몰랐고, 어쨌든 그들과는 관련성이 없었다. 나이트는 메인 주
중부에선 흔한 성姓이다.

그는 최악의 얼음폭풍이 더 많이 왔으면 했다.

"얼음은 거의 액체예요. 혹독한 추위, 살인적인 추위가 닥치면 물이
귀해지죠. 그 얼음폭풍이 왔을 때 영하 28도였어요. 운전 중인
차 안에 있었다면 상황이 심각했겠죠. 하지만 나에게는 새로운
경험이었어요. 실제로 도움이 됐습니다. 눈 위에 두꺼운 얼음 층이
생겨서 흔적을 남기지 않고 돌아다닐 수 있었으니까요."

나이트의 이야기가 의심의 여지없이 진실이라는 얘기를 듣고도
노스 폰드 주민들은 대부분 생각을 바꾸지 않았다. 나이트가 괴상한
사기를 치고 있다고, 그를 믿는 사람들은 하나같이 그의 덫에 빠진
거라고 확신했다. 이들은 나이트의 이야기를 가볍게 무시했다.
악의에 차서 거부했다. 몇몇 사람들은 물건을 도둑맞은 것보다

나이트의 말을 믿는 사람이 있다는 사실에 더 화가 난 것 같았다. 이들은 나이트를 이해할 수 없었다. 마치 그가 두 팔을 퍼덕이며 날 수 있다고 주장하는 것이나 다름없었다. 나이트의 이야기는 진실인 동시에 믿기 힘든, 불안한 합병 상태였다.

지역민들은 난처했다. 나이트의 위업은 당연하게 느끼는 모든 것에 위배되고, 입때껏 배운 거의 모든 것과 상반되기 때문이다. 『성경』「창세기」2장을 보면 신은 아담이 혼자 있는 것을 첫 번째로 못마땅하게 여겼다.

"주 하나님께서 말씀하셨다. 사람이 혼자인 것은 좋지 못하니라."

사실상 독실한 기독교도인 은자가 더 이상 없는—1700년대 이후로 없었다—한 가지 이유는 은자들이 교회를 두렵게 만들었기 때문이다. 은둔자들은 삶과 죽음, 신에 대해 깊이 생각하는, 감독당하지 않는 사상가들이었다. 몸에 밴 시간표와 기계적 암기에 따라 움직이는 교회는 많은 은둔자의 생각을 인정하지 않았다. 13세기 이탈리아의 사제 아퀴나스는 은둔자들이 복종과 안정을 파괴할 수 있으니 규율과 판에 박힌 일상에 복종하는 수도원 안에 머물게 하는 편이 낫다고 말했다.

1968년에 사망한 미국 트라피스트회 수도사 토머스 머튼Thomas Merton은 "은자는 필연적으로 자신이 하고 싶은 것을 하는 사람이다"라고 했다.

"사실 달리 할 게 없다. 은자의 소명이 위험한 동시에 멸시받는
이유가 바로 여기에 있다."

나는 오두막 주인들 ─ 나중에는 다른 많은 사람들 ─ 에게 가장
오랫동안 인간적 교류 없이 보낸 기간을 추산해달라고 요청했다.
인간적 교류가 없다는 것은 사람을 보지 않는 것 또는 전화, 이메일,
문자 메시지 등 어떤 식으로든 소통하지 않는 것을 의미한다. 접촉
없이 그저 혼자 보낸 시간이다. 혼자 책을 읽거나 라디오를 듣거나
텔레비전을 시청하는 것도 괜찮다.

대개 아무 말 없이 잠시 생각에 잠겼던 사람들은 십중팔구 혼자서는
단 하루도 보낸 적이 없다는 사실을 깨달았다. 일반적으로는 단지
한 줌의 깨어 있는 시간에 지나지 않았다. 나의 아버지는 73년을
사는 동안 열두 시간도 홀로 있으려고 하지 않았다. 나는 사흘 동안
혼자서 황야 여행을 한 적이 있었다. 하지만 도보 여행자 두 명을
마주쳐서 멈춰 선 채로 이야기를 나눈 바람에 내 기록은 약 48시간이
최고다. 내가 아는 뛰어난 탐험가 몇 명은 일주일이었다. 한 달을
채운 사람을 만나기는 힘들어 보인다.

홀로 수많은 나날을 보낸 크리스 나이트는 불가해한
아웃라이어outlier: '밖에서 사는 사람'이라는 뜻과 함께 '큰 성공을 거둔 탁월한

사람'이라는 뜻도 있다였다. 그의 위업은 다른 모든 이의 육체적 또는 정신적 한계를 훨씬 넘어서는 것이어서 가능성에 대한 우리의 생각을 바꿔놓는다. 정말로 나이트는 밖에서 그 모든 겨울을 났다. 추위 속에서 그가 했던 일은 평범한 동시에 심오했다.

나이트는 고통스러웠다. 프로판 가스와 음식이 바닥나면 '춥고 추우며 정말 추운' 상태가 되기 일쑤였다. 이런 추위를 두고 보통 '정신이 마비될 만큼의 추위'라고들 하지만 그는 항상 느끼고 자각했다. 나이트는 그런 상태를 '육체적·정서적·심리적 고통'이라고 불렀다. 체지방은 안에서부터 소모되었고, 위장이 애원을 했다. 그는 죽음이 머지않음을 느꼈다. 하지만 불을 피우거나 추적의 단서가 될 발자국을 남기길 거부했다.

상황이 끔찍한 시점이 지나가면 라디오로 일기예보를 들으면서 눈보라가 다가오기를 기다렸다. 나이트가 절대로 건드리지 않은, 1년 내내 사람이 상주하는 몇 가구를 제외하면 겨울에는 그 지역에 인적이 거의 끊긴다. 그는 음식물이 있을 가능성이 있는 오두막이 어디인지 잘 알았다. 마지막 남은 힘을 끌어모아 숲속을 묵묵히 걷고, 꽁꽁 언 호수를 가로질러 갔다. 점찍어둔 오두막을 습격한 뒤 눈송이가 흔적을 지우며 내리기 시작할 때 돌아왔다.

언제나 아무 감정 없는 중립 상태를 유지할 수 있었던 건 아니다. 이따금 아주 사소한 일이 감정을 숨겨둔 깊은 곳으로 한발 한발

파고들기도 했다. 한번은 눈보라가 치는 날 라디오를 듣고 있는데
학교 휴교령이 발표되었다. 그가 다닌 고등학교 이름이 나왔다.
라디오에 잠깐 언급된 그 이름 때문에 옛 기억이 물밀듯이 밀려왔다.
나이트는 우울감으로 가슴이 뻐근해지는 느낌이 들었다. 인생이
어쩌다 이렇게 됐을까?

가끔 가족이 그리웠다.

"어느 정도 가족에 대한 그리움은 있었어요. 좀 더 미묘하게요."

그도 인정했다. 오랫동안 그의 머릿속에 가족은 존재하지 않았다.
그러다가도 한 가지 기억이 떠오르면 가족들이 되살아났다. 여동생
수재너가 가장 보고 싶었다. 수재너는 나이트와 나이 차이가 가장
적게 나는, 한 살 어린 동생이고 다운증후군을 앓았다.

"유년기의 대부분을 함께 보낸 아이예요."

울었던 적도 있다고 했지만 더 자세한 이야기는 하지 않았다. 특히
처음 10년 동안은 은둔 생활을 끝내는 것과 관련된 생각들이 한
번씩 툭툭 치고 올라왔다. 나이트는 언제든지 실행할 수 있는 장치를
마련해놓았다. 그는 텐트 안에 호루라기를 두었다. 너무 약해져서
움직일 수 없게 되었을 때 계속해서 호루라기를 연속 세 번 불면
호수를 가로질러 고막을 때리는 호루라기 소리가 전해질 테고 결국
도움의 손길이 찾아오리라는 걸 알았다.

하지만 얼마 뒤 나이트는 호루라기를 사용하지 않기로 다짐했다. 제 발로 숲에서 나가지는 않을 거라고 단단히 결심했다. 문명사회가 3분 거리에 있었지만 도둑질할 때를 빼곤 절대로 가지 않았다.

"나는 그곳에서 죽을 준비가 되어 있었습니다."

고요와 고독 사이,
그 어디쯤

수많은 시인이 고독을 노래한다. 알렉산더 포프는 "부디 남의 눈에
띄지 않고, 알려지지도 않은 채 살게 해주소서"알렉산더 포프의 시
「평온한 삶The Quiet Life」의 일부라고 갈망했다. 하지만 고독을 저주하는
사람들이 훨씬 더 많다. 일반적으로 더없는 행복과 고통의 차이는
선택된 고독인가, 원치 않는 고독인가의 차이인 듯하다. 강제적인
격리는 가장 오래된 것으로 알려진 벌罰이다. 추방은 로마 제국
시기에 널리 사용된 형벌이었다기원후 8년, 시인 오비디우스는 음란한 시를
썼다는 이유로 로마에서 추방당했다. 수백 년 동안 공해상에서 이뤄진 엄한
처벌은 섬 같은 곳에 고립시키는 것이었는데, 문제가 된 선원을
무인도에 두는 것이다. 『성경』, 럼주 한 병과 함께. 대부분 그 뒤로

소식이 끊긴다. 심지어 지금도 여호와의 증인이 교리를 어겨서
제명되면 모든 신도는 그 죄인과 이야기하는 것이 금지된다.

미국의 형벌 제도에서 치명적이지는 않지만 가장 심한 처벌은 독방
감금이다. 독방은 '혼자 독차지하는 지옥'이다. 살인죄로 루이지애나
주 교도소에서 복역 중인 로버트 스타크의 말이다. 스타크는
독방에서 몇 년째 지내고 있다. 토머스 실버스타인은 1983년
교도관을 살해한 죄로 그때부터 — 교도소 폭동이 일어난 일주일을
제외하고 — 콘크리트와 강철 상자 안에 홀로 갇혀 있다. 그는 한
번도 다정한 손길을 느끼지 못했다. 실버스타인은 마치 '평생 산
채로 묻힌' 기분이라고 했다.

25년 가까이 창문도 없는 최고 보안 수준 감방에 격리됐던 토드
애시커는 자신의 상황을 '계속 이어지는 소리 없는 비명'이라고
표현했다. 캘리포니아 교도소 독방에서 거의 14년을 보낸 존
카탄저라이트는 미쳐가기 시작하자 기뻤다고 말했다. 현실의
공포에서 석방될지도 몰랐기 때문이다.

독방에 감금된 상태로 열흘이 지나면 많은 죄수들이 뚜렷한 정신적
피해 징후들을 보인다. 한 연구에 따르면 3분의 1가량이 결국
실제적인 정신병으로 발전하게 된다. 미국에는 이 같은 수감자가
최소 8만 명에 이른다. 국제연합은 사람을 15일 이상 격리 상태로
두는 것은 잔인하고 비인간적인 처벌이라고 밝혔다.

존 매케인John McCain 은 "독방은 끔찍하다"고 했다. 매케인은 미국
상원의원이 되기 전 베트남에서 5년 넘게 전쟁포로로 잡혀 있었는데
그중 2년은 홀로 있었다. 그는 "영혼을 으스러뜨린다. 절망의 시작은
즉각적이다"라고도 했다. 버지니아대학교에서 실시한 연구에 따르면
남성의 대다수, 여성의 25퍼센트는 15분간 아무것도 안 하고 조용히
생각하면서 앉아 있느니, 차라리 약한 전기 충격을 받겠다고 했다.
이 연구의 설계자들은 만약 훈련된 명상가가 아니라면 "마음은 그
자체로 혼자 있는 걸 좋아하지 않는다"는 결론을 내렸다. 1985년
레바논에서 납치되어 6년 넘게 거의 홀로 감금되었던 테리 앤더슨은
"말동무가 아예 없는 것보다 차라리 최악의 말동무라도 있는 게
낫다"고 했다.

많은 진화 생물학자들은 초기 인류가 다른 동물들보다 더 약하고 더
느린데도 번성할 수 있었던 주된 이유는 함께 일하는 우월한 능력이
있기 때문이라고 믿고 있다. 인간의 뇌는 관계를 맺도록 연결되어
있다. 자기 공명 영상을 보면 무리에서 소외당하거나 운동장에서
가장 나중에 뽑히는 등의 사회적 고통에 직면할 때도 신체적 고통을
느낄 때와 동일한 신경 회로가 활성화된다.

위스콘신대학교 심리학 교수인 해리 할로Harry Harlow 는 1950년대에
일련의 실험을 시작했다. 새끼 붉은털원숭이가 3개월이라는
짧은 기간에 다른 원숭이들과 격리됐을 때 평생 지속되는 행동

능력 손상을 입을 수도 있다는 결과를 보여주는 연구였다.
구舊유고슬라비아에 있던 전쟁 포로들의 뇌 스캔은 지속적이고
일관된 사회적 상호작용이 없으면 뇌가 정신적 외상을 초래하는
쇼크를 일으킬 정도로 손상될 수 있다는 사실을 보여준다. 존
매케인은 포로로 잡힐 당시 양팔과 한쪽 다리가 부러진 상태였고
나중에는 만성 이질까지 걸렸지만, 외로움으로 인한 고통이 더
심했다고 토로하기도 했다.

인간의 타고난, 그리고 환경적으로 유도된 사교성이 맨 처음 뇌가
그렇게 크게 자라도록 만들었을지도 모른다. 사회신경과학자 존
카치오포는 "사회적 신호를 읽고 해석하는 것은 어느 누구에게라도,
언제라도 요구되는 것이 많고 인지적으로 복잡한 활동이다"라고
했다. 끊임없이 바뀌는 적군과 아군의 지위를 알아봐야 할 필요성,
당장 자기 이익이 없어도 집단의 진보를 위해 행동해야 할 필요성,
설득하고 회유하고 속이는 법을 이해해야 할 필요성이 아마도
대뇌피질을 확장시켰고, 결국 인간의 우월함을 가능케 했다.

더 나아가서 진화는 사람들 틈에 있을 때 즐거움과 안전감을
강화하고, 혼자 있을 때 불안과 공포를 강화하는 유전자를 선택했다.
원치 않는 고독은 사람을 병들게 한다. 사회적 격리는 질병과 요절의
위험 인자인 고혈압, 비만, 흡연만큼이나 해롭다. 카치오포에 따르면
"인간의 행복에는 관계가 필요하다. 뇌와 신체는 홀로 고립된 상태가

아니라 모두 합쳐진 집합체로서 기능하게끔 설계되어 있다."

관계성과 협력은 인간을 초월한다. 이러한 특성들은 가장 오래된 생명체에까지 미친다. 많은 동물들이 무리의 유대와 사회적 선善을 위해 극도로 헌신한다. 벌 떼, 양 떼, 소 떼, 돼지 떼, 물고기 떼, 거위 떼, 원숭이 떼, 이리떼, 새 떼가 있다. 외로운 늑대, 혼자서 잘 지내는 유인원, 심지어 은둔자 같은 말벌도 있지만 이는 일반적인 동물왕국의 규칙에서 예외적인 경우다. 살모넬라균은 신호로 숙주를 집단 공격할 적당한 때를 결정하는 분자들을 분비하면서 공동 작업을 한다. 인간의 아기는 8개월 정도 되면 이미 타인에 대한 애착이 형성된다. 오직 나이트와 역사 속 동료 은자들만이 혼란을 초래하는 변칙적인 사례다.

체포와 투옥 이후 나이트는 독방 감금을 간절히 바랐다.

"나만의 감방에 대한 희망, 소망, 환상이 있어요." 그는 「편지」에 이렇게 썼다.

"이런 생각을 하는 것은 처벌로 간주되겠죠. 우스운 일이에요." 하지만 크게 웃지는 않았다. 나이트는 언제나 꼭 속으로 조용히 웃었다. 그는 머릿속 생각으로 즐거워하면서 감옥에서 웃는 모습이 정신박약의 증거로 보일까봐 걱정했다. 감옥에 있는 처음 몇 달 동안은 감방동료가 한 명 있었지만 말을 거의 주고받지 않았다.

마침내 독방으로 옮겨갔을 때 그는 무척 안도했다.

격리는 위대함의 원료다. 하지만 혼자 있는 것은 건강에 해롭다. 물론 천재성과 정신이상은 종종 같은 울타리를 공유하지만, 격리만큼 180도 다른 결과를 초래하는 상태는 드물다. 때로는 자발적인 고독도 한 인간을 울타리의 나쁜 쪽으로 보내버릴 수 있다.

1988년 베로니크 르 겐Véronique Le Guen이라는 동굴 탐험가는 극단적인 실험에 자원했다. 프랑스 남부에 있는 큰 지하 동굴에서 시계 없이 111일 동안 혼자 지내는 실험이었다. 과학자들이 그 모습을 관찰했는데, 시간에 대한 단서가 없는 상태에서 인간의 자연적인 신체리듬을 연구할 목적이었다. 30시간은 깨어 있고 20시간은 자는 패턴이 한동안 유지되었다. 르 겐은 스스로 "심리적으로 완전히 궤도를 이탈한 상태, 그러니까 나의 가치가 무엇인지, 인생에서 나의 목적이 무엇인지 더 이상 알지 못하는 상태가 되었다"고 표현했다.

르 겐의 남편이 나중에 언급한 바에 따르면, 다시 사회로 복귀했을 때 그녀는 완벽하게 표현할 수는 없지만 내면에 공허함이 생긴 듯했다. 르 겐은 "동굴 안에 혼자 있는 동안 나는 나 자신의 판사가 되었다. 인간은 자기 자신의 가장 엄격한 판사다. 절대 거짓말을 해서는 안 되며, 만일 그랬다가는 모든 걸 잃게 된다. 동굴 밖으로 나왔을 때 느낀 가장 강한 감정은 살면서 결코 거짓말을 견디지 못하리라는 것이었다"고 했다. 1년 남짓한 시간이 흐른 뒤 르 겐은 파리에서 바르비투르산염 진정제, 최면제을 과다 복용한 채 자신의 차 안에 누웠다. 그녀는 서른셋에 자살했다.

"그 실험에 수반된 위험은 반쯤 미치게 된다는 겁니다." 전하는 바에 따르면 르 겐은 죽기 이틀 전에 한 라디오 프로그램에서 이렇게 말했다고 한다.

최초의 단독 세계일주 요트 경주인 골든 글로브Golden Globe는 1968년에 시작됐다. 프랑스의 베르나르 무아테시에르Bernard Moitessier는 우승의 길로 가던 도중에 자신이 배 위에 홀로 있는 것을 너무나도 좋아하고 왁자지껄한 사회로 돌아가는 것을 몹시 두려워한다는 사실을 깨달았다. 그는 7개월 뒤 경주를 중단하고 항해를 계속해서 지구 두 바퀴를 거의 완전히 돌았다. 어떤 시합보다도 훨씬 더 큰 의미를 발견한 개인적 승리를 이뤄내면서 말이다. 무아테시에르는 "나는 자유롭다. 전에 없이 자유롭다"고 했다.

반면 골든 글로브의 또 다른 참가자인 영국의 도널드 크로허스트Donald Crowhurst는 점점 더 외롭고 우울해졌다. 항해 진척 상황에 대해 잘못된 허위 보고를 무전으로 보내기 시작했고, 결국에는 자신의 오두막에 틀어박혀서 환각을 불러일으키는 장황한 논문을 썼다. 너무 지나치게 열중한 나머지 다시는 몸이 회복되지 못했다.

"다 끝났다. 다 끝났다. 다행이다." 크로허스트가 마지막으로 쓴 글의
일부다.

망망대해에서 받은 똑같은 고독이 무아테시에르에게는 황홀경을
선사했지만 크로허스트의 경우에는 정신이 나가게 만들었다.
나이트의 내면에는 두 항해사가 다 있는 것 같았다. 어두운 면과
밝은 면, 겨울의 음과 여름의 양. 그는 '고통과 기쁨'이라고 했다.
둘 다 필수이며, 인간은 어느 하나만으로 존재할 수 없다고 믿었다.
2001년 한 해 동안 파타고니아에 있는 한 섬에서 홀로 살았던
로버트 컬Robert Kull 은 "고통은 삶의 아주 깊은 부분이다. 너무
힘들게 고통을 피하려고 애쓰면 결국 인생 전체를 피하게 된다"고
했다. 『도덕경』에는 이런 구절이 나온다.

"행복은 고통 안에 있다."

"인간은 가끔 유별나게, 열렬히 고통과 사랑에 빠지기도 한다.
고통은 하나뿐인 의식의 근원이다." 도스토옙스키의 『지하로부터의
수기』에 나오는 문장이다.

나이트의 행동이 분열성인격장애의 특징을 보인다고 했던
하버드대학교의 심리학 교수 질 훌리는 고통을 숲에 계속 머물기
위해 나이트가 치른 대가로 봤다. 나이트는 추위와 배고픔, 무단

침입을 할 때마다 느낀 두려움, 자신이 하는 짓이 나쁘다는 걸 아는 데서 오는 죄책감으로 고통받았다. 그의 실존은 겨울 내내 위협받았다. 홀리는 "믿을 수 없을 정도로 엄청난 대가였다. 하지만 분명히 그는 그 대가를 기꺼이 치렀다"고 했다. 아무리 극심해도 고통이 대안, 즉 사회로 돌아가는 것보다는 나았다. 홀리는 세상에서 분리된 결과, 나이트가 어느 정도 심리적으로 엄청난 혜택을 받은 게 틀림없다고 결론 내렸다.

나이트는 숲에서 겪은 가장 소중하고 강렬한 경험 중 대다수는 가장 끔찍한 경험에 가까웠다고 말했다. 엄동설한에는 나뭇잎이 바스락거리는 소리도 없고, 촛불이 바람에 휙휙 움직이지도 않고, 벌레나 새도 없다. 숲은 극한의 적막 속에 갇힌다. 그가 바라고 바라던 것이다.

"숲에서 지낸 생활 가운데 가장 그리운 것은 고요와 고독 사이, 그 어디쯤에 있는 상태예요. 가장 그리운 건 정적이에요"라고 나이트는 말했다. 숲은 꽁꽁 얼어붙고 동물들은 구덩이 속에 들어간 자연 그대로의 오염되지 않은 상태에 이르려면 죽음의 문턱까지 가야 했다.

메인 주의 주조州鳥인 박새의 노랫소리가 들릴 때에야 얼마 안 있어 겨울이 꽉 잡았던 손을 느슨하게 풀게 되리라는 걸, '끝이 가까이 왔다'는 걸 알았다. 나이트는 이런 느낌이 중요하다면서 이를 축하행사라고 불렀다. 나무 사이에서 일제히 큰소리로 재잘거리는 울음소리, 헐벗은 나뭇가지에서 자기 이름을 부르며 검은 머리를 깐닥거리는 작은 새들, 소리 없는 고통이 끝나가는 소리, 생존의 소리. 몸에 지방이 조금이라도 남아 있으면 뿌듯했다. 하지만 대개의 경우 그렇지 못했다.

"혹독한 겨울이 지난 뒤에는 내가 살아 있다는 생각뿐이었어요."

22

누구도 아닌 동시에
모든 사람이 되다

눈이 녹고, 꽃이 피고, 곤충들이 윙윙거리고, 사슴이 새끼를 낳았다. 몇 년이 지났다, 아니 몇 분.

"시간관념을 잃었어요." 나이트가 말했다.

"연도는 의미가 없었어요. 시간을 계절과 달로 쟀습니다. 달은 분침, 계절은 시침이었어요."

찢어질 듯한 천둥소리가 들리고, 오리들이 푸드덕 날고, 다람쥐들이 모이고, 눈이 내렸다.

그렇게 어마어마한 시간을 혼자 보내는 게 어떤 기분인지 정확히 설명할 수 없다고 나이트는 말했다. 침묵은 말로 번역되지 않는다.

말로 옮기려고 애쓰면 바보처럼 보일까봐, "훨씬 더 나쁘게는, 가짜 지혜나 되지도 않은 선문답을 줄줄 읊어댄다"는 인상을 줄까봐 그는 두려웠다. 트라피스트회 수도사 토머스 머튼은 고독에 대한 어떤 표현도 "바람이 소나무에게 이미 했던 말보다 더 잘 말할 수는 없다"고 했다.

나이트는 숲에서 일어난 일은 설명하기 어렵다고 주장하면서도 가짜 지혜와 선문답에 대한 두려움을 한쪽으로 치워놓고 한번 시도해보겠다고 했다.

"복잡해요. 고독은 가치 있는 것이 늘어나게 합니다. 나는 생각을 떨쳐버릴 수가 없어요. 고독은 나의 지각을 키웠습니다. 그런데 이 지점에서 곤란한 일이 생깁니다. 늘어난 지각을 스스로에게 적용하니 내 정체성을 잃어버렸어요. 관객이, 공연을 보여줄 사람이 없었어요. 나 자신을 정의할 필요가 없었죠. 나는 무의미해졌습니다."

자신과 숲을 나누는 경계선이 녹아 없어진 것 같았다고 나이트는 말했다. 그의 고립은 영성체에 더 가까운 느낌이었다.

"욕구가 줄어들었어요. 간절히 바라는 게 아무것도 없었죠. 심지어 이름도 갖지 않았습니다. 낭만적으로 말하면 완벽하게 자유로웠어요."

깊은 고독에 관한 글을 남긴, 사실상 거의 모든 이들이 어느 정도

이 같은 견해를 표현했다. 혼자 있으면 시간과 경계에 대한 인식이 점점 흐려지게 된다. 라이너 마리아 릴케는 "은자가 된 사람에게는 모든 거리, 모든 기준이 바뀐다"고 했다. 초기 기독교의 금욕주의자, 스님, 선험론자와 주술사, 러시아의 스타레츠 러시아정교의 영성 지도자와 일본의 히지리 '성聖, ひじり', 즉 '성인'이라는 뜻으로 높은 깨우침을 얻은 큰스님을 지칭, 단독 모험가, 비전 퀘스트vision quests: '꿈을 요청하는 외침'을 뜻하는 북아메리카원주민의 통과의례로 산 정상에서 며칠 동안 명상을 통한 침묵을 통해 자아성찰을 하고 비전을 발견하는 체험를 하는 아메리카원주민과 이누이트도 이러한 감각에 대해 설명한 바 있다.

에머슨은 『자연Nature』에서 "안구가 투명해졌다. 나는 아무것도 아니다. 하지만 나는 모든 걸 본다"고 했다. 바이런 경은 '무한한 느낌'이라 했고, 잭 케루악은 『폐허의 천사들Desolation Angels』에서 '무한성이라는 하나의 마음'이라고 했다. 사하라 사막에서 15년을 살았던 프랑스의 가톨릭 사제 샤를 드 푸코Charles de Foucauld는 고독 속에서 "영혼의 작은 집을 완전히 비운다"고 했다. 머튼은 "진정한 은자는 자기 자신을 찾는 게 아니라 자기 자신을 잃는다"고 했다.

이러한 자아의 상실은 정확히 나이트가 숲에서 경험한 것이었다. 인간은 남들 앞에선 언제나 세상에 내보이는 사회적 가면을 쓴다. 심지어 혼자 거울을 들여다볼 때도 연기를 한다. 이는 나이트가 야영지에 거울을 두지 않은 이유이기도 했다. 그는 모든 기교를 놓아버리고 누구도 아닌 동시에 모든 사람이 되었다.

아쉬움의 땅인 과거와 동경의 장소인 미래는 증발해버린 듯했다.
대체로 나이트는 그저 끊임없이 계속되는 지금 현재에 존재했다.
숲에서 그가 했던 일을 사람들이 이해하지 못해도 개의치 않았다.
사람들을 이해시키려고 그런 행동을 한 게 아니었다. 정당함을
보여주려고 애쓰지도 않았다. 아무 소용없으니.

"그냥 거기 있는 겁니다. 정말로 있는 거예요."

런던 근교에서 다이앤 페리Diane Perry 로 태어난 텐진 팔모Tenzin
Palmo 는 티베트불교 여승이 된 두 번째 서양인 여성이었다. 여전히
불교에서는 오랜 칩거를 권장하고, 현재의 달라이 라마 역시 은둔
생활을 「영적 수행의 최고 형태」라는 글을 썼다. 팔모는 고독에
대단히 마음이 끌렸고, 그리하여 1976년 33세가 되던 해에 인도
북부 히말라야산맥에 있는 어느 외딴 동굴로 들어갔다. 하루 한
끼 — 물자들이 이따금 전달되었다 — 를 먹고, 대부분의 시간을
명상으로 보내면서 고산 지대의 극심한 겨울을 났다. 한번은 7일간
몰아친 눈보라가 동굴 입구를 막아서 가사 상태에 놓일 뻔하기도
했다.

팔모는 동굴에 12년을 머물렀다. 한 번도 드러누운 적이 없었다.
나무로 만든 작은 명상실 안에서 잠도 똑바로 앉아서 잤다. 그녀는

고독이 '세상에서 가장 쉬운 일'이라고 말했다. 다른 곳에 있고 싶다는 생각은 조금도 들지 않았다. 죽음에 대한 모든 두려움을 이겨내고 해방된 기분을 느꼈다고 주장했다. 팔모는 "더 많이 깨달으면 깨달을수록 깨달을 것이 아무것도 없다는 사실을 더욱더 깨닫게 된다. 도달해야만 하는 곳이 있고 이루어야만 하는 것이 있다는 생각은 근본적인 착각이다"라고 했다.

영국인 자연주의자 리처드 제프리스Richard Jefferies 는 짧은 생애 — 그는 1887년 38세의 나이에 결핵으로 사망했다 — 의 대부분을 영국의 숲을 홀로 걸으며 보냈다. 그가 한 생각 중 몇몇은 나이트의 생각과 아주 유사해 보인다. 제프리스는 자서전 『내 마음의 이야기 The Story of My Heart 』에서 힘든 일, 끊임없는 잡다한 일, 거듭되는 판에 박힌 일상 가운데 하나인, 사회가 찬양하는 삶의 방식은 오직 '마음의 둘레에 벽을 쌓는 것'이라고 했다. 제프리스는 인간의 전체적인 삶은 끝이 없는 작은 원 안에서 헛되이 움직이는 것이며, 인간은 하나같이 '땅에 박힌 철 핀에 사슬로 묶인 말' 같다고 했다. 그는 가장 적게 일하는 사람이 가장 부유한 사람이라고 믿었다. "무위는 아주 좋다"고 했다.

나이트와 마찬가지로 제프리스에게도 홀로 있고자 하는 욕구는 거부할 수 없는 강한 끌림이었다.

"나의 마음은 다른 것들을 떠나서 자기만의 고유한 인생을 살 것을 요구했다"고 했다. 그는 고독 속에서 '신보다 더 높이, 기도보다 더 깊이' 갈 수 있게 해주는 생각들을 곱씹어볼 수 있었다고 했다. 홀로 서는 것보다 더 위대한 것은 없었다.

"땅과 공기가 있는 데서, 우주의 엄청난 힘이 있는 데서, 머리에는 아무것도 안 쓴 채 태양 앞에 홀로 서는 것."

하지만 격리는 양날의 검이다. 다른 이들, 즉 홀로 있기를 선택하지 않은 이들—죄수와 인질—은 사회적인 정체성의 상실로 인해 공포를 느끼고, 광기 속으로 빠져들 수 있다. 심리학자들은 자아에 대한 이해의 상실을 두고 '존재론적 불안'이라고 한다. 에드워드 애비 Edward Abbey 는 유타 주 아치스국립천연기념물 Arches National Monument, 현재는 국립공원 공원관리원으로 2년 동안 근무했던 경험을 연대순으로 기록한 『태양이 머무는 곳, 아치스』에서 오랫동안 홀로 있으면서 자연 세계에 온전히 맞추는 것은 "모든 인간적인 것을 위태롭게 한다는 의미다"라고 했다. 이것을 두려워하는 사람은 흥분되고 격렬할 수 있는 고독을 차례차례 경험하기보다 사회적 격리의 고통, 외로움만 느낄 뿐이다.

"나는 결코 외롭지 않았어요." 나이트가 말했다. 그는 다른 사람들의 부재보다 자기 존재의 완전성에 집중했다. 의식적인 사고는 이따금 위로하는 내면의 콧노래로 대체되기도 했다.

"일단 고독을 한번 맛보면 혼자 있는 것을 알아차리지 못할 겁니다." 그가 말했다.

"고독을 좋아한다면 절대 혼자가 아니에요. 이해가 되나요? 아니면 내가 또 선문답 같은 걸 하고 있나요?"

고독을 어느 정도 실증적으로 이해하려는 시도가 있었다. 뉴욕대학교의 한 인지신경과학자가 스무 명이 넘는 남녀 승려를 자기공명영상 장치 안에 들어가게 한 다음 이들이 명상하는 동안 뇌로 가는 혈류를 추적했다. 다른 신경과학자들도 유사한 연구를 실시했다. 아직 예비단계이기는 하나 연구 결과를 보면, 의식적으로 선택한 침묵을 경험할 때 수면 상태와는 달리 인간의 뇌가 둔화되지 않는다는 것만은 분명한 듯하다. 뇌는 변함없이 활성화된 상태다. 뇌가 기능하는 위치가 달라질 뿐이다.

언어 능력과 청각은 뇌의 가장 바깥쪽을 포장지처럼 2밀리미터 두께로 감싸고 있는, 주름이 접힌 회색 물질인 대뇌피질 안에 자리 잡고 있다. 사람이 독서조차 하지 않는 침묵을 경험하면 일반적으로 대뇌피질은 쉬게 되는데, 그때 더 깊은 곳에 있고 더 오래된 뇌 구조—피질하부 영역—가 활성화되는 것으로 보인다. 바쁘고 소란스럽게 사는 사람들은 이 영역에 거의 접근하지 못한다. 침묵이 소리의 반대가 아닌 것은 분명한 것 같다. 침묵은 문자 그대로 더 깊은 수준의 사고와 자아의 기반을 찾는 여정을 제공하는 완전히 또 나이트의 행동은 데이비드 소로와 비슷했다. 사실 나이트가 역사 속에서 대부분의 은둔자는 은둔한 상태에서 나이를 먹지 않았다. 반면 나이트는 스무 살에 사라진 뒤 가르침을 다시 받은 적이 없었다. 그는 아주 작은 자신만의 왕국의 왕이자 문지기였다.

다른 세계다.

교도소 면회실에서 어깨가 축 처진 자세로 등받이 없는 의자에 앉아 자신의 내면 여행에 대해 이야기하는 동안 나이트는 자기성찰적인 기분 상태인 듯했다. 지혜를 나눠주는 걸 혐오하는 그가 홀로 있는 동안 알게 된 것을 기꺼이 더 이야기해줄지 궁금했다. 수천 년 동안 사람들은 이런 궁금증을 가지고 은둔자들에게 접근했다. 근본적으로 아주 다른 인생을 살아온 사람의 얘기를 듣길 바라면서. 제임스 조이스는 『젊은 예술가의 초상』에서 홀로 있는 자는 '삶의 강렬한 핵심'에 다가갈 수 있다고 했다.

은둔자들이 내놓은 대답은 대개 이해하기 어렵다. 12년 동안 동굴 안에서 조용히 살았던 것에 관한 결론을 강요받았던 텐진 팔모는 이렇게만 말했다.

"음, 지루하진 않았어요."

에머슨은 "가장 많이 생각하는 사람은 가장 적게 말할 것이다"라고 했다. 『도덕경』에는 "아는 자는 말하지 않는다. 말하는 자는 알지 못한다"는 구절이 나온다. 더글러스 애덤스의 『은하수를 여행하는 히치하이커를 위한 안내서』에 등장하는 슈퍼컴퓨터 '깊은 생각'은 750만 년 동안 문제를 푼 뒤 인생, 우주, 만물에 대한 답이 숫자 42라는 것을 밝혀냈다.

이제 내가 물어볼 차례인 것 같았다. 나는 나이트에게 야생에서 깨달은 원대한 통찰력 같은 게 있었는지 질문했다. 진지했다. 나는 심오한 진실, 혹은 적어도 겉으로 보이는 인생의 무작위성에 대한 설명을 아무리 들어도 늘 이해가 안 갔다. 나이트의 행동은 소로와 비슷했다. 사실 나이트가 소로를 경멸하는 근본적인 원인은 두 사람이 지닌 유사성 때문일 수도 있다. 소로는 『월든』에서 "인생의 모든 골수를 깊숙이, 그리고 모조리 빼먹으며 살 수 있도록, 생활을 기본 요소들로 축소했다"고 말했다.

나는 어쩌면 나이트가 이 골수에 대해 이야기할지도 모른다고 생각했다. 그는 아무 말 없이 앉아 있었다. 생각하는 중인지, 화가 나서 씩씩대는 건지, 아니면 둘 다인지 분간하기 힘들었다. 그러다 마침내 대답이 나왔다. 어떤 위대한 신비주의자가 '인생의 의미'를 막 밝히려는 순간 같은 느낌이었다.

"잠을 충분히 자야 한다는 거요."

그러고는 더 이상 말하지 않겠다는 뜻을 전달하는 의미로 입을 앙다물었다. 이것이 나이트가 얻은 깨우침이었다. 나는 진실로 받아들였다.

유일한
마주침

시간의 흐름을 자각하든 자각하지 못하든 간에 나이트는 시간 법칙의 지배를 받았다. 그는 점점 나이를 먹어갔다. 생존 기술이 절정에 이르고 효율성도 증대되었지만 쇠락해가는 운동선수 마냥 몸이 따라주지 못했다. 한동안은 프로판 가스통 두 개를 등에 지고 갈 수 있었으나 나중에는 가스통 한 개만 나를 수 있었다.

시력은 늘 걱정거리였다. 어릴 때부터 시력이 좋지 않아서 안경을 간수하는 데 집착했다.

"안경을 깨뜨리면 어떻게 될지 잘 아니까요. 조심스러움이 온몸에 배었어요." 그러고 나서 웃음기 없이 ─ 빈정댈 때 그가 선호하는 방식이다—이렇게 덧붙였다.

"바위 위에서 옆으로 재주넘기는 금지였죠."

그렇게 했는데도 팔을 뻗으면 닿는 아주 가까운 거리 너머의 세계는
점점 초점을 잃어갔다. 결국 안경도 도움이 안 되었고, 숲속에
있는 모든 것이 흐릿해졌다. 무단 침입한 집에서 안경을 볼 때마다
써보기는 했지만 더 나은 처방은 찾지 못했다. 그는 항상 눈보다
귀를 더 많이 사용했다. 그래서 잘 볼 수 없게 됐을 때도 그다지
문제가 되지는 않았다. 그는 집 안에 있었다.

"집에서 돌아다닐 때 안경이 필요해요? 아니죠. 나도 그래요."

역사 속에서 대부분의 은둔자들, 특히 일반 대중 틈에서 살아가는
세속적인 은둔자들은 은둔한 상태에서 나이를 먹지 않았다. 세상을
떠나기 위해 경험과 지혜를 축적하면서 상당히 나이가 들 때까지
기다렸다. 나이트는 스무 살에 사라진 뒤 가르침을 다시 받은 적이
없었다. 조언을 구하려고 연장자에게 의지하지도 않았다. 그는
아주 작은 자신만의 왕국의 왕이자 문지기였다. 세상이 자신에게
가르쳐줄 것은 아무것도 없다고 믿었다. 당연히 제공해주는 것도
없다고 생각했다. 그가 내린 결정은 순수하게 자기 자신의 것이었다.

그는 대학, 직업, 아내, 자녀, 친구, 휴가, 자동차, 섹스, 영화, 전화기,
컴퓨터를 희생했다. 평생 이메일을 보내본 적도, 심지어 인터넷을 본

적조차 없었다. 그에게 이정표가 될 만한 주요사건은 사소했다. 어느
순간 차茶를 커피로 바꿨다. 결국에는 록 음악보다 클래식 음악이
마음을 더 많이 달래준다는 사실을 깨달았다. 애완 버섯이 자랐다.
훔친 휴대용 게임기가 더 작아지고 더 좋아졌다. 침침한 시력으로도
숲에 둥지를 튼 흰머리독수리 한 쌍의 새끼들이 갓 부화했다는
사실을 알았다. 술을 더 많이 마시기 시작했다.

뼈가 부러진 적은 없지만 몇 번 심하게 넘어지긴 했다. 한번은 얼음
위에서 미끄러져서 왼팔을 아주 세게 부딪치는 바람에 몇 달 동안
컵을 집어 올리지도 못했다. 하지만 이것이 가장 심한 부상이었다.
야외에 살면서 양손과 손목에 생긴 흔한 멍들이 나이가 들자
예상보다 오래가는 듯했고 예전처럼 쉽게 낫지도 않았다. 충치가
생긴 치아는 늘 아팠다.

마음속으로 의문들이 슬금슬금 생겨났다. 설탕 때문에 당뇨병
환자가 된 건 아닌지 궁금했다. 암이나 심장마비의 가능성에
대해서도 생각했지만 의사에게 가는 건 고려해보지 않았다. 그는
피할 수 없는 죽음을 있는 그대로 받아들였다.

오두막 주인들이 성능 좋은 자물쇠와 보안 장치를 설치하자
도둑질이 상당히 힘들어졌다. 짧은 직장 생활 동안 다뤄본 것들보다
훨씬 복잡해졌다. 감시 카메라는 무력화하기 힘들어졌고 또 널리
퍼졌다.

도둑질의 제1원칙이 '사람이 있는 오두막에는 절대 들어가지
않는다'일 정도로 강박적으로 조심했지만, 흔한 세상의 법칙이
결국 그의 발목을 잡기 시작했다. 나중에는 스스로 '변칙'이라고
부른 것을 그도 경험했다. 아니 어쩌면 수백 번의 성공 뒤에 조금은
대충하게 됐거나 지나치게 자신만만했던 것일 수도 있다.

2012년 어느 여름날 저녁, 카일 맥더글은 가족 별장에 혼자
머무르기로 했다. 그의 집안은 대대로 노스 폰드에 땅을 소유하고
있었다. 당시 맥더글은 스무 살이었으니 은둔자 이야기를 들으며
자란 거나 다름없었다. 할아버지가 특히 은둔자 이야기를 좋아했다.
맥더글은 광섬유 회사에서 일했다. 큰 회사 트럭을 몰고 인근 지역을
돌아다녔는데, 길이 좁아 오두막에서 좀 떨어진 곳에 대형트럭을
세워두었다. 맥더글의 말에 따르면 그때가 살면서 오두막 진입로에
차를 세워두지 않았던 유일한 날이었다. 그는 오두막 위층에 있는
침낭으로 기어들어갔다.

"잠에서 깼는데 계단에서 인기척이 들리고 손전등 불빛이 보였어요."
맥더글이 기억을 떠올렸다. 큰소리로 인사말을 건넸지만 아무런
대답이 없었다. 한밤중에 가족이 나타날 리 없다는 사실을 곧바로
알아차렸다.

"나한테는 손전등이나 칼, 총이 없었어요. 위층에 꼼짝없이 갇히고
말았죠. 그때 순간적으로 떠오른 생각이 그를 겁주는 것이었어요.

그래서 소리를 질렀죠. '꺼져!' 욕도 한 바가지 퍼부었습니다. 목이
터져라 외쳤어요."

그 소리를 들은 불청객은 즉시 철수, 아니 계단에서 굴러
떨어졌던 — 맥더글은 "쿵, 쿵, 쿵, 쿵, 쿵 하더라고요"라고 했다 — 것
같다. 그러고는 오두막 밖으로 달아났다.

맥더글은 무단 침입자의 얼굴은 못 봤지만 창문 가운데 하나가
방충망 뜯겨 나간 채 벽에 기대어져 있는 게 눈에 들어왔다.

"정말로 아주 질겁했어요. 신고는 했지만 경찰이 와도 별다르게 할
일이 없었죠."

나이트는 이 사건에 대해 참담함을 느꼈다.

"누군가를 겁먹게 했다는 게 너무 싫어요. 그 생각을 하면 정말로
괴로워요."

나이트가 나이를 먹어감에 따라 노스 폰드의 인구도 점점 늘어났다.
해마다 집이 더 지어지거나 확장되었다. 가족들이 늘어나고, 숲에는
사람들이 더 많아졌다. 나이트는 흔치 않은 특이한 소리를 경계했다.
종종 도보 여행자들의 소리가 들리긴 했지만 야영지에서 아주
가깝지는 않았다. 드물지만 그가 숲을 지나가는 와중에 인기척을
느낄 때가 있는데 그럴 경우에도 쏜살같이 달려서 조용히 숨을
시간이 충분했다.

딱 한 번을 제외하고. 1990년대의 언젠가, 낮이었다. 밤에 숲을
거의 독차지하면서 걷고, 길을 따라서는 절대로 다니지 않게 되기
전이었다. 그는 사람들이 드문드문 지나다니는 길에 있었다. 굽은
곳을 돌자 아무런 사전경고도 없이 사람이 있었다. 도보 여행자의
생김새는 알 수 없었다. 그는 눈을 마주치지 않으니까. 애써 태연한
표정을 지었지만 공황 상태에 빠졌다. 상대방도 멈춰 서지 않았다.

"안녕하세요?" 나이트가 말하자 그 남자도 "안녕하세요?"라고
말했다. 그러고는 각자 가던 길을 계속 갔다.

20년이 넘는 동안 있었던 유일한 만남이었다. 그 후 어느 추운
겨울날이었다. 야영지에서 느긋하게 있는데 숲에서 한 무리의
사람들이 눈길을 지나면서 두꺼운 눈 더미에 몸이 말뚝처럼 푹푹
박히는 소리가 들렸다. 발소리는 점점 더 커지고 점점 더 가까워졌다.
나뭇가지들이 폭죽처럼 탁탁 툭툭 부러졌다. 괴로워진 나이트는
야영지 밖으로 나가서 상황을 가늠해보기로 했다. 눈에 띄지 않길
바랐지만, 누군가 우연히 자신의 집을 발견하도록 그냥 두고 볼
수만은 없었다.

조용히 열두 걸음을 옮겼다. 그리고 거기, 상쾌한 공기 속에서 숨을
헐떡이는 사람들이 있었다. 남자 셋, 3대 가족 ─ 아들, 아버지,
할아버지 ─ 이 얼음낚시를 한 뒤 행복하게 숲길을 밟으며 지나가는
중이었다. 재빨리 몸을 휙 수그렸지만 이미 늦었다고 나이트는

말했다. 그는 그들의 눈에 띄고 말았다.

"저기요!" 셋 중 한 사람이 외쳤다.

나이트는 일어섰다. 검은색 스키 모자를 쓰고, 모자 달린 운동복 상의 위에 파란색 재킷을 입고, 깔끔하게 면도를 한 상태였다. 아버지인 로저 벨라밴스가 총이 없다는 걸 보여주려고 양손을 들었다. 한 손에는 쌍안경을 꼭 쥐고 있었다. 나이트도 주머니에 넣은 양손을 빼내 무기가 없다는 것을 보여줬다.

"오로지 내 손만 사용해서 내가 해를 끼치지 않고, 위협적인 존재가 아니라는 뜻을 전달하려고 했어요. 그 사람들에게 다가가지도 않았어요."

벨라밴스 3대는 몇 마디 중얼거리면서 그를 다시 불렀지만, 나이트는 한 마디도 하지 않았다고 ─ "나는 비언어적으로 소통했어요" ─ 주장했다.

할아버지 토니 벨라밴스는 곧바로 노스 폰드의 은둔자를 만났다는 사실을 알아차렸다. 그는 그 전설을 잘 알았다. 오두막들이 털렸다는 것도 알고 있었다. 하지만 은둔자가 제대 군인이라고 생각했기에 실제로 은둔자를 맞닥뜨렸을 때 어떻게 해야 할지 아주 강한 확신을 갖고 있었다.

"그는 우리더러 자신을 혼자 있게 놔둬야 한다고 말했어요." 로저 벨라반스가 그때를 회상하며 말했다.

"누구도 해치지 않는다고 했어요. 이유가 있어서 거기 있는 거라고 하더군요. 그는 사람들을 대면하길 원치 않았어요. 아버지는 체구는 작지만 가슴은 큰 프랑스 사람입니다. 아버지는 그 사내가 신경 쓰지 않고 혼자 있어야 한다고 생각하셨어요." 아들과 아버지는 할아버지의 의견에 반대하고 싶지 않았다. 그들은 나이트가 요구한 대로 해줬다.

세 남자는 은둔자를 내버려두겠다고 다 같이 소리 내어 약속했다.

"우린 맹세했어요. 절대로 입도 뻥긋 안 하겠다고 맹세했습니다." 토니 벨라반스가 말했다.

은둔자는 고개를 끄덕였다. 그러고는 금방이라도 비치볼을 잡을 듯이 양팔을 내밀고 두 손바닥을 벌린 자세 그대로 몸을 앞으로 숙여 세 사람에게 허리 굽혀 절을 했다.

"내가 왜 그랬는지 모르겠어요." 나이트가 말했다.

"내 생각엔 고마운 마음을 전하고 싶었나봐요." 만남은 다 합해봐야 고작 2분 정도 지속되었다.

얼음낚시꾼들은 약속을 지켰다. 사실 아버지 로저는 아내에게 털어놨지만 그의 아내는 남편의 말이 진짜인지 아닌지 확신하지

못했다. 사진이나 비디오를 찍은 사람은 아무도 없었다. 로저는
나중에 다시 숲으로 가서 은둔자와 얘기해보고 싶다는 강한 충동을
몇 번이나 억눌러야 했다. 하지만 그는 나이트의 사생활을 존중했다.
세 남자는 나이트가 체포될 때까지 아무 말도 하지 않았다. 다만
로저는 나이트의 야영지를 찾고 있던 경찰한테 도움이 될 수
있을지도 모른다는 생각으로 밴스에게 그 이야기를 해줬다. 하지만
그녀는 믿지 않았다.

나이트는 얼음낚시꾼 세 명과 있었던 사건을 누구에게도 얘기하지
않았다고 했다. 그들끼리 한 약속이 여전히 효력이 있다고 여겼기
때문이다. 그 합의는, 그가 이해한 방식에 따르면 누구도 어떤 것이든
절대 말하지 않으리라는 것이었다. 하지만 카운티 교도소에서 8주
동안 이뤄진 일곱 번째 만남에서 나는 나이트에게 벨라반스가家의
세 남자가 사실은 그 사건에 대해 다른 사람에게 말한 적이 있다고
알려주었다. 그제야 나이트는 약속이 깨졌다는 걸 알았다.

"다른 약속들은요? 당신을 발견한 사람이 더 있나요?" 내가 물었다.

"아뇨, 다른 만남은 전혀 없었어요." 나이트는 맹세했다. 사람들은
몇 년 동안 그를 찾고 있었다. 누군가가 그의 야영지를 발견했다는
약간의 낌새만 있어도 눈 깜짝할 사이에 소문이 퍼졌다.

"숨기는 사람 없다고 약속해줄래요?"

"그럴게요."

얼음낚시꾼들과의 만남은 나이트가 비상 은닉처를 만들어둔 이유가
된 딱 그런 종류의 사건처럼 보였다. 그는 그 남자들이 자신을 보기
전에 야영지를 버리고 다른 곳으로 이동할 수도 있었다. 아니면
그들과 헤어지자마자 곧바로 서둘러 떠날 수도 있었다.

그는 떠나는 것에 대해 진지하게 생각했다고 말했다. 하지만 눈雪이
너무 많았다.

"이동하려면 발자국을 남길 수밖에 없었어요. 먹을 것도 거의 다
떨어졌고요. 그들이 좋은 사람들이기를 운에 맡길 수밖에 없었어요."

나이트는 처음부터 다시 시작할 생각을 하면 진이 빠지기도 했다는
점을 인정했다. 그가 더 젊었다면 거의 틀림없이 옮겨갔을 것이다.
바로 그때 '주기가 점점 짧아지고 있다'는 것을 알게 되었다고 그는
말했다.

얼음낚시꾼들을 만나고 나서 딱 두 달 뒤, 눈이 서서히 물러나고
박새들이 노래하기 시작했을 때였다. 식량이 거의 바닥난 터라
나이트는 한밤의 도둑질 습격에 나섰다. 그는 파인 트리의 식당
뒷문을 비집어 열었다. 배낭을 채운 뒤 밖으로 나간 순간, 갑작스런
불빛 때문에 앞이 안 보였다. 바닥에 엎드리라고 누군가 소리쳤다.

24

감옥에서 보낸
7개월

얼음낚시꾼들은 나이트가 감옥에 가도 싸다고 생각하지 않았다. 할아버지인 토니 벨라반스는 "나한테 100만 달러가 있었으면 120만 평, 250만 평 사서 한가운데에 그 사람을 두고 둘레에 표지판을 죽 세운 다음 그가 원하는 대로 살게 했을 겁니다"라고 말했다. 70대인 토니 벨라반스 역시 노스 폰드에 집 한 채가 있었지만 나이트가 저지른 범죄의 피해자가 된 적은 한 번도 없었다.

여태껏 가장 많은 손실로 고통 받은 파인 트리 캠프의 시설 책임자 하비 체슬리 역시 비슷한 심정이었다. 그는 "만약 현장에서 내가 그를 붙잡게 되면 풀어줘야겠다고 늘 생각했습니다"라고 말했다.

"냉동 라자냐와 콩 통조림이었어요. 세상이 뒤집힐 정도로 대단한 게 아니었단 말입니다. 부득이하게 도둑질을 할 수밖에 없었던 사람이에요. 나는 그를 존중합니다."

나이트가 생활한 야영지가 있는 사유지의 주인 리사 피츠제럴드는 낯선 사람이 수십 년 동안 자기 땅에서 살았다는 게 드러났다고 해서 '언짢거나 화를 낼 일이 전혀 아니'라고 했다. 만약 자신이 그를 발견했다면 경찰을 부르거나 그를 쫓아내는 일은 없었을 거라고도 했다.

나이트의 사연을 진실이라고 인정한 주민들은 관대한 반응을 보이는 경향이 있었다. 이들은 나이트의 위업이 상상력을 자극했다고 말했다. 노스 폰드에서 보낸 평화로운 주말이 끝나갈 때면 일을 관두고 평생 그곳에 머무는 모습을 마음속으로 그려보지 않을 수 없다. 모든 사람이 가끔은 세상에서 이탈하는 것을 꿈꾼다. 하지만 그러다가도 결국엔 차에 올라타고서 집으로 돌아간다.

나이트는 그대로 머물렀다. 맞다, 그는 자신의 탈출을 지속시키기 위해 법을 거듭 어겼다. 하지만 결코 폭력적이지 않았다. 무기를 휴대하지 않았다. 심지어 누구도 마주치기를 원하지 않았다. 그는 상습범이 아니라 강박적인 성향이 있는 내향적인 사람이다. 매우 이상한 소명을 따르면서 더욱더 완벽하게 자기 자신에게 진실했다. 대다수 사람들은 어렵게 용기를 내야 할 수 있는 일이다. 세상의 일부가 되고 싶은 욕구가 전혀 없었다.

주민 두 명은 나이트에게 계속 살 땅을 제공하겠다고 약속했다. 모금 행사를 열어 몇 년치 식료품을 구입하기에 넉넉한 돈을 줘서 훔칠 필요가 없게끔 하자고 제안한 사람들도 있었다. 즉각 교도소에서 석방되어야 하고 다시 숲으로 돌아가게 해야 한다. 그는 누구도 해치지 않았다.

물리적으로는 그랬다. 다른 지역민들은 나이트의 행동에 격분했다. 실제로 훔친 물품들은 사소할지 모르지만 그는 사람들의 마음의 평화도 앗아갔다. 안전감이 사라졌다. 몇몇 사람들은 자기 오두막에서 잠들기가 무서웠다고, 수십 년 동안 무서웠다고 말했다.

"계속 계속 계속 침범당하는 기분이었어요. 몰래 들어온 횟수를 세다가 도중에 잊어버릴 정도였어요." 남편과 함께 20년 넘게 노스 폰드에 있는 오두막을 소유한 데비 베이커가 말했다. 그녀의 두 아들은 어릴 때 은둔자를 무서워했다. 아이들은 은둔자가 나오는 악몽을 꿨다. 보안등과 데드볼트를 설치하고, 심지어 경찰관이 밤에 보초를 서기도 했지만 아무 소용이 없었다.

"나는 그 남자가 우리에게 한 짓을 증오해요." 베이커가 말했다.

자주 목표물이 되었던 오두막 주인 마사 패터슨은 어머니한테 물려받은 은銀 식기류 일부와 오랫동안 아끼던 손으로 한 땀 한 땀 만든 조각보 두 장을 나이트가 훔쳐갔지만, 실질적인 피해는 그보다 더 컸다고 말했다. 패터슨이 오두막에 바란 건 오직 일상의 압박감에서 벗어날 수 있는 장소가 되는 것뿐이었다. 그런데 나이트는 이를 허락하지 않았다.

"창문을 열어놓고 있을 수가 없었어요. 걱정 없이 호숫가에 앉아 있을 수도 없었다고요. 그는 내 작은 천국을 깡그리 훔쳐갔어요."

수십 차례의 불법침입 피해자인 메리 힝클리는 이렇게 말했다. "음식이 필요하다고 하면 줬을 거예요. 그냥 부탁하면 될 일이에요. 그런데 우리는 침범당했어요, 완전히 침범당했다고요. 손자들이 오면 밤에 그 사람이 올까봐 늘 무서웠어요. 나는 그 사람을 경멸합니다. 이런 감정을 느끼는 게 부끄럽지만 내 진심은 그래요. 살면서 제일 괴로웠던 경험이에요."

만약 나이트가 정말로 숲에서 살고 싶었다면 공유지에서, 먹을거리를 구하기 위해 사냥과 낚시를 하면서 살아야 했다고 많은 사람들이 말했다. 그가 무장하지 않고 위험하지 않다는 걸 누가 어떻게 알겠는가? 단 한 차례의 무단 침입만으로도 10년 징역형에 처해질 수 있다. 나이트는 느긋한 남자였지만 절도 횟수가 무려 1,000회였다. 그는 주 교도소에 수감되어야만 했다. 어쩌면 평생.

처벌할 방법이 있다면 어떤 벌을 내려야 할지 결정하는 이는 지방검사 메이건 말로니였다. 메인 주의 블루칼라 집안에서 성장한 말로니는 보조금으로 지은 주택에서 살았다. 고등학생 때 졸업생 대표였고, 장학금을 받고 하버드대학교 법대를 다녔다. 나이트에 대한 여론 — 당장 풀어줘야 한다, 영원히 수감해야 한다 — 을 청취한 말로니 역시 갈등했다.

"여러 측면에서 이런 특이한 사건에 적용될 만한 법이 없습니다." 말로니가 말했다.

나이트는 스스로 관용을 구하지 않았다.

"내가 저지른 절도 행위는 어떤 변명으로도 정당화할 수 없어요. 사람들이 나를 보고 느낀 감탄을 훼손하지 않으려고 내가 저지른 나쁜 짓을 정당화하려 애쓰지 않았으면 해요. 좋은 것과 나쁜 것, 전체를 봐야 합니다. 나를 그렇게 판단해야 해요. 좋은 것만 골라서 하면 안 됩니다. 나를 위해 변명하지 말아요."

"모두 변명을 해요." 파인 트리의 식당에서 나이트의 자백을 지켜봤던 테리 휴스가 말했다.

"범죄자는 부인하고, 부인하고, 부인할 겁니다. 범죄자들을 상대할 때 처리해야 하는 게 바로 이런 겁니다. 이게 우리가 사는 세상입니다. 나는 이런 세상에 이골이 난 사람이고요."

자신의 범죄행위에 대해 나이트만큼 곧이곧대로 아주 정직하고 성실하게 말하는 사람은 만나본 적이 없다고 휴스 경사는 말했다. 그냥 모조리 다 자백했다고 지적했다. 1,000건의 절도를 술술 시인했다. 나이트는 잘못된 행동이라는 것을 잘 알았고, 당혹스러워하고 양심의 가책을 느끼고 후회하면서 범행 사실 일체를 인정했다.

"원칙대로라면 그자를 미워해야 마땅하죠." 휴스가 말했다.

"나는 완고하기로 소문난 선형석인 해병대원입니다. 그는 장애인을 위한 캠프에서 음식을 훔쳤어요. 하지만 그를 미워할 수 없어요. 법집행기관에서 100년을 일한다 해도 그런 사람은 우연하게라도 결코 못 만날 겁니다."

"확실히 아주 이상한 사건이에요." 나이트의 무료 변론을 맡은 변호사 월터 맥키가 말했다. 맥키는 메인 주에서 직업의식과 전문성으로 명성이 자자하다. 그는 매일 새벽 3시 15분에 자신의 사무실에 도착한다. 클래식 바이올린 연주자이자 등산가, 민간기 조종사, 아버지, 남편이기도 하다. 회사 웹 사이트에 따르면 "맥키 씨는 잠을 자지 않는다." 그는 최선의 판결 과정을 도출하기 위해 신속하게 재판받을 수 있는 나이트의 권리를 포기했다.

현대의 은둔자 공동체 — 실제로 존재한다 — 에서도 나이트의 공과에 대해 갑론을박했다. '허미터리' 웹 사이트에는 '은둔자

명부'라는 카테고리가 있는데, '은둔자, 은자, 은수자, 속세를 떠난 사람, 내향적인 사람을 위한 토론 광장'이라고 설명되어 있다. 멩후Meng-hu라는 필명을 사용하는 사이트 관리자가 정통 은둔자 여부를 결정해야 글쓰기 권한을 얻을 수 있다. 현재 회원 수가 1,000명이 넘지만, 아마 당연하게도, 한꺼번에 두세 명 이상이 동시에 온라인에 접속하는 경우는 좀처럼 없다.

'허미터리' 사람들은 전반적으로 나이트를 은둔자로 볼 수 없다는 쪽으로 의견 일치를 본 것 같다. 나이트는 오히려 은둔자들에 대한 모욕이었다. 멩후는 블로그에 나이트 같은 은둔자들에 관한 글을 썼다. 멩후는 "생계를 위해 남의 것을 훔치는 은둔자는 '은자는 기생충 같은 인간'이라는 최악의 고정관념을 더 확고하게 만든다. 어떤 역사적인 은둔자도, 특히 영적 자각뿐 아니라 황야의 은둔자들에게서 자극받은 이들은 다른 사람의 소유물 — 육체, 정신, 시간, 공간, 물건 — 을 빼앗겠다는 최소한의 동기도 가진 적이 없었다"고 말했다. 멩후는 훔치는 행동은 일반적으로 다른 은둔자들의 지탄을 받는다고 덧붙였다. 절제력이 없고 공감 능력이 결여된, 사회에 위험한 존재라는 것을 보여주기 때문인데, 은둔자의 전형과는 완전히 모순된다는 것이다.

공식적인 은둔자이든 아니든, 나이트는 보석금을 낼 형편이 안 돼서 케네벡 카운티 교도소에 계속 있었다. 갇혀 있는 동안 심신을

약화시키는 코감기에 걸렸지만, 그 뒤로 면역체계가 효과를
발휘하기 시작해서 더 심한 병은 그럭저럭 피했다. 그는 30년 만에
처음으로 타원형 렌즈에 은테로 된 새 안경을 받았다.

나이트는 살이 빠져서 숲에서 암울한 겨울을 보낸 뒤만큼
수척해졌다. 그는 음식이 자유롭게 주어지니 먹을 수가 없다고
농담을 했다. 하지만 사실은 감옥에서 너무 불안한 나머지 식욕을
잃은 것이었다. 수석 보안관대리 라이언 리어던은 나이트가 모범
수감자라고 했다. 턱수염 ─ 시계이자 위장도구 ─ 이 걷잡을 수 없이
자라서 그 어느 때보다 가려웠지만 면도를 거부했다.

나이트는 숲에 있는 동안 부모님이 모두 돌아가셨으리라고
생각했다. 하지만 체포된 뒤 곧바로 신원조회를 해본 다이앤 밴스가
어머니 조이스 나이트는 아직 살아 있다는 사실을 알려줬다. 조이스
나이트는 80대였다. 크리스 나이트는 밴스에게 어머니나 가족 중
다른 누구에게도 연락하지 말아달라고 간청했다. 밴스는 그러겠다고
했다. 그는 비밀로 남기를 바랐다. 심지어 감옥에서도.

체포되고 나서 엿새 뒤 나이트는 밴스 때문에 자신의 이야기가
새어나갔다는 사실을 알게 되었다. 어머니가 언론을 통해 곧 알게
될 터였다. 나이트는 밴스가 어머니에게 자신을 찾았다는 사실을
알리는 것을 허락했다.

밴스는 나이트 부인에게 전화를 걸었다.

"에둘러 말하지 않았어요. 그저 소식을 전하기만 했어요. 충격을 받은 것 같았습니다. 아들이 죽었다고 생각했을 가능성이 높으니까요. 마지막에는 몹시 화가 난 듯했습니다. 아들이 감옥에 있고, 범죄를 저질렀으니까요. 나이트 부인이 한 말이 기억나네요. '이 나이에, 받아들이기 버거운 얘기군요.'"

나이트는 딱 한 번 형 조엘과 티머시의 면회를 받아들였다. 크리스가 버린 브랫의 대출금 연대 보증인으로 서명했던 사람이 바로 조엘이었다. 나이트 가족의 친구인 케리 비그에 따르면 조엘은 빚을 다 갚았지만 동생을 고발하지 않았다. 비그의 말에 따르면 "조엘은 형제간에 그러면 안 된다고 생각했다."

어머니가 오는 것은 허락하지 않았다. 어머니에게 수치심과 크나큰 슬픔을 안겨줄 거라고 했다.

"날 봐요. 죄수복을 입고 있잖아요. 어머니가 이런 꼴을 보게 할 순 없어요. 나는 도둑이에요. 너무나도 많은 범죄를 저지른 죄로 감옥에 있어요. 우리 엄마가 이렇게 되라고 날 키우진 않았어요. 여긴 어머니가 올 데가 아니에요."

숲에 있는 내내 집에 전화 한 번 안 했던 것도 같은 이유에서였다고 나이트는 말했다.

"그때의 나 ― 은둔자, 도둑 ― 는 우리 가족의 신념 체계에 어긋났기 때문이에요. 가족들을 곤란하게 만들었을 거예요. 나는 말할 수 없었어요." 대신에 그는 가족들이 하염없이 궁금해하도록 놔두고, 이들을 아프게 했다. 혼란스럽게 만들기로 했다.

그는 석방되면 딱 한 번 어머니를 보겠다고 결단을 내렸다. 그러면 '제대로, 얼굴을 마주보고' 이야기할 수 있으리라. 하지만 수감된 지 6개월이 지나도록 그날이 언제가 될지 전혀 알 수가 없었다. 피부에 두드러기가 심하게 올라오고, 가끔 양손이 바들바들 떨렸다. 갇힌 채로 얼마나 더 많은 계절을 보내야 하는지 알기만 해도 스트레스가 어느 정도 줄었을 테지만, 그는 판결이 지연되는 이유를 이해했다.

"나는 어떤 범주에도 들어맞지 않으니까요. 확실히 요즘엔 은둔자들이 많이 없잖아요." 그는 다시 자기 안으로 가라앉았다. 정신줄을 꽉 붙들고서, 자신의 운명을 알게 될 날을 기다리며.

25

세상에
내던져지다

교도소 옆문이 활짝 열리더니 무장을 하고 방탄조끼를 입은
보안관대리 세 명이 죄수와 함께 모습을 드러냈다. 수갑 찬 손을
앞으로 한 죄수의 턱수염은 에스파냐 이끼 같았다. 한 보안관이
나이트 앞에 서고, 나머지 두 명은 각각 그의 팔꿈치를 잡았다.
보안관들은 그를 코트 스트리트Court Street를 가로질러 화강암
기둥들이 보초병처럼 서 있는 케네벡 카운티 법원청사 쪽으로
데려갔다. 가을바람에 빨갛고 노란 나뭇잎들이 흩어졌다.
텔레비전방송국 카메라들이 나이트의 얼굴에 바싹 다가갔지만
그는 간신히 무표정한 얼굴을 유지한 채 보이지 않는 앞쪽 어딘가를
응시했다.

온통 짙은 색 나무로 되어 있는 법정에는 적갈색 카펫이 깔려 있고, 한쪽 구석에는 벽돌로 만든 거대한 벽난로가 있다. 유령이 출몰하는 집처럼 벽에는 금박을 입힌 액자에 든 근엄한 눈을 한 전직 판사들의 유화 몇 점이 진열되어 있다. 1865년 에이브러햄 링컨이 암살된 뒤 추도식이 열린 장소이기도 하다.

뒤편에서 방청인들이 앉은 나무 의자들이 삐걱거렸다. 사진기자석과 텔레비전방송 구역도 꽉 찼다. 모두 나이트가 도착하기를 기다렸다. 어두운 색 정장을 입은 나이트의 변호사 맥키가 파일이 든 상자 여러 개를 들고 들어왔다. 지방검사 말로니는 소방차처럼 빨간색 재킷을 입었다. 나이트의 형 조엘 ─ 빼닮은 얇은 입술, 빼닮은 날카로운 코 ─ 은 20대로 보이는 아들, 딸과 함께 앉아 있었다. 이들은 처음으로 삼촌을 보게 될 터였다. 조엘의 아들은 다리를 떨었다. 나는 조엘이 이렇게 말하는 것을 언뜻 들었다.

"긴장되지. 지극히 정상적이야."

나이트가 입장했다. 피고인 측 탁자 뒤에 섰다. 수갑은 풀려 있었다. 법정이 조용해졌다. 법정 경위가 "모두 일어서주십시오"라고 하자, 낸시 밀스Nancy Mills 판사가 마술사처럼 출입구에 걸린 빨간색 커튼을 열고 나왔다. 밀스 판사는 검은색 법복을 매만진 뒤 자리에 앉아서는 코 아래쪽에 돋보기안경을 얹은 뒤 재판을 시작했다. 달이나 계절이나 턱수염을 가지고 날짜 계산을 하지 않는 사람들에게 그날은 2013년 10월 28일 월요일이었다. 나이트가 체포된 지 거의 7개월째 되는 날이다.

해결책이 나왔다. 나이트가 13건의 강·절도 — 그가 저지른 어마어마하게 많은 습격은 6년이라는 공소시효 때문에 기소될 수 없었다. 아예 언급되지 않은 범행도 많았다 — 에 대한 죄를 인정하면 감옥 대신 복합발생장애·제대군인법원으로 가게 되었다.

복합발생장애·제대군인법원은 수감 대신 상담과 사법적 감시를 진행하는 프로그램으로, 약물남용과 정신질환 — 복합발생장애co-occurring disorders, COD — 문제가 있는 형사처벌 피고인을 위해 고안된 것이다. 나이트의 경우 알코올중독과 더불어 아스퍼거증후군과 우울증 또는 분열성인격장애가 고통의 원인이었다. 이러한 꼬리표들은 정확하지 않을 수도 있다. 하지만 지방검사까지도 나이트에 대한 긴 징역형이 잔인할 수 있으니 그 프로그램을 적용하는 것이 사건을 법적으로 해결하는 방법이라는 데 동의했다.

나이트가 등 뒤로 양손을 마주잡은 채 일어서자 말로니가 기소내용을 읽었다. 재판절차의 엄숙함이 없었다면 우습게 들렸을 수도 있는 내용이었다.

"2008년 7월 14일 또는 그 무렵 에드먼드 애슐리 씨는 메인 주 롬에 있는 자신의 야영지에서 도둑맞은 물품들을 신고했습니다. 도난당한 물품들은 총 18달러 상당의 배터리, 음식, 탄산음료입니다."

말로니의 말이 끝나자 밀스 판사가 나이트의 답변을 요구했다.

"유죄." 그가 거의 들리지 않는 목소리로 말했다.

"한철 지내다가는 한 주민의 부엌 창문을 강제로 열고 총 40달러 상당의 남자용 38사이즈 청바지 한 벌, 가죽 벨트 한 개와 음식물을 훔쳤습니다." 말로니는 계속 이어갔다.

"유죄."

이런 식의 문답이 열한 번 더 이어졌다.

"다른 이유는 없고 당신이 유죄이기 때문에 유죄를 인정하는 겁니까?" 다 끝났을 때 밀스 판사가 물었다.

"네."

"지금 뭘 하고 있는지는 알고 있습니까?"

"네."

"저는 나이트 씨의 답변이 자발적이라고 확신합니다." 밀스 판사는 이렇게 말한 뒤 나이트에게 선고할 형의 조건을 심리했다. 나이트는 감옥에서 총 7개월 — 아직 일주일이 남았다 — 을 복역하게 될 것이고, 일단 석방되면 반드시 심리 상담을 받아야 했다. 매일 사례별 사회복지사와 연락해야 하고, 매주 월요일 오전 11시, 법정에 나와 밀스 판사가 그의 진척 상황을 심리할 수 있게 해야 한다.

이 판결은 최소 1년간 효력이 발생하고, 만약 어느 하나라도 어길 시 주 교도소에서 7년 정도 복역해야 할 대상이 될 수 있었다.

나이트는 피해자에게 줄 배상금으로 총 2,000달러가량의 벌금형도 받았다. 어머니와 함께 예전 집에서 살게 되겠지만 반드시 일자리를 찾거나 학교에 가야 했으며 사회봉사활동을 수행해야 했다. 피해자들과 접촉해서도 안 되고 메인 주를 떠나서도 안 되었다. 술을 마시거나 소지하는 것도 금지되었다. 임의로 하는 약물·알코올 검사 대상이기도 했다.

"분명히 말씀드립니다만, 더 중한 형사상 문제에는 어떤 식으로든 연루되어선 안 됩니다. 이해하시겠습니까, 나이트 씨?" 밀스 판사가 덧붙였다.

"네."

"다른 질문이나 하고 싶은 말 있습니까? 나이트 씨?"

"없습니다." 그가 말했다. 공판이 끝났다.

몇 시간 뒤 나는 마지막으로 교도소에 있는 나이트를 면회했다. 네

차례의 메인 주 출장을 포함하여 두 달 동안 이뤄진 한 시간짜리
면회 가운데 아홉 번째였다. 교도소에도 전화기가 있고 면회
시간에는 수화기를 통해 말을 하면서도 그는 고집스레 전화하는
것을 거부했다. 30년 동안 전화통화를 한 적이 없었다. 심지어 숲으로
들어가기 전에도 전화를 좋아하지 않았다.

"여기 사람들은 나에게 진지하게 얘기해요. '나이트 씨, 우린 이제
휴대 전화를 써요. 당신도 정말로 즐겨 쓰게 될 겁니다.' 나를
사회에 다시 합류시키려고 꾀는 거죠. '휴대 전화를 아주 좋아하게
될 거예요'라고들 합니다만 그러고 싶은 마음이 전혀 없어요. 문자
메시지는 또 어떻고요? 그건 그냥 전화기를 전보로 사용하는 거
아닌가요? 인간은 퇴보하고 있어요."

요즘 노래를 어떤 식으로 공유하고 다운로드하는지 들었을 때도
나이트는 아무런 감흥이 없었다.

"라디오를 들으려고 컴퓨터를, 1,000달러짜리 기계를 사용하고
있다는 건가요? 사회가 상당히 이상해졌네요." 그는 레코드판을
고수할 거라고 했다.

석방일이 임박하자 나이트는 그 어느 때보다 더 불안정해 보였다.
미친 듯이 무릎을 긁었다. 그는 감옥이 다 나쁜 건 아닐지도
모른다는 사실을 깨달았다. 교도소에는 규칙적인 일상과 질서가

있었다. 강철 같은 정신상태로 숲에서 겨울을 나면서 익숙해진 상태와 그리 다르지 않은 생존 모드로 '딸깍!' 하고 들어갈 수 있었다.

"이 안에서 나는 결코 호감이 간다고 할 수 없는 사람들에게 둘러싸여 있어요. 하지만 적어도 사회라는 물속에 빠져서 헤엄칠 일은 없죠."

이제 공적인 생활로 내던져진 그는 겁에 질렸다. 일을 구하거나 운전을 다시 배우는 것 같은 큰일들은 걱정되지 않았지만, 시선 마주치기와 몸짓, 감정처럼 사소한 일들 하나하나가 나쁘게 해석될 수 있었다.

"나는 정서적으로 극도로 예민해요. 치료가 필요하다는 걸 깨달았어요."

나이트는 자기 자신이 위험성이 큰 것 같다는 느낌이 들었다. 또다시 감옥에 들어갈 잘못을 저지를까봐 두려웠다. 처벌이 기요틴처럼 불길하게 다가왔다.

"나는 사회로 재진입할 준비가 전혀 되어 있지 않아요. 당신의 세계를 모릅니다. 오직 나의 세계만 알 뿐이고, 숲으로 가기 전의 세상에 대한 기억만 있을 뿐이에요. 지금은 어떻게 살아요? 어떤 게 적절한 건가요? 내가 가진 기술세트 안에는 빈자리들이 있어요. 나는 사는 법을 알아내야 합니다."

나이트는 자신에게 일어난 일을 문자 그대로인 동시에 비유적으로 '이중 겨울'이라고 불렀다. 그는 하나의 겨울이 끝나갈 때 체포되었고, 다음번 겨울이 시작될 때 석방될 터였다.

"여름 없는 한 해가 될 거예요, 크라카타우 화산 폭발1883년 인도네시아의 화산섬인 크라카타우섬을 날려버린 대규모 화산 폭발로 역사상 최대 분화였다 때처럼요."

그는 본가로 들어가게 되었다. 앨비언이라는 소도시에 있는 24만 제곱미터 대지 위의 집에 있는 소년 시절에 쓰던 침실로 다시 돌아가는 것이다.

"식구들은 내가 한 짓을 달갑게 여기지 않지만, 나는 여전히 가족의 일부예요. 고마울 따름이죠." 그는 어머니와 여동생, 근처에 사는 형 대니얼과 함께 지내기로 했다. 수십 년이 지났지만 그의 기억 속에는 어릴 때 살던 집이 어렴풋하지만 크게 남아 있었다. 나이트는 신문 기사에 실린 집 사진을 보자마자 약간 다른 색으로 페인트칠 했다는 사실을 알아챘다.

그는 얼마 안 있어 진입하게 될 사회에 대해 교도소 안에서 배운 것을 대단치 않게 여겼다. 스스로 사회에 맞지 않으리라고 확신했다. 모든 것이 쉼 없이 빛의 속도로 움직였다.

"너무 시끄러워요. 너무 알록달록하죠. 미적 특질이 결여되어 있어요.
조야해요. 헛되고 하찮아요. 부적절한 열망과 목표를 선택하죠."

그는 사실 자신이 이렇다 저렇다 판단할 처지가 아니라는 것을
인정했다. 석방되면 범법행위일 것 같은 기미만 보여도 피할 거라고
말했다. 그는 법을 준수하고 결백함을 유지할 것이다.

"사람들이 미심쩍은 나의 판단력을 의심할 일은 없었으면 해요."

그는 구직 전망이 어둡다는 걸 잘 알았다.

"돈요? 다시 돈의 맛을 알게 됐어요. 일을 구할 작정이에요. 내
이력서가 상당히 얇긴 하지만." 그는 취직에 대한 기대치가 낮았다.
낮고 느렸다. 설거지하기, 선반에 물건 채우기 같은 일들.

실제로 교도소에 있을 때 인턴 근무 비슷한 제안을 받기도 했다.
어느 지역의 유기농 농장 주인이 말로니 검사의 사무실로 연락해서
나이트에게 자신의 작물 재배 방식을 소개할 의향이 있다고 말했다.
그 농장은 말과 황소로 땅을 갈고, 집에서 만든 파이, 잼, 햇볕에 말린
토마토 페스토를 판매하는 가판대도 있었다. 겨울에는 아이들을
대상으로 한 썰매장도 열었다. 농장 주인은 그 농장이 자신의 가족을
어떻게 치유했는지 이야기하면서 나이트에게도 똑같은 영향을 줄 수
있으리라고 기대했다. 그녀는 직접 교도소로 찾아가서 나이트에게
제안해도 좋다는 허락을 받았다.

나이트는 그 만남이 이뤄지는 동안 예의바르게 협조하는 자세를
유지하려고 전력을 다했다고 했다.

"농사에 대해 얘기했어요. 나는 농사에 대해 잘 알거든요. 자연을
숭배하면서 귀농운동을 펼친 히피들의 경험에 대해 말했죠. 내가
밭일을 하고 싶어한다고 오해하게 만들었던 것 같아요."

나이트에 따르면 그가 온다는 소식에 농장 이웃들은 불안해했다.
결국 농장 주인은 제안을 철회했다. 나이트는 작물 수확 계획이 없던
일이 되자 기뻤다.

"숲속 그늘에서 그 모든 세월을 보낸 뒤 뜨거운 들판에서 몸을
굽히는 일은 일어나지 않았어요."

나는 경비원이나 사서처럼 조용한 일자리를 알아봐줄 수 있다고
나이트에게 말했다. 하지만 그는 됐다는 뜻으로 세차게 고개를
내저으며 말했다.

"제발 나를 혼자 놔둬요." 내가 할 수 있는 최선의 일은 그를 돕지
않는 것이었다. 도움은 일종의 관계다. 잘 알다시피 도움을 주면
그다음에 나는 친구가 되기를 청할 텐데, 그는 나와 친구가 되고
싶은 마음이 없었다.

"당신을 전혀 그리워하지 않을 거예요." 그가 덧붙였다.

나이트는 사계절과 바람의 향기에 대해서는 전문가이지만 다른
인간에 대해서는 정말로 문외한이었다. 내 가족과 내 과거에 대해
약간 말해줬지만 일부러도 신경 써서 관심이 많은 척하지 않았다.
내가 준 정보를 어떻게 해야 할지, 무슨 질문을 해야 할지 몰랐다.
그는 인간을 식료품 저장실에 있는 음식과 벽에 걸린 장식품을
통해 지엽적으로만 알았다. 그에게 유일하고도 진정한 관계는 오직
숲과의 관계뿐이었다.

나이트는 스스로 일반적인 범죄자인 동시에 니체 철학의
초인Übermensch 이라고 여겼다. 다른 누구의 규칙에도 복종하지 않고
인생의 무미건조함을 초월할 수 있는 자기수양의 달인. 그는 나에게
자기 이야기를 들려주고는 그에 대한 답례로 아무것도 요구하지
않았다. 다만 내가 그를 어떤 식으로 그릴지는 궁금하다고 인정했다.

"다른 누군가가 만든 나의 정체성이 생긴다는 게 걱정스러워요.
특별히 당신을 신뢰하지 않아요. 그렇다고 당신을 불신하지도
않습니다. 나는 사람의 됨됨이를 알 수 있어요. 당신에게는 확실히
어떤 진부한 지점들이 있어요. 해를 끼칠 수도 있고 도움을 줄 수도
있는 능력이 있죠. 옳다고 생각하는 일을 해요."

실제로 그가 나에 대해 궁금해한 것은 딱 하나였다. 내 책꽂이에는
어떤 책이 있는가? 그는 효과적으로 기술을 사용하는 방법을
찾아내겠다면서 책을 영상으로 찍어서 보내달라고 했다. 단, 영상은

찍어서 보내되 책이나 「편지」는 더 이상 부치지 말라고 했다. 절대로 자기 집으로 찾아오지도 말라고 했다.

"일단 여기서 나가면 당신은 내 댄스카드dance card: 춤을 추는 순번을 정한 파트너 명단, 우선순위 명단에서 지워지는 겁니다. 당신을 상대할 여유가 없어요. 당신이 근사한 나에게 접근하는 것을 거절할 겁니다. 내 댄스카드에 당신 이름이 올라가 있었나요? 아니면 명단을 갱신해야만 하나요? 『작은 아씨들』 읽어봤어요?"

나이트는 특히 나의 공격적인 태도, 그와 이야기하기 위해 너무 자주 찾아오는 것을 몹시 싫어했다.

"당신은 이상한 생각에 사로잡혀 있어요. 도무지 끝이 없네요." 나이트는 나에게 「답장」을 쓴 것을 후회한다고 했다가도 돌연 태도를 바꾸면서 자신이 너무 적대적으로 군 것 같다고 덧붙였다. 몇 차례 면회를 통해 나이트 역시 실제로 뭔가를 얻어가기도 했다.

"스트레스가 좀 풀려요." 하지만 그는 자신에 대해 이야기하는 것에 지쳐갔다.

내가 했으면 하고 그가 바란 건 대부분 그저 속도를 줄이고 시간이 흘러가게 놔두라는 것이었다.

"폐 끼치는 사람이 되지 말아요. 라일락이 피면 얘기할게요. 설령 그렇더라도 아마 안 할 테지만."

나는 라일락이 핀다는 게 내년을 의미하는 거냐고 물었다. 그는 "그래요, 봄에요. 나는 아직 연도를 쓰지 못해요"라고 말했다.

감옥에서 7년을 보내야 하는 위험을 감수하면서 자연으로 사라지는 게 불가능해지자, 나이트는 세상에 녹아들어 없어지기를 바랐다. 교도관이 그를 데려가려고 왔다. 나는 같이 이야기를 나눠줘서, 그의 생각들을 얘기해줘서 고맙다는 뜻을 전했다. 서정적인 그의 표현도. 나는 그의 마음이 움직이는 방식이 좋다고 말해줬다.

"잘 가요, 크리스. 행운을 빌어요." 내가 말했다.

나이트가 마지막으로 생각을 표현할 시간이 남아 있었다. 하지만 그는 그러지 않았다. 손을 흔들지도, 고개를 끄덕이지도 않았다. 일어서서 나에게 등을 돌린 채 면회실 밖으로 나간 다음 교도소 복도를 따라 걸어갔다.

나이트는 사계절과 바람의 향기에 대해서는 전문가이지만 다른 인간에 대해서는 정말로 문외한이었다. 그에게 유일하고도 진정한 관계는 오직 숲과의 관계뿐이었다. 감옥에서 7년을 보내야 하는 위험을 감수하면서 자연으로 사라지는 게 불가능해지자, 나이트는 세상에 녹아들어 없어지기를 바랐다.

은둔자의
가족

맏형 대니얼이 크리스에게 일자리를 주었다. 대니얼은 고철 재활용 사업을 하고 있는데, 오래된 자동차와 트랙터 엔진을 크리스에게 가져다주기 시작했다. 크리스는 집에 있는 창고에서 그것들을 분해했다. 그는 보수를 받지 않았다. 먹고 자는 것에 대한 대가였다. 그는 사회적 교류 없이 자신의 고용 요건을 완수하며 혼자 일했다.

월요일마다 식구 가운데 한 명이 법원청사에서 요청한 만남을 위해 그를 오거스타까지 차로 데려다줬다. 그는 한 번도 빠지지 않았고 늦은 적도 없었다. 자신의 처벌 규칙들을 글자 그대로 정확히 따랐다.

"그는 놀라울 정도로 잘해내고 있어요." 메이건 말로니가 말했다.

"다시 사회의 일원이 되는 데 필요한 게 뭔지 알아내려고 열심히
일하고 있어요. 단 한 차례도 좌절하거나 후퇴한 적이 없습니다.
월요일마다 그를 만나면 인사를 해요. 우리는 언제나 짧게 대화를
나누죠. 그는 만족하는 듯 보여요." 나이트는 독립된 한 인간으로서
유권자등록을 했다.

앨비언역사학회 회장인 필 다우는 50년 동안 나이트 가족과 알고
지냈다. 어느 날 조이스 나이트가 그를 불러서는 사회봉사활동을
완수하기 위해 크리스가 할 만한 일이 있는지 물어보았다.
"조이스에게 내가 크리스한테 일을 주고 싶다고 했습니다." 다우가
말했다.

일주일에 한 번 정도 다우는 차를 가지고 나이트의 집으로 가서
그를 태운 뒤 기차역에 데려다줬다. 다우가 열변을 토하면서
말하기를, 앨비언은 전 세계적으로 얼마 안 남은 협궤철도역이 있는
마을이었다. 선로가 기준 폭의 절반보다도 좁은 약 60센티미터
폭으로 떨어져 있다. 험준한 지형을 가로질러 선로를 더 쉽고
저렴하게 놓는 방식이다. 1800년대 말부터 1933년 6월 15일까지
메인 주 중부를 통과하는 이 선로를 따라 승객과 화물이 운송되었다.
그러다가 1933년 6월 15일, 커브를 돌던 기차가 선로를 이탈하여
시프스콧강Sheepscot River의 제방으로 굴러 떨어지는 사고가
발생했다. 앨비언역사학회는 삼나무로 지은 2층으로 된 기차역을

복원 중이다.

나이트는 페인트공으로 자원봉사를 하고 있다.

"크리스는 말이 많지 않아요. 사실은 내가 그냥 놔두질 않죠. 나는 아주 수다쟁이거든요. 하지만 행복해 보여요." 다우가 말했다.

나이트가 감옥에 있을 때 그와 함께 고등학교에 다녔던 앨리스 맥도널드라는 여성이 「편지」 한 통을 보냈다. 맥도널드는 자신이 두 살 더 많지만 나이트를 기억한다면서 같이 『성경』 연구 수업을 받자고 했다. 나이트는 그 수업을 받고 싶은 생각은 없었지만 왠지 맥도널드에게 관심이 갔다. 그의 사연을 알아내려고 캐묻지 않았고 어떤 속셈도 없는 듯 보였다. 맥도널드는 숲에 가기 전부터 그를 알았고, 여성이었다. 두 사람은 교도소에서 몇 번 만났다. 나와의 만남을 제외하고 유일한 정기적인 면회였다. 나이트는 계속해서 그녀를 만나고 있다.

"그러니까 여자친구가 생긴 거네요." 나는 마지막 교도소 면회에서 깃털처럼 아주 가볍게 놀렸다.

"아뇨, 당신은 머릿속으로 그런 끔찍하고 철없는 생각을 떠올렸는지 모르지만, 난 연애 같은 거 안 해요." 나이트는 내가 날린 깃털에 놀라 대답했다. 맥도널드와 면회를 할 때도 두 사람 사이에 창이 있어서 신체 접촉은 없었다. 그는 여성과 이야기하는 것을 더 선호한다고 분명히 말했다.

"그녀는 멋진 여성이에요. 편안하게 해줘요. 어느 날 감정적인
상태가 된 그녀가 '당신을 안아볼 수 있으면 좋겠어요'라고
하더군요. 나를 만진다고 생각하니 정말 이상하고 생경하더라고요."

나이트의 이중 겨울이 지나가고, 나는 우리 집에 있는 책을 영상으로
찍어달라는 그가 내준 과제를 이행했다. 16분짜리 언바이럴
영상 자발적인 확산에 의존한 공유 가능한 바이럴 영상이 아닌 영상 으로. 나는
영상을 담은 디스크를 우편으로 보냈지만 아무런 답도 돌아오지
않았다. 도착했는지조차 알 수 없었다.

그 숲에서 도보여행을 할 때마다, 그리고 다른 때에도 그가 어떻게
지내는지 궁금했다.

"주 정부가 여러 가지 프로그램을 통해 관리할 수 있습니다. 잘
지낼지도 몰라요. 하지만 그러다가 또다시 어느 월요일 혹은 화요일
아침에 문 밖으로 걸어 나가 숲으로 돌아갈 수도 있죠." 테리 휴스가
말했다. 나는 그가 사라졌다는 얘기가 들리기를 계속 기대하고
있었지만 그런 소식은 한 번도 들려오지 않았다.

나는 크리스에 대해 물어보려고 대니얼 나이트에게 전화를 걸었다.
대니얼이 전화를 받자마자 내 소개를 했다. 그는 "됐습니다"라고
하고는 전화를 끊어버렸다. 알래스카 주 페어뱅크스에 사는

조너선은 한 마디도 하지 않고 전화를 끊었다. 티머시는 아예 받지도 않았다.

조엘 나이트는 메인 주 해안에 있는 벨파스트라는 자그마한 관광도시에서 자동차 정비소를 운영하고 있다. 나는 메인 주로 갔다. 크리스 모르게 조엘의 정비소까지 차를 몰고 간 뒤 가게 안으로 들어갔다. 네 개의 공간으로 나뉜 차고 안은 활기가 넘쳤다. 조엘은 쉽게 눈에 띄었다. 검은색 티셔츠를 입은 그는 드릴을, 그다음엔 렌치를 집어 들고서 SUV의 뒷부분을 들락날락하고 있었다. 자동차 내부의 좁은 공간을 이리저리 우아하게 움직였다. 나이트 집안에는 타고난 육체적 우아함이 흐르는 것 같았다.

"그는 내 프리우스도요타에서 생산하는 자동차에 대해서는 천재예요." 벨파스트에서 독립서점 '레프트 뱅크 북스Left Bank Books'를 운영하는 주인이 말했다. 서점 주인은 그곳에 사는 모든 사람들이 당연히 조엘의 남동생에 대해 안다고 말했다.

"조엘에게 남동생 얘기를 물어본 적은 한 번도 없어요. 그 정도로 친한 사이는 아니거든요." 하지만 서점 주인은 크리스의 어머니가 수년 동안 케이크까지 놓고서 막내아들의 생일을 기념했다는, 출처가 불분명한 동네의 소문을 들려줬다.

나는 차고를 가로질러 가서 조엘에게 내 소개를 했다. 나는 그의

얼굴에 떠오른 표정 — 고약하진 않지만 딱딱하게 굳은 — 을
보면서 많은 말을 나누지는 않으리라는 것을 알았다. 그의 두 손은
지저분했다. 우리는 악수를 하지 않았다. 조엘은 가족 중에 누구도
크리스가 어디 있는지 알았던 적이 없다고 했다. 그가 아는 한
누구도 크리스를 도와준 적이 없고, 그를 본 적도 없으며, 누구라도
그가 거짓말하고 있다고 생각하는 사람은 틀린 거라고 아주 분명히
말했다. 그의 말투에는 그 역시 크리스의 행동을 이해할 수 없다는
답답함이 뚜렷이 묻어났다.

"크리스가 죽었다고 믿기 시작한 게 언제였나요?"

"개인적인 겁니다."

"동생이 집에 돌아왔을 때 기분이 어땠나요?"

"개인적인 겁니다." 조엘은 작업 중이던 자동차 안으로 재빨리 다시
들어갔다. 대화는 끝나버렸다.

가는 길에 크리스의 여자 친구 앨리스 맥도널드의 집에도 들렀다.
그녀는 현관문을 열고서 "당신과 얘기할 수 없어요"라 하고는 문을
닫아버렸다.

크리스의 어머니에게 전화를 걸어 아들에 대해 이야기를 나누고
싶다고 전하자 "알겠어요"라고 말하고는 전화를 끊어버렸다.
역사학회장인 필 다우의 말에 따르면 조이스 나이트는 크리스가

돌아와서 좋다는 얘기를 했다고 한다. 그녀는 크리스의 식욕이
돌아왔으며 음식을 걸신들린 듯이 먹어댄다고 전했다.

"조이스는 크리스가 먹는 모습을 보는 걸 아주 좋아해요." 다우가
말했다.

실제로 대답을 끌어낸 일이 하나 있었다. 나는 크리스에게 우리
아이 셋의 사진으로 만든 「연하장」을 보냈다. 2주일 뒤, 흰색 색인
카드에 검은색 잉크로 쓴 익숙한 떨리는 필체의 짧은 「편지」 한 장이
도착했다.

"만족스러운 상황이 아니라면 그런 아름다움과 행복을 보여주기는
불가능하죠." 그는 「연하장」에 대해 말하면서 우리 아이들을
친근하게 '카우보이들'이라고 불렀다.

"잘했어요." 그가 덧붙였다.

"동지冬至 안부인사인가요? 감사의 말? 뭐든 상관없죠." 언제나
그렇듯이 서명은 없지만 그에게서 온 소식에 마음이 따뜻해졌다.
감옥에서 나오니 약간 부드러워진 듯했다.

서른네 단어 분량의 그 짧은 「편지」가 내가 받은 전부였다.
교도소에서 헤어지고 나서 7개월 뒤 나는 다시 메인 주로 갔다.
공항에서 차를 타고 가는 길에 '폭스 힐 라일락 묘목장'에 들러
큼지막한 연보라 라일락 잔가지를 하나 구입했다. 그것은 화해의

손짓을 의미하는 나의 '올리브 가지'였다. 그러고는 페어필드에 있는
'힐먼스 베이커리'로 가서 그의 어머니에게 줄 선물로 애플파이를
샀다.

제재소와 골동품 가게, 민박집, 설치식 수영장을 지나갔다. 야생
칠면조 두 마리가 날개를 펴고 갓길을 따라 점잔을 빼며 걸어갔다.
진입로 끝에 판매용 농장 달걀이 접이식 탁자 위에 있었지만 돈통만
있을 뿐 사람은 없었다. 메인 주 중부는 서로 믿고 규칙을 준수하는
무감독제도가 여전히 잘 작동되고 있었다.

앨비언 중심가 — 우체국, 도서관, 주유소, 교회, 잡화점 — 는 끝에서
끝까지 차로 40초가 걸린다. 잡화점에 있는 게시판에는 디젤 엔진
수리, 요가 수업, 제설 작업, 사냥 안내에 관해 손으로 쓴 게시물들이
있다. 신호등은 아예 없다. 도시의 양 끝으로 도로에 인접한 곳에
흰색 혹은 황갈색 목조 주택들이 모여 있다. 도시를 빠져나가면 다시
전원지대다. 낙농장, 사슴 도살장, 200년 가까이 된 묘비들이 몇 개
서 있는 아주 작은 묘지.

나이트의 집은 산울타리 벽과 나무 뒤에 거의 숨어 있었다. 길에서는
밝은 청색 덧문이 달린 2층 창문들만 보였다. 직사각형 눈 두 개가
녹색 나뭇잎을 내다보고 있다. '조이스 W. 나이트'라고 씌어진
검은색 우편함이 하나 있고, 그 옆에 신문판매기 두 대가 있다.
하나는 「포틀랜드 프레스 헤럴드」, 또 하나는 「모닝 센티널」이다.

그가 해야 할 일은 오로지 야영지로 돌아가는 것뿐이었다. 어쩌면 진정한 은둔자와 끈끈한 관계를 맺는 최선의 방법은 한동안 그를 혼자 두는 것일지도 몰랐다. 그는 '안도감을 느끼고 껴안고 받아들이기'를 열망했다. 나이트에게 그 야영지는 제자리에 있다는 소속감을 느끼게 해준 지구상 유일한 장소였다.

거대한 아메리카꽃단풍 한 그루가 앞마당에 우뚝 서 있다.

나는 렌터카를 흙길인 짧은 진입로 안에 댔다. 집과 분리된 자그마한 차고 앞이었다. 차고 꼭대기에는 풍향계가 달려 있고, '셸던 C. 나이트'라는 글자가 돋을새김 된 금속 간판이 걸려 있다. 마당은 조용했다. 다른 자동차가 있는 기미는 전혀 없었다. 집에는 아무도 없는 것 같았다.

나는 어떻게 해야 할지 고민하면서 차에 잠시 앉아 있었다. 모든 면에서 특별할 것 없는 평범한 집인데도 그 집은 뭔가 나를 불안하게 만들었다. 교체해야 할 아스팔트 기와가 두 개 있고 연노란색으로 칠을 한 상자 모양의 목조 주택이었다. 나는 라일락 잔가지와 애플파이를 들고 차에서 내린 뒤 현관문 쪽으로 몇 발자국 성큼성큼 걸어갔다.

그때였다. 크리스 나이트가 소리도 없이 덤불 밖으로 걸어 나왔다.

"내가 미쳤나요?"

그는 면도를 한 상태였다. 제멋대로 수염이 자랐던 곳은 이제
매끄럽고 둥근 턱이 되었다. 갈색과 황갈색 체크무늬 플란넬 셔츠를
물 빠진 청바지 안에 집어넣어 입고, 아무것도 달리지 않은 갈색
야구 모자를 쓰고 있었다. 교도소에서 받은 은테 이중초점렌즈
안경도 여전히 쓰고 있었다. 발에는 낡은 가죽 워크부츠가 신겨져
있었다.

나는 꽃을 늘어뜨린 라일락 가지를 내밀었다. 나이트는 라일락을
모로 쳐다봤다. 그건 마치 물고기에게 물 한 잔을 건네는 꼴이었다.
나이트의 집 사방곳곳에 분홍색, 보라색, 흰색 꽃이 활짝 핀 라일락이
있다는 사실을 그제야 알아차렸다. 나는 라일락 가지를 내리고

웨이터처럼 손바닥 위에 파이 상자를 올린 다른 쪽 손을 들어올렸다.

"당신 어머니께 드리려고 뭘 좀 가져왔어요."

나이트의 두 눈이 파이 상자 위로 스르륵 움직였다.

"안 돼요." 그는 단호하게 말했다. 나는 내 차로 물러나서 운전석 문을 연 뒤 라일락과 파이 상자를 놔두고 차 문을 닫았다.

우리는 부자연스럽게 멀찍이 떨어진 채 서 있었다.

"악수해도 될까요?" 내가 물었다. 우리는 한 번도 악수를 나눌 기회가 없었다. 늘 벽이 우리를 갈라놓았기 때문이다.

"사양할게요." 나이트가 이렇게 대답해서 악수는 그만뒀다.

나이트는 자기를 따라오라는 뜻으로 고개를 틀었다. 우리는 꼭대기에 풍향계가 달린 차고 뒤로 걸어갔다. 길에서 안 보이는 곳이었다. 라일락 나무에서 향기로운 미풍이 불어오고 나뭇가지들이 머리를 스쳤다. 일주일 동안 비가 온 뒤라 잔디는 선명한 녹색이었다. 사과나무에는 열매의 전조인 흰 꽃들이 피었다. 근처에 비바람에 시달린 허름한 목조 창고가 하나 있었는데 나이트가 폐품 회수 작업을 하는 장소였다.

까만 후추 알갱이 같은 벌레 떼가 날아다녔다. 나는 잡거나 때리지는 않고 쉴 새 없이 벌레를 털어냈다. 교도소 면회를 하는 동안에도

나는 나이트와 가까이 있을 때 그의 평온함을 지켜주려고 내
몸짓을 억제하려고 애를 썼다. 그의 움직임은 언제나 매우 깔끔하고
조심스러웠다. 나이트는 곤충에도 전혀 동요하지 않는 듯 보였다.

그와 관련된 사람들 중 내가 이야기를 나눈 이들은 하나같이 그가
얼마나 능숙하게 적응하고 있는지에 대해 목소리를 높였다. 그는
건강해 보였고 안색도 좋았다. 여전히 말랐지만 — 벨트 끝부분이
덜렁덜렁거렸다 — 예전처럼 수척하지는 않았다. 수염이 없으니 더
젊어 보였다. 치과에 갔다더니, 치아 하나를 뽑은 게 보이고 나머지
이도 반짝반짝 깨끗했다. 그런데 나이트가 내게 제일 처음 한 말은
자신이 사람들 앞에서 내보이는 낙관적인 얼굴은 거짓이고 또 다른
가면이라는 얘기였다. 그는 사실 비참했다.

"나는 아주 잘 지내고 있지 못해요." 늘 하던 대로 나이트는 내
어깨 너머를 응시하며 인정했다. 아무도 자기를 이해하지 못한다고
말했다. 그가 말을 하기만 하면 사람들은 화를 냈다.

"그들은 나를 오만한 사람이라고 오해해요. 고등학생 때로 다시
돌아간 기분이에요." 그는 완전한 자율성을 위해 세상에서 다른 모든
것을 희생했다. 하지만 이제 그는 쉰 살이 다 되었고 자기 자신만을
위해서 쉽게 결정을 내릴 수 없는 처지였다.

나이트는 판사, 상담사, 치료사가 자신을 어린아이처럼 대한다고

말했다. 고군분투하고 있다고 털어놓을 때마다 진부한 이야기만 했다. 나이트는 이들이 했던 말을 기억나는 대로 빠르게 줄줄 늘어놓았다.

"오, 더 좋아질 거예요. 밝은 면을 봐야죠. 태양은 내일도 떠오를 테니까요." 이런 이야기에 지친 그는 이제 잠자코 있기만 했다. 누구도 탓하지 않았지만─그는 거만해 보일 수 있는 투로 "모두 최선을 다하고 있으니까요"라고 말했다─그들의 규칙을 따르면 기분이 더 나빠졌다. 어떤 의미에선 감옥이 더 나았다. 그는 자유롭기 때문에 자유롭지 않은 게 분명했다.

나이트는 청바지 앞주머니에 손을 집어넣더니 줄이 끊어진 시계를 꺼냈다. 그는 가족들이 나와 이야기하는 것을 원하지 않는다고 했다. 내가 여기 있는 걸 식구들이 알면 마음이 상할 것이다. 내가 방문한 타이밍은 좋았지만, 우리에겐 시간이 얼마 없었다. 그의 어머니가 곧 집으로 올 테고, 그의 형이 약물검사를 위해 그를 오거스타까지 차로 태우고 가야 했다. 그는 고개를 절레절레 흔들었다. 나이트는 살면서 불법적인 약물을 사용한 적이 한 번도 없었고 마리화나조차 한 대 피운 적이 없었다. 하지만 오후에 반드시 약물검사를 받아야 했다.

"나는 네모난 못square peg: '부적응자'라는 뜻이에요." 그는 만나는 사람마다 자신을 힘껏 때리고, 마구 내리쳐서 동그란 구멍 안에 마구 쑤셔 넣는 기분이 들었다. 사회는 떠나기 전과 마찬가지로 그를 환영해주지 않는 것 같았다. 그는 모든 것을 해결하는 법을 이미 정확히 아는데도 뇌에 해로울 수도 있는 약물인 향정신성 의약품을 복용하도록 강요받을지도 모른다는 생각에 두려웠다.

그가 해야 할 일은 오로지 야영지로 돌아가는 것뿐이었다. 물론 그렇게 할 수는 없겠지만. 나이트는 시시한 서커스 같은 처벌을 온전히 다 수행해야만 했다.

"내가 미쳤나요?" 그는 내 책을 찍은 영상을 받긴 했지만 최근엔 독서마저 흥미를 잃었다고 했다. 그는 재차 물었다.

"내가 미쳤나요?"

나이트는 나를 쳐다보며 정말로 아주 찰나의 순간 눈을 마주쳤다. 나는 그의 눈에서 슬픔을 읽을 수 있었다. 교도소에 있는 동안 그는 늘 감정적으로 차단되어 있었다. 아마도 유리벽, 잡음이 나는 수화기, 사생활이 결여된 면회실의 번잡한 환경 때문이었을 것이다. 이제 그의 얼굴은 새로운 차원을 띠었다. 더 이상 냉담하고 정이 안 가는 얼굴이 아니었다. 그는 손을 뻗고 있었다. 도움을 청하는 듯 보였다.

어쩌면 진정한 은둔자와 끈끈한 관계를 맺는 최선의 방법은 한동안 그를 혼자 두는 것일지도 모른다. 교도소에 있을 때 나이트는 연설조로 거들먹거리며 말했다. 지금 우리는 말을 주고받았다. 어떤 연대감이 생겼다. 우린 친구는 아니지만 지인이라고 할 정도는 되었다. 그는 다른 사람들이 얼마나 자신을 이해하지 못하는지 나에게 설명함으로써 내가 어느 정도는 그를 정말로 이해하고 있다는 느낌을 받았다는 것을 넌지시 알려준 건지도 모른다.

나는 진심을 다해 그가 미쳤다고 생각하지 않는다고 말해주었다.

그러자 그는 마치 내가 내린 결론을 시험하려는 듯이 갑자기 뜬금없는 질문을 던졌다. "'숲의 여인'이 뭘 말하는 것 같아요? 비유적인 표현이에요."

"어머니 자연Mother Nature: 대자연요." 내 추측을 얘기했다.

"아니에요. 죽음이에요." 그가 말했다.

나이트는 뜬금없는 질문을 한 게 아니었다. 사실 죽음은 그가 가장 이야기하고 싶어하는 주제였다. 그는 전에, 그러니까 아주 혹독한 어느 겨울에 '숲의 여인'을 본 적이 있다고 했다. 먹을거리도 바닥나고, 프로판 가스도 다 떨어졌는데 추위는 수그러들 줄 몰랐다. 그는 텐트 안에 있는 침대에서, 굶주린 채, 꽁꽁 얼어서, 죽어가고 있었다. 그때 '숲의 여인'이 나타났다. 모자가 달린 스웨터 차림이었다. '죽음의 신'이었다. 그녀는 눈썹을 치켜올리더니 모자를 내렸다. '숲의 여인'은 자신과 함께 갈 것인지, 그대로 있을 것인지 물었다. 나이트도 바보가 아닌 이상 그것이 그저 열에 들떴을 때 나타나는 극단적인 환각 증상일 뿐이라는 것을 안다고 했다. 그래도 여전히 100퍼센트 확신하지는 못했다.

나이트는 계획이 있다고 했다. 아마 지금으로부터 6개월 뒤인 11월 말, 처음으로 정말로 몹시 추워지는 날을 기다렸다가 옷을 아주 조금만 입고서 숲으로 출발할 것이다. 가능한 한 숲속 깊은 곳으로 걸어간 뒤 앉아서 자연이 자신을 처리하게 할 것이다. 그는 얼어 죽을 것이다.

"나는 '숲의 여인'과 함께 걸어갈 거예요." 그는 늘 이 계획에 대해 생각했다. 나이트는 스스로 대단히 난감한 덫에 걸렸다는 사실을 깨달았다. 만약 야영지로 돌아가 자유를 찾게 되면 감금될 터였다. 그는 '안도감을 느끼고 껴안고 받아들이기'를 열망했다. 조사를 좀 해보니 저체온증이 고통 없이 죽는 방법인 듯했다. "내가 자유로워질 수 있는 유일한 방법이에요."

그는 청바지 주머니에 양손을 집어넣은 채 뻣뻣하게 서 있었다.

"뭔가 굽히게 됐어요. 아니 뭔가 부서지고 있어요." 그 뭔가는 바로 그를 무너뜨리는 경계선이었다. 그의 목소리가 막히고, 그의 스토아 철학이 허물어지고, 인간성은 아래로 밀려났다. 힐끔 그의 얼굴을 보니 눈물이 두 뺨을 타고 주르륵 흘러내리고 있었다.

어찌할 도리가 없었다. 나도 울었다. 끝내주는 어느 봄날, 다 큰 남자 둘이 라일락 나무 밑에 서서. 결국에는 나이트도 다른 사람과

소통하는 능력이 있었고, 가장 열리고 연약한 방식으로 그렇게
했다. 바로 그 순간 나는 나이트가 떠난 이유를 알 것도 같았다.
그는 세상이 그와 같은 사람들을 수용하게끔 만들어지지 않았기
때문에 떠났다. 어린 시절 행복했던 적이 없었다. 고등학생 때도,
직장에 다닐 때도, 다른 사람들과 가까이 살 때도 마찬가지였다. 그를
끊임없이 불안하게 만들었다. 그가 있을 곳은 아무 데도 없었다.
그는 더 심하게 고통받는 대신 달아났다. 그것은 저항이라기보다
탐색이었다. 그는 인류를 피해 떠난 난민과 같았다. 숲은 그에게
피난처를 제공해주었다.

"대안이, 나는 만족스럽지가 않아서 그렇게 했어요. 그리고 내가
만족하는 장소를 실제로 찾아냈죠." 나이트가 말했다.

나는 대부분의 사람들이 인생에서 뭔가 빠져 있는 것 같다는 기분을
느낀다고 생각한다. 그 당시 나는 나이트의 여정이 빠져 있는 뭔가를
찾기 위한 것인지 궁금했다. 하지만 한도 끝도 없이 빠진 것을
찾아다니는 게 인생은 아니다. 인생은 그 빠진 부분들과 더불어 사는
법을 배우는 것이다. 나이트는 너무 오래 떨어져 있었다. 나는 그가
다시 돌아올 길은 없다는 걸 알아차렸다. 그는 아주 훌륭하고 멋진
정신의 소유자이지만, 그가 생각하는 것은 모두 다 그를 숲속에 홀로
가둘 뿐이었다.

"네, 그 멋진 남자, 그 멋진 남자는 만족감을 찾으러 떠났죠. 그리고

실제로 찾았어요. 그 멋진 남자가 만족감을 찾기 위해 불법적인 짓을 저지를 정도로 너무 어리석지 않았다면 좋았을 텐데요."

교도소에서 면회를 할 때면 나이트는 거의 매번 내가 아내와 카우보이들을 내팽개쳤다고, 아버지로서의 의무를 도외시했다고 몇 번이고 나무랐다. 나는 그게 재미있었다. 그는 모든 책임을 완전히 회피했던 사람 아닌가. 하지만 다 따져보면 그의 말이 옳았다. 나는 나이트에게 일어난 일을 알게 되었고, 오로지 집으로 돌아가고만 싶었다.

나이트에게 그 야영지는 제자리에 있다는 소속감을 느끼게 해준 지구상 유일한 장소였다. 가끔 생활이 엄청나게 힘들 때도 있었지만 그때마다 제대로 굴러가게 만들었고, 그 결과 가능한 한 오래도록 그곳에 머무를 수 있었다.

그는 창고 안에 앉아서 엔진을 분해하며 살고 싶지 않았다. 그는 훨씬 심오한 뭔가를 알았다. 상실감은 참을 수 없는 감정이었다. 나는 모든 것을 이해했지만 뭔가를 바꾸거나 그의 고통을 줄여줄 수 있는 힘이 없었다. 우리는 눈물을 줄줄 흘리면서 그냥 서 있었다. 그는 숲으로, 진짜 자기 집으로 돌아갈 터였다. 비록 그것이 그냥 죽는 것이라 해도!

"그 숲이 그리워요." 그가 말했다.

나이트는 또다시 시계를 꺼냈다. 그는 두 번 다시 볼 일은 없을 거라고 했다. 한 번이지만 가족들의 뜻을 거스르고 이렇게 이야기하는 것도 위험했다. 더 이상의 만남은 없을 것이다. 그는 자신이 사라진 뒤에 내가 원하는 대로 그의 이야기를 해도 된다고 말했다. 나는 그러고 싶었다.

"당신은 나의 보즈웰스코틀랜드의 전기 작가 제임스 보즈웰(James Boswell)이에요." 그는 선언하듯 말했다. 나이트는 자신에 대해 어떤 글을 쓰든 더 이상 개의치 않았다.

"나는 '숲의 여인'과 함께 있을 거예요. 행복할 겁니다. 원하면 내 사진을 넣은 티셔츠를 만들어도 돼요. 당신 애들이 길모퉁이에서 그 티셔츠를 파는 거죠."

나는 눈물이 그렁그렁한 채로 미소를 지었다. 세상은 혼란스러운 곳이다. 의미 있는 동시에 무의미하다.

"만나서 반가웠어요." 그는 이렇게 말하고는 나를 데리고 차고를 빙 돌아서 내 차가 있는 곳까지 갔다. 그러고는 나를 두고 발길을 돌렸다. 그의 어머니가 곧 올 것이다.

"가요, 가." 그가 속삭였다. 나는 그의 말대로 했다.

28

마지막 「편지」
한 통

길을 따라 1킬로미터 넘게 가다가 나는 길 한쪽에 차를 댔다. 방금 전
그는 스스로 목숨을 끊을 거라면서 상세하게 계획을 세워두었다고
했다. 이제 나는 어떻게 해야 하지? 계속 비밀로 해야 하나? 경찰,
그의 가족, 사례별 사회복지사에게 알려야 하나? 나에게 법적 책임이
있나? 도덕적 책임은? 패닉 상태로 허둥지둥 호텔로 간 뒤 조언을
구하기 위해 치료사 두 명에게 전화를 걸었다.

법적 부분은 명확하다. 6개월 뒤에 자살하겠다고 말하는 남자는
임박한 위험을 알리고 있는 게 아니다. 만약 나이트가 6개월이라는
시간을 여느 사람과 달리 나무처럼 보낸다면야 문제될 게 없다.
나는 그를 경찰이나 병원에 보낼 수 있을 테고, 그의 의지에 반하여

가두는 일은 벌어지지 않을 것이다.

도덕적으로는 문제가 더 애매하다. 내가 보기에 나이트는 분명 진지하게 예고했다. 시카고 근처에서 개인 진료소를 운영하고 있는 임상심리학자 캐서린 베노이스트Catherine Benoist도 이에 동의하며 이렇게 말했다.

"자살 가능성이 아주 높은 상태에 있다고 분류할 수 있는 몇 가지 기준에 부합해요." 자살은 극단적인 독립성의 표현으로 간주될 수 있기 때문에 자율성에 대한 그의 욕구는 자살 가능성을 증폭시킬 뿐이라고 베노이스트는 덧붙였다. 클리블랜드에 있는 자폐센터의 토머스 프레이저도 이러한 견해에 찬성했다.

"자살 위험성이 아주 아주 높아요." 뉴욕에 사는 임상심리학자 피터 데리는 "그가 걱정되네요"라고 말했다.

나는 밤새 걱정했다. 아침이 됐을 때 다시 그의 집으로 가서 내가 갈등을 겪고 있다고 직접 말하기로 결정했다. 진짜 친구와 하듯이 둘이서 철저히 논의하리라고 생각했다. 나는 앨비언을 향해 시골길을 달려갔다. 나이트의 집에 도착하기 직전 그의 형이 사는 곳에 가까워졌다. 차고 문이 열려 있었다. 차고 안에는 엔진을 서투르게 만지작거리는 한 남자가 있었다. 마르고, 안경을 쓰고, 청바지를 입고, 야구 모자를 쓰고 있었다. 크리스였다. 내가 차를 대니, 차고에 있던 남자가 올려다봤다.

크리스가 아니었다. 대니얼이었다. 우리는 서로 쳐다보았다. 내 차는
얘기를 나눌 수 있을 만큼 가까운 거리에 있는 도로변에 서 있었다.
차에서 내려 인사하는 것 외에는 선택의 여지가 없다는 느낌이
들었다. 문손잡이를 잡아당기려는 그때 길 저쪽에서 한 남자가 나를
향해 미친 듯이 손을 흔드는 것이 보였다. 이번에는 진짜 크리스였다.
나는 말도 하지 않고 어색하게 대니얼로부터 멀어져서 풍향계가
있는 차고 앞에 차를 댔다.

크리스가 다가오더니 창문을 내리라는 시늉을 해보였다. 나는
그러지 않았다. 대신 차문을 열고 밖으로 나갔다. 그는 극도로
불안해했다. 내가 대니얼과 만나는 아주 짧은 순간을 목격한 그는
내가 '끔찍한 해'를 끼쳤다고 말했다. 나는 나이트의 얼굴이 다시
닫혔다는 것을 알았다. 전날 그는 아주 기꺼이 자기 자신을 드러냈다.
그런데 지금은 다시 탁 닫아버렸다. 나는 그가 해준 '숲의 여인'
이야기 때문에 걱정이 됐다고 설명했다.

"그냥 생각만 한 겁니다." 그가 화를 내며 말했다. 나를 떼어내려고
자신이 했던 예고를 물리려는 게 틀림없었다.

"몬태나로 다시 돌아가요." 나이트가 말했다.

"카우보이들은 아버지가 필요해요. 나는 그냥 좀 내버려둬요. 당장."

그는 더 이상 말을 하지 않고 집 안으로 걸어갔다. 나는 이틀 연속 두 번이나 속이 상한 채 호텔로 다시 차를 몰고 돌아갔다.

이번에는 부동산 중개인들에게 연락했다. 중년 남성이 어린 시절에 쓰던 방에서 지내는 것은 정상적으로 보이지 않았다. 지붕이 주저앉은 아주 작은 오두막 한 채가 1만 6,500달러였다. 그가 이런 선물을 받아들일지, 그의 치료사도 좋은 생각이라고 동의할지 의문이 들었다. 수리를 하고 음식을 사려면 여전히 돈이 필요할 터였다. 하지만 그는 돈이 한 푼도 없었다. 소송에 쓰라며 사람들이 보낸 기부금은 모두 배상금으로 들어갔고 그는 빚을 더 많이 지게 되었다.

나이트는 자기 인생에 간섭하지 말라고 분명히 요구했다. 그래서 나는 그에게 오두막을 사주는 것을 관두고 서둘러 집으로 돌아갔다. 나는 그에게 「편지」를 한 통 썼다.

"당신이 '숲의 여인'과 함께 산책하기로 선택할 수도 있다는 생각을 절대로 그냥 두고 볼 수 없어요." 나는 사례별 사회복지사나 나이트와 관련된 어느 누구에게도 자살 위험성에 대해 말하지 않았다. 대신 거의 매달 다시 「편지」를 썼다. 봄, 여름을 지나 가을이 될 때까지. 아무런 답이 없었다.

그가 예고한 시간, 11월이 되자 더 이상은 가만히 있을 수가 없었다.

나는 메인 주로 가는 비행기 표를 예약하고 떠나기 열흘 전 지금 가는 중이라는 내용의 짧은 「편지」를 그에게 보냈다. 뉴욕에서 비행기를 갈아타고 있는데 아내가 전화를 했다. 나이트가 보낸 「엽서」가 도착했다고 했다.

"'나를 내버려두는 것이 정말 절실합니다. 날 혼자 있게 해주는 것으로 날 존중한다는 걸 보여줘요. 제발 부탁입니다. 당신이 나타나면 경찰을 부를 겁니다. 날 내버려둬요. 제발.'" 아내가 전화로 나이트의 「편지」를 읽어주었다. 나는 그를 만나지 않고 비행기를 타고 돌아왔다.

겨울이 몰려왔고 나는 나이트를 예의주시하려 했다. 이야기를 나눠본 노스 폰드 주민들은 하나같이 은둔자 없이 지낸 지난 두 번의 여름은 기억 속에서 가장 근심걱정이 없던 때라고 했다. 사람들은 오래전에 그랬던 것처럼 오두막 문을 잠그지 않은 채로 두었다.

"그냥 다 끝났어요." 연 2회 나오는 공보인 「노스 폰드 뉴스」의 편집자 조디 모셔타울리가 말했다.

"다 지나간 일이에요. 이 근방에 사는 사람들은 은둔자에 대한 얘기를 더 이상 듣고 싶어하지 않아요. 왜냐하면 그건 마치, 네, 뭐, 아무려면 어때요." 말로니 검사는 나이트가 월요일마다 정확히 제시간에 법정에 계속 출석하고 있으며 엄청나게 잘 지낸다는 사실을 전해주는 이메일을 내게 보냈다. 그래서 적어도 그가 살아 있다는 건 알았다.

겨울이 끝나갈 무렵 나이트가 복합발생장애·제대군인법원 프로그램을 마치고 2015년 3월 23일자로 공식 졸업하게 됐다는 사실을 말로니 검사가 알려주었다. 파인 트리에서 체포된 지 거의 2년이 지났다.

"법정에서 그는 나무랄 데 없이 의무를 수행했습니다. 어떤 실책도 없었습니다. 요구받은 모든 사항들을 해냈습니다." 밀스 판사가 마지막 공판에서 말했다. 나이트는 3년 동안 보호관찰 처분을 받게 되었다. 술이나 약물을 소지할 수 없고 심리상담을 계속 받아야 한다. 하지만 다른 제약은 거의 없다. 말로니 검사는 "나이트 씨는 이제 우리 지역사회의 일원입니다"라고 말했다.

나이트는 법정의 피고인 석 의자에 앉아 있었다. 여전히 마르고, 깔끔하게 면도한 상태였지만 뭔가 달라졌다. 그는 졸업에 빗대어 말은 안 했지만 태도가 더 유순해진 것 같았다. 얼굴에 낯선 느슨함이 보였다. 그는 흰색 버튼다운 셔츠 위에 감청색 브이넥 스웨터를 입고 있었다. 유치원 교사 같았다.

내게 보낸 첫 번째 「편지」에서 나이트는 시 형식으로 자기 자신을 '누가 봐도 방어적이고, 반항적이고, 공격적'이라고 표현한 뒤

운을 맞춰서 덧붙이기를 '적어도 고분고분하지는 않은, 적어도 아직까지는'이라고 했다. 처음 만난 순간부터 자살하고 싶다고 내게 말했던 그날까지 나이트는 언제나 반항기로 똘똘 뭉친 사람이었다.

법정에 있는 그는 고분고분해 보였다. 어쩌면 모든 것에 맞서 싸우면 인생이 한없이 더 힘들어질 뿐이라는 사실을 깨달았는지도 모른다. 그는 바닥이 안 보이는 세상의 난센스를 알면서도 대부분의 사람들처럼 그냥 참아보기로 마음먹었다. 그는 항복한 것처럼 보였다. 이해는 갔지만 가슴이 미어졌다.

공판이 끝난 뒤에 나는 다시 노스 폰드로 차를 몰았다. 길가에 차를 세우고 눈으로 막힌 숲을 힘들게 지나 그의 야영지로 갔다. 여덟 번째 방문이었다. 나는 철마다 다섯 번의 밤을 그곳에서 보냈다. 이제는 그곳도 나이트와 마찬가지로 뭔가 결정적인 활력을 잃었다는 느낌이 들었다.

메인 주 환경보호부는 최근 6명으로 구성된 팀과 ATV 한 대를 보내 남아 있는 쓰레기와 프로판 가스통을 치웠다. 나이트가 수십 년 동안 만들어낸 것보다 더 많은 인간의 흔적을 몇 시간 만에 남겨놓았다.

지금 그곳은 그저 숲에 있는 한 장소일 뿐이다. 여름이 한두 번 더 지나면 아마 그곳에서 누군가가 살았던 적이 있다고 말하기가 힘들어질 것이다. 나는 눈 밖으로 튀어나온 바위 위에 앉았다.

나뭇가지를 베듯 관통하는 가느다란 칼날 같은 햇볕을 쬐려고 애쓰면서. 나는 계속 몸을 떨었다. 그곳은 조금 쓸쓸했다.

정해진 듯한 현대 사회에서 살아가는 우리는 어떻게 해서든지 외로움을 피할 수 있다. 하지만 어쩌면 가끔은 외로움을 마주볼 가치가 있을지도 모른다. 혼자임을 멀리 밀어내면 밀어낼수록 외로움에 대처할 수 있는 능력은 너욱너 줄어들고, 외로워지는 것을 더욱더 두려워하게 된다. 어떤 철학자들은 존재하는 유일한 진짜 감정은 외로움이라고 믿는다. 우리는 어마어마하게 광활한 우주 안에 있는 아주 작은 바위 위에서 고아가 되어 살아간다. 심지어 수십억에 수십억 킬로미터를 걸쳐서, 주변 어디에도 가장 단순한 삶의 형태에 관한 암시조차 전혀 없는 상태로. 모든 상상을 초월하여 홀로. 우리는 자신의 머리 안에 갇힌 채 살아가고 타인의 경험을 결코 완전히 알 수 없다. 가족과 친구들에 둘러싸여 있어도 오롯이 혼자서 죽음으로 가는 여행을 한다.

멕시코 시인이자 노벨상 수상자인 옥타비오 파스Octavio Paz는 "고독은 인간의 조건 중에서 가장 심오하다"고 했다. 오스트리아-독일 시인 라이너 마리아 릴케는 "궁극적으로, 그리고 정확히 가장 깊숙한 곳에 있으며 가장 중요한 문제는 우리가 말할 수 없을 정도로 혼자라는 사실이다"라고 했다.

놀랍게도 나는 나이트로부터 마지막 「편지」 한 통을 받았다. 그

「편지」는 우리 관계에 대한 다섯 줄짜리 애가哀歌였다. 그는 '메인 주에 당신이 없는 것에 대한 보상으로' 나의 아내에게 줄 꽃과 카우보이들에게 줄 사탕을 샀다고 전했다. 그러고는 절대로 다시 오지 말라고 했다.

"당분간 그리고 앞으로도."

당연히 서명은 없었지만 처음으로 색연필로 그린 작은 그림이 그려져 있었다. 꽃 한 송이였다. 딱 한 송이. 빨간 꽃잎, 가운데는 노랗고 녹색 이파리가 두 장인 데이지 한 송이가 짧은 「편지」 맨 밑에 피어 있었다. 누가 봐도 분명히 낙관적인 징표였다. 나는 그 꽃을 나이트가 새로운 인생에 최소한 어느 정도는 적응했다는 신호로 받아들였다. 나는 그 꽃을 비록 그가 소망하는 방식대로 결코 살 수 없다 하더라도 '숲의 여인'과 함께 걸어가지는 않으리라는 의미로 받아들였다. 나는 그 꽃을 희망의 징표로 받아들였다.

그래도 이따금 '만약'을 생각해보지 않을 수 없다. 휴스 경사가 그토록 헌신적이지 않았더라면, 그래서 나이트가 절대로 잡히지 않았더라면 어떻게 됐을까? 나이트는 영원히 숲에 머무를 계획이었다고 했다. 그는 자신의 야영지, 그가 가장 만족하는 장소에서 죽을 작정이었다. 청소 직원이 가지 않았어도 자연이 그곳을 되찾는 데는 그리 오랜 시간이 걸리지 않았을 것이다. 흙으로 돌아간 그의 텐트와 그의 육신과 결국에는 그의 프로판 가스통에까지 양치식물의 싹이 돋아나고 뿌리들이 슬금슬금 파고들 것이다.

나는 이것이 나이트가 계획했던 결말이라고 믿는다. 단 하나의 기록도 남겨두지 않았을 것이다. 사진 한 장도, 생각 한 조각도. 그의 경험에 대해 아는 사람은 한 사람도 없었을 것이다. 그에 관한 글이 쓰이지도 않았을 것이다. 그는 그냥 사라졌을 테고, 바글거리는 이 행성에 사는 어느 누구도 그 사실을 알아차리지 못했을 것이다. 그의 최후는 노스 폰드에 잔물결조차 일으키지 않았을 것이다.

전적으로 완벽한 존재, 완벽한 인생이었을 것이다.

고마운 분들

인내와 이해와 사랑을 주신

질 바커 핀클	피비 핀클
베킷 핀클	앨릭스 핀클

품위와 지성으로 응답해주신

크리스토퍼 나이트　　　크리스토퍼 나이트

여러 부분을 애써 손봐주신

앤드루 밀러	스튜어트 크리쳅스키
마이클 베노이스트	짐 넬슨
제프리 가농	폴 프린스
라일리 블랜튼	맥스 손
로빈 데서	소니 메타
폴 보가르스	진 하퍼
레이철 엘슨	애덤 코헨
다이애나 핀클	벤 우드벡
폴 핀클	마크 밀러
재닛 마크맨	섀너 코헨
마이크 소탁	로스 해리스
에마 드리스	데이비드 고어
보니 톰프슨	마리아 매시

나이트에 대한 통찰력을 주신

맷 홍골츠헤틀링	테리 휴스	다이앤 밴스
하비 체슬리	앤드루 비체	제니퍼 스미스메이오
사이먼 배런코헨	캐서린 베노이스트	피터 데리
스티븐 M. 에델슨	토머스 W. 프레이저	질 홀리
로저 벨라반스	토니 벨라반스	스티븐 M. 프레스콧
톰 스터티번트	닐 패터슨	마서 패터슨
피트 콕스웰	릴리 콕스웰	조디 모셔타울리
제라드 스펜스	캐서린 로드	캐럴 버바
데이비드 프루	루이스 프루	존 카젤
그레그 홀랜스	개리 홀랜스	브렌다 홀랜스
데비 베이커	도나 볼덕	T. J. 볼덕
메이건 말로니	월터 맥키	로버트 컬
프레드 킹	래리 개스퍼	메리 힝클리
마이클 파커	릭 왓슨	웨인 주얼
브루스 힐먼	카일 맥더글	캐럴 설리번
로런 브렌트	케리 비그	케빈 트래스크
래리 스튜어트	제프 영	필 다우
존 카탄저라이트	케빈 윌슨	라이언 리어던
마이클 시먼스	레이철 옴	밥 밀리컨
존 보이빈	어맨다 다우	모니카 브랜드
레나 프리드리히	멩후	앤절라 미닉
캐서린 로벤달	짐 코미어	데비 라이트 테리올트

우정, 격려, 그리고 마지막 술 한잔을 주신

다다 모라비아	개브리엘 모라비아	빌 매길
이언 테일러	로런스 스코필드	바버라 스트로스
토니 소탁	래리 스미스	파이퍼 커먼
질 카우드리	로런스 베슐러	애비 엘린
HJ 슈밋	마틴 스콧	조슈아 윌콕스
랜들 레인	미셸 피스터	임매뉴얼 하트먼
팀 하트먼	맥스 라이헬	게리 파커
틸리 파커	존 바이오스	앨런 슈워츠
테리사 바커	해리스 바커	브렛 클라인
애런 브래드쇼 클라인	브라이언 휘틀록	아서 골드프랭크
데이비드 허시	에디 스타인하우어	파스칼 히크먼
타라 골드프랭크	나이마 엘부아르파위	아디 벅먼
모하메드 엘부아르파위	카마 밀러	짐 시프
제이크 워너	미카엘라 스트러스	벤 스트러스
애넷 시프	매리언 듀랜드	켄트 데이비스
크리스 앤더슨	라이언 웨스트	패티 웨스트

취재 노트

케네벡 카운티 교정 시설Kennebec County Correctional Facility에서는 한
시간 동안 이뤄지는 수감자 면회를 일주일에 최대 2회까지 허용했다.
나는 크리스토퍼 나이트를 2013년 8월 마지막 주—그가 나에게
다섯 통의 「편지」를 보낸 뒤였다—에 두 차례 면회했고, 9월에 두
차례, 10월 초에 두 차례 더 갔다. 10월 말에는 나이트의 공판에
참석했고, 세 차례 그를 만났다. 당연히 나이트는 이 책의 재료이자
주된 원천이다.

나이트는 아주 신이 나서 나를 만난 적이 한 번도 없지만 아홉
번의 교도소 면회 때마다 우리는 옛날식 전화 수화기를 통해
면회시간을 꽉 채워서 대화를 나눴다. 한 시간이 지나면 전화가

자동적으로 끊어졌는데, 두 번째 면회 즈음 나이트는 다른 수감자들을 관찰하다가 꼼수를 알아냈다. 교도관이 나이트가 있는 쪽 면회실 문을 열기 전에 그가 수화기를 거는 곳에 있는 훅 스위치를 만지작거리면 — 나는 그 교묘한 조작이 나이트가 자물쇠를 망가뜨리는 행동 같다고 상상했다 — 전화선이 다시 연결되어서 여분으로 생긴 몇 분 동안 우리는 이야기를 나눌 수 있었다.

나이트는 과묵하고 나를 봐도 기뻐하지 않았지만 가능한 한 오래 계속 이야기하고 싶어했다. 석방된 뒤 그의 집에서 이뤄진 우리의 강렬한 만남에서 그는 나를 일컬어 자신의 "보즈웰" — 모든 문학작품 중에서도 유명한 전기 가운데 하나인 『존슨전*The Life of Samuel Johnson*』으로 가장 유명한 18세기 스코틀랜드 작가 제임스 보즈웰을 언급한 것 — 이라고 했다.

『존슨전』은 어마어마해서 — 대부분의 판본 분량이 1,000쪽이 넘는다 — 나는 나이트에게 내 책은 훨씬 더 짧아질 것이라고 말해주었다. 이 말을 들은 나이트는 실망한 듯 보였다.

"나는 긴 책을 더 좋아해요."

나는 2년 동안 메인 주로 총 일곱 번의 취재 길에 올랐다. 2015년 4월이 마지막이었다. 나이트에 관한 글을 잡지에도 썼는데, 2014년 9월호 「GQ」에 실렸다.

「GQ」에 기고한 이야기는 라일리 블랜튼Riley Blanton이라는 사실
확인 전문가가 팩트 체크를 했다. 블랜튼은 또 다른 사실 확인
전문가 맥스 손Max Thorn과 함께 이 책에 나오는 모든 자료의
사실을 확인하는 작업을 떠맡았다. 나는 이 이야기에 나오는 어떤
이름도 바꾸지 않았고, 확인된 세부사항들 역시 전혀 바꾸지 않았다.
인터뷰를 한 사람들은 어떠한 편집권도 승인하지 않았다.

메인 주에 갈 때마다 나는 노스 폰드와 리틀 노스 폰드의 흙길을
차로 달리면서 이틀을 보냈다. 집집마다 찾아다니는 행상인처럼
가가호호 방문하면서. 나는 그 지역에 있는 별장을 소유하고 있거나
그곳에 상주하는 40여 가구와 이야기를 나눴다. 오두막 주인들
대다수는 메인 주 토박이였고, 나머지 사람들은 대부분 보스턴
지역 출신이었다. 그보다 더 멀리 떨어진 곳이 고향인 경우도 몇
집 있었다. 각 가정마다 나이트를 좋아하건 몹시 싫어하건 — 어떤
집들은 의견이 심하게 갈렸다 — 나를 따뜻하게 맞아주었다. 저녁을
먹고 가라거나, 현관에서 맥주를 마시고 가라거나, 함께 어울려서
카누를 타자고 하는 경우도 있었다. 모두 은둔자에 대한 자신들만의
이야기를 들려주고 싶어하는 것 같았다.

소형 흑백텔레비전을 도둑맞았던 데이비드 프루David Proulx와
루이스 프루Louise Proulx는 수십 년에 걸쳐서 최소 50번의 무단
침입으로 고통 받았다. 이들은 나이트의 범죄로 인한 이상한

심리적 효과를 설명해줬다. 처음엔 자녀들 중 한 명이 범인이라고 확신했다가 나중에는 본인들이 미치기 시작한 건 아닌지 심각하게 고민했다. 38사이즈 랜즈 엔드 청바지와 갈색 가죽 벨트를 도둑맞은 피트 콕스웰Pete Cogswell과 30년 넘게 텍사스 주 형사사법체제 안에서 일했던 그의 아내 릴리 콕스웰Lillie Cogswell은 나이트의 당혹스러운 불법침입의 세부 내용을 설명하고, 적절한 처벌이 무엇일지 추정하면서 나와 함께 길고 상세한 대화를 나눴다. 도나 볼덕Donna Bolduc과 T. J. 볼덕T. J. Bolduc은 스키니걸 마르가리타를 섞은 농담뿐만 아니라 동물감시카메라에 찍힌 나이트의 사진에 대해서도 얘기해주었다.

은둔자를 위해 내놓은 물건들을 담은 가방을 문에 걸어둔 최초의 사람들 가운데 한 명인 게리 홀랜스Garry Hollands는 자신이 잃어버린 모든 책에 대해, 그리고 누군가가 문을 열면 낚싯줄이 없어지게 해서 도둑이 들었다는 것을 알 수 있도록 거의 눈에 보이지 않을 정도의 낚싯줄을 문 위에 어떤 식으로 균형을 잡아서 놓아두었는지 이야기했다. 데비 베이커Debbie Baker는 은둔자 때문에 어린 자녀들이 얼마나 두려움에 떨었는지 설명했다. 은둔자에게 '굶주린 자'라는 별명을 붙인 것도 그녀의 가족이었다. 닐 패터슨Neal Patterson은 은둔자를 잡아보려고 총을 든 채 어두운 오두막에서 열네 번이나 밤을 지새운 이야기를 했다.

테리 휴스 경사는 은둔자에 대한 자신의 집착에 대해 말해주면서
몇 시간씩 보내다, 어느 날 저녁 픽업트럭에 나를 태워 자신이
놓은 덫을 확인하러 다녔다. 그러고는 클럽하우스로 데려가서
내가 생전처음으로 사향쥐 가죽을 벗길 수 있도록 지도해주었다.
주 경찰관 다이앤 밴스는 나이트의 공판 뒤에 나를 만났고, 전화로
여러 차례 나와 이야기했다. 지역검사 메이건 말로니와 나이트의
변호사 월터 맥키 두 사람 다 나의 인터뷰에 응해주었다. 나이트의
가족은 아무도 나와 대화하지 않았다. 대신 나이트 가족의 오랜 친구
몇 사람은 물론 나이트를 가르쳤던 교사들과 반 친구들을 비롯한
앨비언 지역 주민 수십 명이 얘기를 들려주었다.

나는 메인 주에 갈 때마다 나이트의 야영지를 찾아갔다. 그곳은
결코 찾기 쉽지 않다. 자시가 얼마나 빽빽하고 혼란스러운지, 매번
그 울창한 숲에서 그의 야영지에 발을 들여놓을 때마다 얼마나
깜짝깜짝 놀라는지 모른다. 절대 과장이 아니다.

나이트의 사고방식과 심적 경향을 더 이해해보려고 여러 심리학자,
자폐 전문가와 전화, 이메일로 아주 긴 대화를 나눴다. 이들은
케임브리지대학교의 사이먼 배런코헨Simon Baron-Cohen, 시카고
근처에서 진료소를 운영하는 캐서린 베노이스트Catherine Benoist,
뉴욕에서 개인 진료소를 하는 피터 데리Peter Deri, 샌디에이고에
있는 자폐연구협회의 스티븐 M. 에델슨Stephen M. Edelson,

클리블랜드 클리닉 자폐센터의 토머스 W. 프레이저Thomas W. Frazier,
하버드대학교의 질 홀리Jill Hooley, 웨일 코넬의과대학의 캐서린
로드다. 오클라호마 의학연구재단 이사장 스티븐 M. 프레스콧Stephen
M. Prescott은 전염병의 특질에 대해 나와 이야기하면서 나이트가
어떻게 한 번도 병에 걸리지 않을 수 있었는지 설명해줬다.

강제적인 고립의 시련을 통찰하기 위해서 14년 가까이 독방에
갇혔던 캘리포니아 교도소의 수감자 존 카탄저라이트John
Catanzarite와 폭넓게「서신」을 주고받았고, 다른 독방 죄수 열두 명의
사연도 읽었다.

은둔자 문학은 드넓은 바다와 같다. 나는 노자의『도덕경』赤松(Red
Pine, 본명은 빌 포터Bill Porter)의 번역본을 추천한다이라는 해변에서부터
헤엄치기 시작했다.

은둔자의 역사에 대한 탁월한 탐구와 은둔자에 대한 동기 부여가
담긴 작품으로는 앤서니 스토Anthony Storr의『고독의 위로』, 이저벨
콜게이트Isabel Colegate의『황야의 펠리컨A Pelican in the Wilderness』,
피터 프랜스Peter France의『은둔자들Hermits』, 필립 코크Philip Koch의
『고독Solitude』 등이 있다.

혼자 있는 시간에 대한 통찰력 있고 가치 있는 개인적 탐구들에는
세라 메이틀런드Sara Maitland의『침묵의 책』, 애널리 루퍼스Anneli

Rufus 의 『외톨이 선언』, 수 할편Sue Halpern 의 『고독으로의 이주*Migrations to Solitude*』, 메이 사튼May Sarton 의 『혼자 산다는 것』, 하워드 액설로드Howard Axelrod 의 『소실점*The Point of Vanishing*』, 로버트 킬Robert Kull 의 『솔리튜드』, 애니 딜러드Annie Dillard 의 『자연의 지혜』, 장 도미니크 보비Jean-Dominique Bauby 의 『잠수종과 나비』, 레베카 솔닛Rebecca Solnit 의 『길을 잃기 위한 휴대용 도감*A Field Guide to Getting Lost*』, 리처드 제프리스Richard Jefferies 의 『내 마음의 이야기*The Story of My Heart*』, 토머스 머튼Thomas Merton 의 『고독 속의 명상』, 그리고 비교 불가한 소로Henry David Thoreau 의 『월든』이 있다.

공포스러운 동시에 아름다운 고독에 대한 최고의 통찰력을 제공하는 모험 이야기들로는 베르나르 무아테시에르Bernard Moitessier 의 『먼 길*The Long Way*』, 니콜라스 토말린Nicholas Tomalin 과 론 홀Ron Hall 의 『도널드 크로허스트의 기이한 마지막 항해』, 피터 니콜스Peter Nichols 의 『광인들의 항해*A Voyage for Madmen*』, 존 크라카우어John Krakauer 의 『인투 더 와일드』, 리처드 E. 버드Richard E. Byrd 의 『얼론*Alone*』이 있다.

고독이 인간에게 어떤 영향을 미치는지에 대해 더 깊이 이해할 수 있게 해준, 과학에 초점을 맞춘 책들로는 매튜 D. 리버먼Matthew D. Lieberman 의 『사회적 뇌 인류 성공의 비밀』, 존 T. 카치오포John

T. Cacioppo와 윌리엄 패트릭William Patrick 의 『인간은 왜 외로움을 느끼는가』, 수전 케인Susan Cain 의 『콰이어트』, 스티브 실버먼Steve Silberman 의 『뉴로트라이브 Neurotribes』, 올리버 색스Oliver Sacks 의 『화성의 인류학자』가 있다.

혼자임에 대해 예리한 생각들을 내놓은 작품으로는 비키 매킨지Vicki Mackenzie 의 『나는 여성의 몸으로 붓다가 되리라』, 성 아타나시우스Saint Athanasius 의 『성 안토니우스의 생애』, 라이너 릴케Rainer Maria Rilke 의 『젊은 시인에게 보내는 편지』, 랠프 에머슨Ralph Waldo Emerson 의 수상록들특히 『자연』과 「자기신뢰」, 니체Friedrich Nietzsche 의 글들특히 「홀로 남은 자Man Alone with Himself」, 윌리엄 워즈워스William Wordsworth 의 시, 그리고 한산寒山, 습득拾得, 왕범지王梵志의 시가 있다.

나이트가 가장 좋아하는 책 두 권을 읽는 것은 나에게 필수였다. 바로 도스토옙스키Fyodor Dostoyevsky 의 『지하로부터의 수기』와 프레더릭 드리머Frederick Drimmer 의 『아주 특별한 사람들Very Special People』이다.

이 책의 제일 앞에 나오는 명구는 소크라테스가 한 말로, 출처는 C. D. 영C.D. Yonge 이 번역한 3세기 디오게네스 라에르티오스Diogenes Laërtius 의 작품 『걸출한 철학자들의 생애와 가르침The Lives and Opinions of Eminent Philosophers』이다.

은둔자의 삶에 관한 모든 측면을 다룬 수백 편의 글을 제공하는 웹사이트 '허미터리Hermitary'는 매우 유용한 자료 창고다. 비록 나는 은둔자 전용 채팅그룹의 회원 자격은 없지만 이 사이트에 푹 빠져서 몇 주를 보냈다.

나와 오랫동안 같이 일한 조사원 진 하퍼Jeanne Harper는 역사를 샅샅이 뒤져 은둔자와 외톨이에 대한 기록 수백 건을 캐냈다. 나는 외딴 태평양군도에서 수십 년 동안 계속 제2차 세계대전을 치렀던 일본군들의 이야기에 매혹되었다. 몇 년간 오롯이 홀로 있었던 사람은 없는 것 같지만, 그럼에도 오노다 히로Hiroo Onoda의 『항복은 없다No Surrender』는 대단히 흥미로운 이야기다.

그리고 아마존 부족 최후의 생존자에 대한 이야기가 있다. 구조대원의 가슴에 화살을 쏜 이 남자와 여러 차례 평화적인 접촉을 시도했다가 번번이 실패한 브라질 정부는 2007년 80제곱킬로미터의 우림 지역을 그에게 내주었다. 다른 사람은 출입금지인 땅이다. 식량을 얻기 위해 덫으로 동물을 잡는 그는 거의 20년 동안 완벽하게 혼자였다. 크리스 나이트는 이제 사회 안에 살고 있으므로, 이름 모를―부족 이름도, 그가 쓰는 언어의 이름도 알 수 없는―그 남자가 세상에서 가장 외떨어진 인간일지도 모른다.

21세기 최고의 은둔자인가?
무단 절도범인가?

왜 그럴 때 있지 않은가? 인간이, 사회가 지긋지긋해서 아무도
없는 곳에 숨어들어 은둔 생활을 하고 싶다는 생각이 들 때. 나를
아는 사람이 한 명도 없는 낯선 데서 과거를 숨긴 채 이방인으로
살고 싶다는 생각이 들 때. 오롯이 홀로 있으면서 내 안으로 깊이
침잠하는 시간이 필요할 때. 현대 사회에서는 거의 불가능해진 일,
청명하고 고요한 사유의 우물물을 길어 올리는 일.

여기, 21세기 최고의 은둔자가 있다. 컴퓨터 기술자를 꿈꾸던
얼리어답터, 번듯한 직업도 있고 똑똑했던 스무 살짜리 청년이
갑자기 세상을 등진다. 스스로 목숨을 끊지만 않았을 뿐 "세상에
존재하기를 중단"해버린다. 체르노빌 원전 사고가 있었던 1986년에

숲으로 들어갔던 그는 2013년이 되어서야 다시 세상으로 나온다.
30년 가까운 세월 동안 메인 주의 숲에서 홀로 살면서 빈집에
무단으로 침입하여 음식, 책, 배터리, 청바지 등 생필품을 훔쳐
생활했다. 총 1,080회의 절도. 미국 전역을 발칵 뒤집어놓은 사건의
주인공이다.

그리고 또 한 사람, 꽤 잘나가는 저널리스트가 있다. 일상에 치여
하루하루 정신없이 보내고 있지만 한때는 은둔 생활을 꿈꾸던
청년이었다. 혼자 있는 것을 좋아하는 그는 삶이 버거울 때마다
숲을 떠올린다. 인생에서 가장 큰 즐거움 두 가지로 캠핑과 독서를
꼽는 사람이다. 작가이자 저널리스트로 승승장구하던 그는 2001년
불미스러운 일을 '자초'하는 바람에 한동안 업계에서 고립무원
신세가 되고 만다.

홀로 있는 것, 숲과 책을 좋아한다는 점, 그리고 사회적으로 용인되지
않는 죄를 범했다는 점에서 이 책의 저자 마이클 핀클은 크리스토퍼
나이트에게서 또 다른 자신의 모습을 보았다. 나이트의 기사를 맨
처음 접하고 나서 핀클은 그와 여러 통의 「편지」를 주고받았고,
교도소로 직접 찾아가서 여섯 차례 면회했으며, 재판이 끝난 뒤
사회에 복귀하기 위해서 고군분투하던 나이트를 세 차례 더 만났다.
핀클의 '은둔자 또는 은둔 생활을 향한 집착에 가까운 애정으로
탄생한 결과물'이 바로 이 책이다.

황야에서 40일간 홀로 지낸 나사렛 예수, 보리수나무 아래서 49일간 명상을 한 고타마 싯다르타, 동굴에서 수행하던 중에 천사의 계시를 들은 예언자 무함마드 외에도 찰스 다윈, 토머스 에디슨, 에밀리 브론테, 빈센트 반 고흐, 플래너리 오코너, 허먼 멜빌 등 은둔자로 그려진 작가, 화가, 철학자, 과학자의 목록은 끝이 없다. 소로는 "자기만의 바다, 인간 존재의 대서양과 태평양"을 항해하기 위해서 월든으로 갔다. 에드워드 기번은 "고독은 천재의 학교"라고 했다. 예로부터 은둔자는 여러 문화권에서 인생의 위대한 수수께끼에 대한 답을 제시하는 지혜의 원천으로 여겨졌다.

우리의 은둔자 크리스토퍼 나이트는 혼자 있을 때 가장 편안했다. 타인과 소통하는 데 어려움을 겪었던 그는 너무 많은 정보, 지나치게 빠른 속도, 고통스러울 정도의 소음, 진정한 쉼을 방해하는 대낮처럼 밝은 밤, 이 모든 것을 견딜 수가 없었다. 그는 "절대적으로 홀로 있기를 소망했다. 자기 자신이 만들어낸 섬이나 미접촉 부족으로 망명하기를 꿈꿨다."

현대인의 뇌를 쉬게 하자는 의도로 2014년에 처음 열린 '멍때리기 대회'가 큰 화제가 되고, 전기나 수도, 가스도 연결되어 있지 않은 외딴 숲속의 작은 집에서 홀로 생활하면서 미니멀 라이프 미션을 수행하는 '자발적 고립 다큐멘터리' 프로그램에 대중이 열광하는 것, 이는 어쩌면 늘 꿈꾸기는 하지만 선뜻 행동으로 옮기기 힘든 바로

그런 모습을 보여주고 있기 때문은 아닐까. 사회의 속도가 걷잡을
수 없이 빨라질수록 우리 호모 사피엔스들은 본능적으로 그 옛날
수렵채집 생활을 하던 때의 자연과 잇닿은 생활, 무위無爲의 시간을
갈구하는 것인지도 모르겠다.

이 작품을 번역하는 내내 정말 즐거웠다. 다음 내용이 궁금해서
조급증이 일 정도로 크리스토퍼의 이야기에 푹 빠져 지냈다. 번역을
마무리할 즈음에는 그와 헤어지는 게 섭섭할 정도였다.

나 역시 인간관계에 서투르고, 사회생활이 힘에 부치고, 홀로 있을 때
가장 편안함을 느끼는 사람이므로. 나라는 존재를 이해받지 못하는
데서 오는 외로움과 실망감, 소통의 어려움을 너무나도 잘 알기에.
그래서 한동안 마음이 쓰였다. 나도 모르게 그의 안녕을 기원하게
되었다.

21세기의 은둔자 크리스토퍼 나이트가 부디 무사하기를. 고독과
침묵 속에서 평온을 누릴 수 있는 자기만의 안식처를 찾아냈기를.
그리고 이 책을 읽는 독자들도, 나도 그러하기를.

2018년 여름, 손성화

옮긴이

손성화는 서강대학교에서 사학과 정치외교학을, 연세대학교 행정대학원에서 국제관계·안보를 공부했다. 한때 신문사에 몸담았으며, 지금은 출판번역 에이전시 베네트랜스에서 영미권 저자의 책을 우리말로 옮기며 살아가는 번역 생활자다. 옮긴 책으로는 『용서의 정원』 『미운 나』 『사물의 약속』 『아름다운 반역자들』 『지킬의 거울』 등이 있다.

숲속의 은둔자
완벽하게 자기 자신에게 진실한 사람

펴낸날	**초판 1쇄 2018년 10월 1일**

지은이	**마이클 핑클**
옮긴이	**손성화**
펴낸이	**심만수**
펴낸곳	**(주)살림출판사**
출판등록	**1989년 11월 1일 제9-210호**

주소	**경기도 파주시 광인사길 30**
전화	**031-955-1350** 　팩스 **031-624-1356**
홈페이지	**http://www.sallimbooks.com**
이메일	**book@sallimbooks.com**

ISBN	978-89-522-3973-0　03840

※ 값은 뒤표지에 있습니다.
※ 잘못 만들어진 책은 구입하신 서점에서 바꾸어 드립니다.

이 도서의 국립중앙도서관 출판시도서목록(CIP)은 서지정보유통지원시스템 홈페이지(http://seoji.nl.go.kr)와 국가자료공동목록시스템(http://www.nl.go.kr/kolisnet)에서 이용하실 수 있습니다.(CIP제어번호: CIP2018028800)

책임편집·교정교열 **서상미**